EL AÑO DEL FRÍO
Jane Kelder

Cualquier forma de reproducción, distribución, comunicación pública o transformación de esta obra solo puede ser realizada con la autorización de sus titulares, salvo excepción prevista por la ley.
Diríjase a CEDRO si necesita reproducir algún fragmento de esta obra.
www.conlicencia.com - Tels.: 91 702 19 70 / 93 272 04 47

Editado por Harlequin Ibérica.
Una división de HarperCollins Ibérica, S.A.
Núñez de Balboa, 56
28001 Madrid

© 2018 Helena Tur Planells
© 2019 Harlequin Ibérica, una división de HarperCollins Ibérica, S.A.
El año del frío, n.º 172 - 1.1.19

Todos los derechos están reservados incluidos los de reproducción, total o parcial. Esta edición ha sido publicada con autorización de Harlequin Books S.A.
Esta es una obra de ficción. Nombres, caracteres, lugares, y situaciones son producto de la imaginación del autor o son utilizados ficticiamente, y cualquier parecido con personas, vivas o muertas, establecimientos de negocios (comerciales), hechos o situaciones son pura coincidencia.
® Harlequin, HQN y logotipo Harlequin son marcas registradas por Harlequin Enterprises Limited.
® y ™ son marcas registradas por Harlequin Enterprises Limited y sus filiales, utilizadas con licencia. Las marcas que lleven ® están registradas en la Oficina Española de Patentes y Marcas y en otros países.
Imágenes de cubierta utilizadas con permiso de Dreamstime.com y Fotolia.

I.S.B.N.: 978-84-1307-418-4
Depósito legal: M-33541-2018

A Raquel

Capítulo 1

May tenía el rostro pegado a los cristales de la ventana de su dormitorio, como si así pudiera sentir sobre su piel la fina lluvia que los salpicaba al otro lado. El cielo tenía el color de su alma y aquel día sentía que todo era de un gris oscuro e implacable. Sus ojos castaños permanecían secos, pero su orgullo herido lloraba por dentro.

La señora Baker entró sin avisar en la habitación de su hija acompañada de una criada con una bandeja llena de frutas y jamón.

–No puedes pasarte los días así, hija. Tienes que comer algo –comentó al ver a su hija como una flor machita.

–No tengo hambre, madre.

La criada depositó la bandeja sobre una mesa y dejó solas a las dos mujeres.

–Ya no puede hacerse nada –añadió la señora Baker cuando la puerta se cerró–. Deberías fingir que no te importa. De lo contrario, solo alimentas las habladurías.

–¿Fingir que no me importa, madre? –se molestó May–. ¿Se puede fingir después de lo ocurrido? ¿Acaso piensa que alguien creería que soy feliz, aunque supiera fingir?

—¿Te parece mejor encerrarte y dejar de comer? ¡Llevas así cuatro días! ¿Sabes lo que murmura la gente?

—La gente murmurará igual porque tiene motivos para ello, madre. Mi prometido se ha casado con otra, ¿cree que las bocas se van a quedar cerradas por mucho que yo coma o salga de casa como si nada?

—Pero así les das pábulo, May. Y no solo me importan los dimes y diretes, me importas tú. ¿Has visto lo demacrada que estás?

—Hace días que llueve. ¿Acaso eso no es excusa para mantenerse en casa?

—Ni siquiera quisiste bajar a saludar a Elliot y Frances cuando vinieron a ver cómo estabas.

—Son mis primos, madre. Si vinieron con buena intención, deben entenderme.

—«Si vinieron con buena intención...». ¡Qué forma de hablar es esa!

—Ya sabe que, desde que se ha casado con Weaver, Frances se muestra más estirada.

—Cierto que Weaver es un buen partido, pero ella es tu prima y no creo que eso cambie su cariño hacia ti.

—Pues si su cariño hacia mí no ha cambiado, debería respetar mi intimidad.

—¡Oh! ¡Estás imposible! —dijo al tiempo que se sentaba sobre la cama y miraba a su hija con lástima—. ¿Estabas enamorada de él, May? Pensé que habías aceptado ese matrimonio como habrías aceptado la propuesta de cualquier otro caballero recomendable.

—No, no estaba enamorada, pero sí lo respetaba y me sentía a gusto en su compañía —respondió como si negara la posibilidad y, al ver la expresión preocupada de su madre, abandonó la ventana y se acercó a ella—. Lo consideraba agradable, pero no me ha dolido tanto que se casara con esa señorita Curtis como el hecho de que me haya enterado por otras personas. Le recuerdo, madre, que todavía no ha roto el compromiso conmigo. Que no ha venido a dar la cara y ni siquiera ha enviado una mísera nota. Si no hubiera sido por la señora Macgregor, todavía estaría soñando con mi boda.

–Entonces, solo estás ofendida. Eso es menos grave que un corazón roto –se tranquilizó la señora Baker–. Y no creo que en estos momentos pueda gozar de tu respeto.

–¿Y usted no está ofendida? –le preguntó como si se lo reprochara.

–¡Claro que estoy ofendida! Pero por eso mismo saco pecho más que nunca, querida. Su comportamiento ha sido de tal vileza que demuestra poseer un carácter que no era digno de ti. Deberías estar agradecida por haberte librado de un tipo de esa calaña. No solo ha faltado a su palabra, sino que se ha portado como un cobarde. ¿Hubieras deseado que alguien así fuera tu marido?

–¡Claro que no! ¡Pero todo Culster sabe lo que ha ocurrido! Usted dice que no es digno de mí, pero ¿acaso me queda alguna dignidad? –La miró a los ojos como si la retara a desmentirla y, tras un silencio, añadió–: Incluso es probable que esto afecte también a Eve.

–Te queda la dignidad que tú quieras mantener, May. Si te escondes en casa y te dejas enfermar, las repercusiones del asunto serán mayores que si sales y luces en tu esplendor. No es indiferencia lo que debes demostrar, sino felicidad por tu liberación de un tipo como ese.

–¿Recuerda el tono en que la señora Macgregor lo comentó? ¡Sí, parecía que en sus palabras estaba presente mi dignidad! –protestó–. Usted sabe tan bien como yo, madre, que, a partir de ahora, algunas mujeres me tendrán lástima y otras se burlarán a mis espaldas. Y, para los hombres solteros, tendré el título de apestada.

Una mujer que ha sido rechazada de esta manera tan vil... ¡Oh! ¡Todos pensarán que tengo alguna tacha!

–Eso no es cierto –negó su madre–. Hace dos días, Elliot pidió tu mano a tu padre.

–¿Elliot? ¿Elliot Carpenter? –se sorprendió ella.

–Sí, nuestro Elliot, tu primo. Pero tu padre lo rechazó. ¿Lo lamentas?

Tras dudar un instante mientras asimilaba esa noticia, comentó:

–No. Elliot tuvo un gesto muy noble. Pocos hombres comprometerían su felicidad por salvar la reputación de una prima y, ante eso, padre no podía comportarse de un modo egoísta y aceptar –reconoció May.

–Te ruego que no digas que sabes nada de esto. Le prometí a tu padre que no te lo contaría.

–Pues ha hecho bien, madre. Elliot merece que se reconozcan sus méritos. Aunque no pueda agradecérselo personalmente, mi corazón queda endeudado con él.

–Yo no estoy tan convencida de que tu padre hiciera bien al rechazarlo. Elliot siempre ha sido muy amable con nosotros.

–Si no está convencida, madre, es porque piensa que no volveré a tener una oportunidad como esa.

–Estoy pensando en escribir a mi hermana. Tal vez acepte que pases una temporada en Londres. Con las lluvias de otoño, espero que la niebla amarilla que ha provocado tantas enfermedades desaparezca.

Todo el mundo hablaba del año sin verano. Resultaba curioso que los efectos de un volcán se notaran tanto tiempo después. En la isla de Sumbawa, en las Indias Orientales Neerlandesas, el Tambora había entrado en erupción en abril del año pasado. El ruido atronador se pudo escuchar en muchas partes del planeta, murieron doce mil personas a causa de la lluvia de ceniza y otras setenta y cinco mil por culpa de la hambruna y las enfermedades derivadas de la explosión. Y ahí no acabó todo. Toneladas, que se contaban por millones, de partículas volcánicas y dióxido de azufre ascendieron a la atmósfera y una nube amarilla y gris se expandió por el cielo de todo el mundo. Un frío atroz y el hambre, a causa de la escarcha que cubría los cultivos, llegaron con ella y también la proliferación de enfermedades, saqueos y amotinamientos.

–Al fin y al cabo, el frío también se nota aquí –insistió la señora Baker al tiempo que miraba la chimenea encendida–, aunque es cierto que la niebla es más liviana. Pero hemos de reconocer que nunca habíamos tenido unos atardeceres tan hermosos.

–No es por la meteorología, madre, sino que preferiría que tía Casandra no supiera nada. Además, ella tiene cuatro hijas casaderas, no creo que acepte competencia. Una madre no se esforzará en una sobrina cuando tiene que hacerlo por sus hijas.

–Si no he escrito aún, es por el temor a que el rumor se extienda. Ella no sabe nada y no entendería por qué, estando prometida a Westbrooke, quieres viajar a Londres. Deberíamos explicarle lo que ha ocurrido, y eso me hace dudar.

–No me parece buena idea. Prefiero quedarme aquí.

–Entonces, tendré que verte comer y salir de vez en cuando. Si no lo haces, te enviaré a la capital.

May suspiró y se acercó a la bandeja para coger una manzana. En lugar de usar un plato y cuchillo y tenedor, la llevó directamente de su mano a la boca y le pegó un pequeño mordisco.

La señora Baker fingió una sonrisa.

–Eso está mejor –comentó–. Además, dentro de un tiempo se habrá olvidado todo. Siempre suceden cosas que hacen que las anteriores pasen de moda. No te preocupes por tu hermana, esto no afectará a Eve. Solo tiene doce años y, cuando abandone el internado, ya no se hablará de ello. Es probable que se instalen nuevas personas en Culster que desconozcan lo ocurrido y, tal vez, algún caballero apuesto se fije en ti. Tienes una figura bonita y puedes sacar mucho partido a tu cabello si te lo arreglas.

–Se supone que, en un momento como este, una debe apelar a la sensatez, madre. Mi cabello es rubio oscuro, un color muy vulgar, por no hablar de mis ojos marrones. El color azul de la abuela le tocó a Frances. No creo que sea buena idea soñar con un futuro idílico.

–¡Oh! Entonces, me parece entender que estás hablando de afrontar el presente –dijo con un tono de burla no exento de cariño–. Sin embargo, tu actitud demuestra lo contrario. Te subestimas, hasta la señorita Macgregor ha llegado a decir que eres una de las muchachas más bonitas que conoce. Pero tú, en lugar de afrontar la situación, te has escondido.

–En cuanto deje de llover, le prometo que iré a visitar a Camile.

–Eso será un avance por tu parte. Y, ahora, acábate la manzana y me lo creeré.

May le hizo caso y se sentó a la mesa. Su madre se levantó de la cama y también cogió una silla a su lado. Cuando la joven terminó la fruta, preguntó:

–¿Qué dice padre?

–Creo que todavía espera que Westbrooke se presente aquí con unas disculpas y, por supuesto, una indemnización.

–¡Oh! ¿Y no espera que la señora Westbrooke sufra un accidente fatal y, ya viudo, el señor Westbrooke cumpla su compromiso conmigo? –ironizó May.

—Yo también creo que la postura de tu padre es ingenua, pero, al fin y al cabo, Westbrooke reside en Culster y, aunque ahora esté de viaje de novios, dentro de unos meses tiene que regresar. O en menos tiempo, teniendo en cuenta que ya hace más de tres semanas que se casó. Inevitablemente, habrá de enfrentarnos. Coincidiremos con él y tendrá que darle alguna explicación a tu padre. Y a ti, por supuesto.

—¿Y por qué cree que lo hizo, madre? —preguntó nuevamente dolida May.

—¿El qué, querida?

—Casarse con la señorita Curtis. Sin duda, ha sido un matrimonio rápido. Westbrooke partió hacia los Lagos solo hace dos meses —le recordó—. ¿Debió de ser un flechazo? ¿Fue presa de una pasión arrebatadora que yo no supe inspirarle?

—Es posible, hija. Los Curtis no están mejor posicionados que nosotros. Gozan de buena economía, pero no creo que obtengan las mismas ganancias que tu padre. No puede tratarse de un matrimonio de conveniencia. A no ser que exista una herencia oculta que desconozcamos.

—Tal vez encontraron un tesoro debajo de alguna baldosa —intentó burlarse May de sí misma.

Su madre procuró sonreír.

—Tu dote no era grande, es cierto, pero tu padre ofreció a Westbrooke parte de la fábrica y eso lo compensa. Así que probablemente se ha tratado de un matrimonio por amor.

—Westbrooke decía estar enamorado de mí —recordó May—. Imagino que la señorita Curtis, señora Westbrooke ya, será muy hermosa.

—Eso no puede saberse. He conocido hombres muy guapos enamoradísimos de mujeres feas y al revés. El amor no atiende a razones, querida. Pero tal vez no sea este el caso. Podría ser que ella lo hubiera forzado a una situación comprometida y él hubiese tenido que responder con el matrimonio.

—¿Más comprometida que nuestro compromiso público, madre?

—No sabemos nada de lo que ocurrió en los Lagos. Tal vez fueron sorprendidos y no les quedó otra opción.

—Si, como usted dice, Westbrooke se hubiese tenido que casar por razones caballerosas, por esa misma caballerosidad debería haber venido aquí a romper su compromiso conmigo mirándome a los ojos.

—En eso tienes razón.

Las dos se observaron en silencio y los ojos de May se humedecieron.

—Me siento tan ridícula, madre, tan humillada... —sollozó, aunque procuraba evitarlo.

—Llora, querida, llora. Lloralo todo de una vez y, luego, levanta la cabeza y enfréntate a todo aquel que intente humillarte. Hazles ver que no solo no te afecta, sino que incluso lo agradeces.

—Me avergüenza llorar por alguien que se ha portado así —respondió mientras se secaba las lágrimas que se le habían escapado con la servilleta que había en la bandeja.

—Nos enfrentaremos juntas a la gente, querida. El domingo tenemos que ir a la iglesia, eso es inevitable. Sería conveniente que salieras antes y la gente viera que no tienes miedo. Yo te acompañaré.

May respiró despacio, aceptando lo inevitable y, cansada del mismo tema, procuró cambiar la conversación.

—Antes he oído tocar la campanilla. ¿Tenemos visita?

—Alguien ha venido a visitar a tu padre, pero no sé quién. Supongo que será un asunto de negocios. Nada que nos afecte. De todas formas, deberías quitarte la bata y estar vestida, por si alguien se atreve a venir a verte a pesar de la lluvia. Conviene que empieces ya mismo a cambiar de actitud. ¿No vas a comer más?

May mostró un gesto de desagrado hacia la comida y, con voz de súplica, respondió:

—Le prometo que comeré durante la cena.

En esos momentos llamaron a la habitación. La señora Baker se levantó para abrir y se encontró a la criada que anteriormente había llevado la bandeja.

—El señor Baker quiere que la señorita Baker se presente en su despacho —comentó la sirvienta.

—¿Ahora? —preguntó May.

—Ha dicho que lo antes posible.

—Yo la ayudaré a vestirse, Molly, puedes irte —comentó la señora Baker y, luego, cerró la puerta tras salir la sirvienta—. Me pregunto qué querrá tu padre.

Capítulo 2

A pesar de las recomendaciones de su madre, May optó por vestirse de forma sencilla y se recogió el cabello de manera cómoda para acudir a ver a su padre.

Imaginó que la visita ya se habría ido y, aunque llamó a la puerta de su gabinete, entró sin esperar a ser invitada. Efectivamente, su padre estaba solo. De pie, girado hacia la ventana y contemplando cómo la lluvia arreciaba. En cuanto la oyó, se giró hacia ella y a May le pareció que estaba contento.

—Siéntate, querida —le dijo, y él hizo lo mismo.

—¿Qué desea, padre?

—Verás, hija... —Dudó un momento—. ¿De qué conoces al señor Hambleton?

—¿Quién es el señor Hambleton?

—¿No lo conoces? —se sorprendió.

—¿Debería? —insistió ella mientras tomaba asiento.

El señor Baker tardó unos instantes en contestar, pues la respuesta de su hija lo había dejado desconcertado.

—Lo que es obvio es que él te conoce a ti. Y, también, que eres de su agrado. Ha venido a pedir tu mano.

Hubiera podido introducir el tema de forma más suave, pero no sabía cómo, así que se decidió por soltarlo sin filtros. Además, tampoco estaba seguro de si era algo que se pudiera suavizar.

—¿Mi mano, dice?

Ahora la sorpresa pasó al rostro de May. La apatía que había mostrado hasta el momento se alteró y su semblante dibujó estupefacción y estremecimiento a la vez. Observó a su padre para adivinar si bromeaba, pero supo que hablaba muy en serio.

—¿Y qué respuesta le ha dado? —preguntó May expectante.

—No he podido negarle mi aprobación, siempre que des tu consentimiento. Hambleton, consciente de que es un desconocido para mí, ha venido con referencias y documentos bancarios. Después de estudiarlos, me ha resultado imposible poner alguna objeción. Es un hombre con fortuna y relaciones respetables.

—¿Dice que ha venido con documentos bancarios? —inquirió May, sintiéndose insultada—. ¿Y también ha pedido referencias de nuestra familia?

—No, no las ha pedido. Por lo visto, estaba muy bien informado.

—No lo entiendo. ¿Un desconocido se presenta aquí a pedir mi mano tras haber hecho una investigación de nuestra economía?

—Me ha sorprendido que conociera ciertos datos que yo nunca he mencionado.

—Y, seguramente, también sabrá que Westbrooke era mi prometido y se ha casado con la señorita Curtis.

—No ha mencionado ese tema.

May se levantó de la silla, incapaz de permanecer quieta. Caminó de un lado a otro de la pequeña estancia y, luego, se detuvo y miró muy seriamente a su padre.

—¡Y usted le ha dado su consentimiento!

—Le he dado mi aprobación para que te haga una

oferta, pero el consentimiento depende de ti, como te he dicho. Si por mí fuera, le habría dado tu mano de inmediato, pienso que te conviene después de todo lo que ha sucedido. Y ya te he dicho que tiene solvencia y relaciones. Pero entiendo que, en estos momentos, tu estado de ánimo no es el adecuado para comprometerte sin tu aprobación. Sé que serás razonable en tu decisión. Te está esperando en la sala azul para que le des una respuesta.

–¿Continúa aquí? –preguntó a modo de sorpresa y sin esperar respuesta, pues lo había entendido muy bien.

Su padre asintió con la cabeza.

–Te pido que seas amable con él.

May comprendió que, a pesar de que su padre deseaba su aceptación, había respetado su dolor y no la había comprometido contra su deseo. Emitió un suspiro como si a través de él canalizara su enfado y trató de calmarse.

–¿Debo ir? –preguntó.

–Te está esperando.

May salió del gabinete y cerró la puerta. Luego se quedó quieta unos momentos, buscando fuerzas para enfrentar al desconocido que se había tomado la libertad de negociar su futuro a sus espaldas. Lo cierto era que si su padre no hubiera tenido la benevolencia de contar con su opinión, en estos momentos podría estar comprometida con él, y eso la indignó.

Aun así, creyó que estaba tranquila y templada cuando por fin avanzó hacia la sala azul dispuesta a resolver la cuestión.

Entró y lo encontró de pie, también mirando a través de los ventanales, como si la lluvia tuviera tal magnetismo que no pudiera dejar de atraer todas las miradas. Notó que era alto y de complexión atlética y, cuando él se giró, su primera sorpresa fue la cicatriz que cruzaba su rostro. Esa visión la hizo estremecerse, pero procuró disimularlo. También le sorprendió su edad. Había esperado un hombre mayor y el que tenía enfrente no había cumplido los treinta años.

La marca en la comisura de un ojo le llegaba hasta su oreja, pero las patillas y el cabello no permitían ver su final. Sus ojos eran azules, de un azul intenso que resaltaba bajo su cabello oscuro. Vestía de negro y May tuvo la sensación de encontrarse ante un ser siniestro. Por un momento, su soberbia desapareció y no supo qué decir.

—¡Señorita Baker! —exclamó él, mientras la observaba de arriba abajo como si estudiara la mercadería.

Ante su forma de mirarla, ella sintió un temblor y lamentó no haber aceptado el chal que le ofrecía su madre para poder cubrirse con él.

Luego, tratando de tomar el mando de la situación, le indicó:

—¿No desea sentarse?

—Si tengo el placer de que me acompañe... —añadió Hambleton, señalando una silla cercana a la que él escogió.

Aunque ella dudó un momento, finalmente ambos se sentaron. May pudo ver que sobre la mesa había una carpeta y pensó que en ella debían encontrarse los documentos a los que su padre había hecho referencia. Él continuaba observándola de esa manera tan intensa y May pensó que, si aquel hombre continuaba sin decir nada, tal vez debería ser ella quien dijera algo que rompiera esa tensión.

—¿Desea que pida un refrigerio?

—No, gracias.

Y, tras estas breves palabras, volvió a hacerse un silencio incómodo. Mientras May pensaba en qué añadir ahora, él no se anduvo por las ramas y le preguntó directamente:

—¿Ha hablado con su padre?

—Sí —contestó sin atreverse a mirarlo a los ojos.

—¿Y qué piensa?

—No estoy muy segura de haberlo entendido bien —respondió con gesto altivo.

Él arqueó las cejas de forma ostentosa y permitió que media sonrisa asomara a su rostro.

—Entiendo —dijo con cierto sarcasmo—. Usted desea que yo exprese nuevamente mi petición.

Ella se ofendió por la burla implícita a su vanidad y, por primera vez, le devolvió la mirada, alzó el mentón y respondió:

—Se equivoca, señor Hambleton, he entendido perfectamente su petición. Lo que no logro adivinar son los motivos que lo han conducido a ella. Usted no me conoce.

—Solo hace dos semanas que he establecido mi residencia en Culster. He comprado una buena posesión y gozo de una solvencia... digamos... digna. Creo que ha llegado ese momento en la vida en que un hombre desea una esposa e hijos.

May enrojeció ante la referencia a los hijos.

—Eso continúa sin explicar por qué me ha escogido a mí —respondió con dureza.

—He podido observarla en la iglesia y, aunque usted no se fijó en mí, estuve presente durante el campeonato de tiro al arco y pude ver que goza de buenas aptitudes para ese deporte.

Lejos de cerrar alguna duda, ante esa declaración le surgieron más. ¿La habilidad con el tiro al arco la recomendaba como esposa? Si la situación fuese otra, habría estallado a reír, pero se sentía turbada y cohibida, aunque intentaba disimularlo con una actitud orgullosa.

–La señora Brenan tiene mayor destreza que yo –comentó tratando de corresponder a su sarcasmo.

–La señora Brenan está casada con el señor Brenan, me temo que no llego a tiempo.

Ella, molesta por el comentario, lo contempló con cierta inquina. Hambleton comprendió que la había ofendido y trató de enmendar su comportamiento.

–Señorita Baker, no puedo hablar de una pasión exaltada si es lo que desea oír, pero, como le he dicho, la he observado y considero que su moderación, elegancia y carácter complaciente la recomiendan como esposa. Por lo que he oído, es usted sensata y ecuánime y, además, razonablemente bonita, algo que siempre se agradece. Creo que, si usted acepta, el nuestro será un matrimonio prudente con muchas posibilidades de felicidad.

–Me resulta creíble que me haya estado observando y, supongo, que mucho más que eso, porque mi padre me ha informado de que conoce muy bien nuestro patrimonio.

–Eso le demuestra que yo también soy un hombre prudente.

–¡Oh! –comentó al tiempo que se levantaba de la silla, sin poder ocultar ahora cierta ofuscación–. Señor Hambleton, creo que, si aceptara su mano, defraudaría la opinión que tiene de mí. No creo que pudiera considerarme sensata si me comprometiera con una persona de la que solo conozco su apariencia.

–Mi intención no es que me conteste ahora. Considero que debe reflexionar antes de darme una respuesta y estoy dispuesto a esperar unas semanas mientras adopta la decisión.

–Mi decisión está tomada, señor Hambleton. No pienso casarme con usted, por muchas recomendaciones que guarde en esa carpeta –dijo señalando con la mirada hacia la mesa.

—¿Y puedo saber por qué mi propuesta la ha ofendido? —exigió él sin tampoco ocultar su enfado—. ¿Hubiera preferido que le mintiera y le dijera que la ha provocado un amor apasionado? ¿O es mi apariencia lo que la intimida? —preguntó en clara referencia a su cicatriz—. Creo que no ha habido en mis palabras ningún agravio, en cambio, sí he dedicado lisonjas a su carácter.

—¡Un carácter que usted no conoce, señor Hambleton! No puede conocerme con una mera observación lejana de dos semanas —respondió airada, obviando la referencia a la desfiguración de su rostro.

—Sé lo necesario de usted. Por ejemplo, que lleva unos días sin salir de casa porque el que fuera su prometido, el señor Westbrooke, se ha casado con otra.

—¿Y usted ha venido a aprovecharse de esta situación pensando que me entregaría al primero que pasara?

—He venido con la expectativa de que yo pudiera cumplir con sus esperanzas igual que usted con las mías.

—Pues se ha equivocado, señor Hambleton, usted no sabe nada de mis esperanzas.

Él se levantó de la silla y agarró su carpeta. A continuación, hizo una pequeña reverencia y añadió:

—Lamento haber sido recibido con tan poca cortesía, pero no por ello dejo de desear que pase un buen día.

—Es usted todo amabilidad —se burló May sin conseguir sentirse satisfecha por ello.

Hambleton abandonó la estancia. Ella, en cambio, permaneció allí, con la finalidad de calmar su exaltación antes de encontrarse de nuevo con su padre. Pero le costó recuperar el ritmo de la respiración, porque continuaba sintiendo los ojos de él clavados en su rostro.

Capítulo 3

El señor Baker, a pesar de haberle dado libertad a su hija para decidir sobre su futuro, estaba convencido de que May aceptaría la oferta de matrimonio. Pensaba que no podía ser de otra manera, dadas las circunstancias. Y a él, particularmente, le convenía que así fuera. Los problemas que últimamente lo acuciaban para pagar la deuda que mantenía con el banco, tras las bajadas de las ventas de botones, habrían desaparecido.

Hambleton, y el señor Baker se mostró muy sorprendido ante esto, conocía el estado de sus cuentas. Con su propuesta, no solo solucionaba el problema de las habladurías sobre lo ocurrido entre Westbrooke y su hija, sino que, además, solventaba sus deudas. Porque el señor Hambleton estaba dispuesto a hacerse cargo de ellas y, además, pensaba invertir una interesante cantidad de dinero si el señor Baker aceptaba hacerlo socio de su empresa.

El señor Baker llevaba un tiempo sin saber cómo afrontar su situación e incluso había pensado en vender la fábrica, aunque, para ello, tuviera que falsear su contabilidad. Había despedido a varios trabajadores, y lo había justificado con leves faltas que ellos habían cometido, y ahora se estaba planteando bajar el sueldo a los que permanecían con él. En la época de su padre, la manufacturación de botones había sido un negocio seguro. Pero ahora, con la nueva burguesía, el botón ya no se consideraba tanto una pieza ornamental como un elemento práctico. Se habían incorporado nuevos materiales más baratos para su confección, sobre todo desde que había estallado la guerra y se necesitaban más uniformes, y se diseñaban muchos botones iguales, sin importar la dignidad de quien fuera a lucirlos. La exclusividad se estaba perdiendo y los clientes se habían reducido mucho durante la última década. Debido a su precio más barato, la gente optaba por comprar los fabricados en serie, como si fueran destinados a uniformarlos a todos.

Ese era el motivo, y no otro, por el que el señor Baker no había dado su consentimiento para casarse con May a su sobrino Elliot. Elliot Carpenter vivía de una renta modesta y, aunque había heredado bien a la muerte de su padre, poco quedaba hoy en día de esa cantidad y no hubiese podido aportar nada para mejorar la economía de la fábrica. Claro que, de todo esto, nadie sabía nada. Ni siquiera su esposa, sus hijas ni, mucho menos, su sobrino. Por eso estaba sorprendido de que Hambleton conociera el asunto y, mucho más, que se planteara invertir en él. Debía estar muy enamorado de su hija, pensó.

Y, sabiendo que May se sentía humillada y llevaba cuatro días como alma en pena, había dado por hecho que aceptaría la mano de Hambleton, por lo que ahora se sentía atrapado al haberle concedido libertad para decidir.

La señora Baker estaba tan sorprendida como él, pero ella por motivos diferentes. Nunca había oído hablar de Hambleton y, mucho menos, había imaginado que un caballero con posibles llegara a Culster con intención de salvar a su hija mayor de un destino lleno de habladurías y de soledad. Y, cuando supo que el caballero en cuestión no había cumplido los treinta años y no poseía ninguna tacha moral, no entendió por qué su hija lo había rechazado. Aunque cuando su marido le describió a Hambleton, pensó que la cicatriz debía de convertirlo en un hombre repulsivo.

Durante la cena, tanto el señor Baker como su esposa interrogaron a May sobre los motivos de su rechazo y ella se sorprendió ante tanto interés.

–Ambos decían que mi situación no era tan grave, ¿por qué iba a aceptar a un desconocido? ¿Acaso solo eran palabras de consuelo y realmente no tengo otra salida?

–Pronto dejará de ser un desconocido, May. Ha comprado Astonfield y es amigo personal de *lord* Swanston. ¡Es un hombre rico! Y socialmente superior a Westbrooke –expresó su padre.

–No es muy difícil ser superior a Westbrooke después de cómo se ha portado, padre.

–Hija mía, cuando te comprometiste con Westbrooke tampoco te habías relacionado demasiado con él. ¿Fueron tres bailes? ¿Cuatro? –preguntó la señora Baker.

–Cinco bailes, madre, y las reuniones en casa de los Clayton… Y también en el bautizo de la hija de los Brenan, ¿recuerda?

–Sí, sí, bueno. ¿Y eso es importante?

–¡Claro que es importante conocer el carácter de la persona con la que uno va a pasar el resto de su vida!

–Pues con Westbrooke te equivocaste, por muchos bailes, reuniones y bautizos en los que hubieses tratado con él –le recordó su padre–. No considero que sea tan importante el conocimiento previo como unas buenas referencias, y Hambleton las tiene.

—Con el tiempo te acostumbrarás a su cicatriz, querida; incluso es algo que se puede maquillar –intervino la señora Baker–. Si eso es lo que te preocupa, pronto ni te fijarás en ello. Por lo que le ha contado a tu padre, es una herida de guerra. Seguro que se la produjo en algún acto heroico.

—Insisten en alabar sus virtudes, aunque algunas de ellas solo las imaginen –protestó May, que al menos estaba comiendo.

—¿Tan desagradable es? –preguntó su madre.

—Es alto y fuerte y no tiene entradas. Ese hombre no necesitará nunca peluquín –respondió el señor Baker.

—Me refiero al carácter, querido.

—Es arrogante –respondió May–. Estaba convencido de que yo aceptaría su propuesta, he podido notarlo en su reacción.

—También nosotros estábamos convencidos, hija.

—Padre, usted me dijo que tenía libertad de decisión. No entiendo por qué ahora habla como si me reprochara que haya seguido mi propio criterio.

—Te di libertad porque pensé que eras una joven prudente, pero está visto que habré de depositar todas mis esperanzas en Eve. –Después de decir esto, que consiguió dejar callada a May, bebió un sorbo de vino y añadió–: Por fortuna, Hambleton afirmó que estaba dispuesto a esperar unas semanas antes de que le dieses tu respuesta. Espero que no hayas sido rotunda y el asunto pueda enmendarse.

—He sido rotunda, padre.

El señor Baker hizo un gesto de pesar y la señora Baker bajó los ojos como si lamentara lo que acababa de oír. Tras una larga pausa, el cabeza de familia añadió:

—El domingo estamos invitados a cenar en Astonfield. Ya he aceptado, así que puede resultar una buena ocasión para que le hagas ver a Hambleton que hoy has actuado de forma precipitada.

—¿Me está pidiendo que acepte, padre? —se sorprendió May—. ¿Ahora? ¿Quiere que me humille y me retracte ante él? ¿Debo suplicarle que renueve su oferta?

—No, no, no. —negó también con un gesto de cabeza el señor Baker—. No te pido que aceptes ahora, te pido que te lo pienses durante un tiempo. No tienes que aceptar el domingo, solo hacerle saber que estás meditando sobre la propuesta. Tu madre y yo nos encargaremos de que podáis estar solos durante unos momentos.

—Eso estaría muy bien, May, sería deseable que te tomaras un tiempo para reconsiderarlo —añadió la señora Baker.

—¿Usted también quiere que me case con él?

—Es una oportunidad que tal vez no vuelva a repetirse. Después de lo ocurrido...

—Hace solo un rato, usted estaba diciendo que mi situación no era tan grave —protestó.

—No quería verte llorar.

May apretó los ojos ante lo que sintió como una bofetada. Su madre tenía razón, su situación era grave, pero no quería pensar que desesperada.

—Hambleton la conocía y, aun así, no ha dudado en ofrecer su mano.

—Precisamente es lo inaudito del caso lo que hace que debamos aprovecharlo —comentó la señora Baker.

—¿Y no piensan que, tras su propuesta, hay otros intereses?

—¿Qué tipo de intereses? —preguntó su madre.

—Es obvio que mi marido será socio de la empresa. Tal vez sea eso lo que persiga.

El señor Baker, que sabía muy bien que no se trataba de eso, comentó:

—Yo pienso que está enamorado de ti.

—¿Enamorado? —Se asombró May—. Le aseguro que su declaración no ha sido la de una persona enamorada.

—Además, no conoce a la niña —la apoyó ahora su madre.

—Dijo que la había visto en la iglesia —añadió el señor Baker, aunque, tras reconsiderarlo, añadió—: Bueno, tal vez no esté enamorado, pero no debió desagradarle. Y nuestra familia goza de buena fama. Todo el mundo sabe que somos gente honesta, respetable y devotos de la Iglesia anglicana. Creo que son cualidades suficientes para que un caballero que desee formar una familia escoja a May.

—Sí, eso es cierto —admitió la señora Baker.

—No, no lo es. Porque si esas son cualidades suficientes, tendré otras oportunidades. Y, sin embargo, ustedes dan por hecho que me encuentro ante la última oportunidad de acceder a un matrimonio.

—Es una suerte que Hambleton no tenga en cuenta lo ocurrido con Westbrooke —reconoció el señor Baker.

—¡Oh, Max! ¡Tal vez sea de moral laxa! —se asustó su esposa.

—¿Siendo amigo de *lord* Swanson?

—Tal vez no sean tan amigos como él ha querido hacerte creer.

May se sorprendió de que ahora su madre también tuviera reticencias e, internamente, lo agradeció.

—Mañana mismo visitaré a los Rogers. Si estuvo en la competición de tiro al arco, seguro que saben quién es. Y también pasaré por el despacho del señor Marshall, que es quien lleva sus asuntos jurídicos en Culster. Creo que, con la información que reciba tras estas dos visitas, saldremos de dudas —dijo su padre.

—¡Oh! ¡Espero que todo sea correcto! Sería tan deseable que estuvieras ya casada cuando regresara Westbrooke... –suspiró la señora Baker.

–Padre, me dio libertad –le recordó May, dejando los cubiertos sobre la mesa y dispuesta a dejar de comer.

–Pero si en su historial no encontramos ninguna mancha, ¿qué objeciones tendrás?

–Tú nunca has sido de ideas románticas, May, ¿a qué viene ahora tanta oposición? –le preguntó la señora Baker.

–Sería deseable que me agradara mi marido, madre.

–Pero tu padre dice que no es desagradable...

–Es orgulloso.

–¡Oh! Ese es un defecto perdonable si está bien fundamentado –insistió la señora Baker.

–¿Y no es acaso orgullosa tu postura ahora? –Le hizo ver su padre–. Y lo que es seguro, querida –dijo a la señora Baker–, es que precisamente ella no puede permitírselo.

May se levantó de la mesa y miró a sus progenitores.

–Les agradezco su confianza en mis posibilidades. Está claro cuál es su deseo. Ahora, me gustaría que ustedes respetaran el mío.

Y, dicho esto, abandonó el comedor y se dirigió visiblemente nerviosa a su habitación.

Capítulo 4

May se sentía abrumada ante la insistencia de sus padres. Cuando se dejó caer sobre la cama, el corazón le latía con fuerza. Cerró los ojos como si con ello evitara escuchar los ecos de las palabras mencionadas durante la cena. Sin embargo, unas imágenes incómodas se sucedían en su mente como si pretendieran marearla.

De nuevo sintió la evidencia de su humillación. La situación en la que la había dejado la traición de Westbrooke, quien parecía haberse esfumado de su mente desde la presencia de Hambleton, volvía a hacer mella en May. Resultaba obvio que sus padres, a pesar de haber tratado de darle ánimos durante esos días, consideraban que lo mejor que podía suceder era que se «arreglara» el agravio cuanto antes.

May no había pensado en eso. Su ánimo había arrastrado a su pensamiento y, cuando supo por la señora Macgregor que Westbrooke se había casado, sus ojos solo habían contemplado el abismo. Se había dedicado a preguntarse por qué y a recrearse en su propia desgracia. Ni se le había ocurrido que pudiera existir una solución. No, al menos, tan rápidamente.

¿Se había equivocado al rechazar a Hambleton? Tras dudarlo un momento, recordó la endurecida mirada de él y supo que había hecho bien. No había ningún afecto en su expresión y, sin duda, Hambleton encontraría pronto a otra tan o más recomendable que ella. Y más, con las referencias que, según su padre, poseía.

Cierto que la tara de su rostro producía una extraña sensación en quien lo contemplaba, pero May no podría afirmar que produjera rechazo. Al contrario, ocasionaba una atracción enigmática y lo dotaba de un aire de misterio. No, no era eso lo que no le había gustado de él. Físicamente, no hubiera tenido nada que objetar. Pero la indiferencia de sus sentimientos, la soberbia en sus ademanes y la superioridad con que la había tratado resultaban motivos suficientes para haberlo rechazado.

¿O había actuado impulsivamente? Las dudas iban y regresaban una y otra vez. Estaba claro que, tras lo ocurrido, le quedaban dos opciones: o quedarse soltera y aguantar las miradas que la señalarían allá adonde fuese o casarse con cualquier otro. Y Hambleton tenía la categoría de cualquier otro. Tal vez sus padres tuvieran razón y debería haberse tomado un tiempo para responder. Desde luego, ahora todo estaba todavía reciente, pero si Hambleton mejoraba con el trato, es posible que no fuera tan mala opción. Y, si no mejoraba, al menos se reafirmaría en su rechazo.

Tan confusa como compungida, se durmió horas después de haberse acostado.

Al día siguiente, sin embargo, se despertó decidida a salir de casa. Aunque continuaba lloviendo, no quería quedarse en el hogar y escuchar los lamentos de sus padres tras su reacción con Hambleton. Y tampoco quería sentirse hundida tras la traición de Westbrooke; en esto último, su madre llevaba razón.

Así que, para sorpresa de la señora Baker, después de desayunar, Molly le dijo que su hija había salido.

—¿Sin decir nada? —preguntó—. ¿Con esta lluvia? ¿Adónde ha ido?

—Llevaba paraguas, señora Baker, y la capa con capucha. Además, ahora ha aflojado. Dijo que quería visitar a la señorita Spencer.

Afortunadamente, los Spencer no vivían muy lejos y May llamó a su puerta diez minutos después de salir.

Preguntó por Camile y, tras dejar el paraguas en el paragüero y la capa en una percha, una criada la hizo pasar al salón, donde se encontraban bordando la señora Spencer, Camile y sus dos hermanas.

La expresión que notó en el rostro de las cuatro mujeres evidenciaba no solo su sorpresa, sino también la compasión que sentían hacia ella.

—¡Señorita Baker! —exclamó la señora Spencer sin saber qué más añadir.

Camile dejó su bordado en una cesta y se levantó enseguida, viendo el apuro en que se encontraba su amiga.

—¡Celebro tu visita! —le dijo con una sonrisa—. ¿No prefieres pasar a la salita de atrás? Pediré a Sue que nos sirva un tentempié allí.

May agradeció el gesto con una mirada y, aunque temblaba ante la expectación que su visita había generado, se dejó agarrar por Camile y consiguió moverse para acompañarla hasta la otra estancia.

En la nueva sala, que solían usar en verano porque daba hacia el norte, no había chimenea y el frío hizo mella en May en cuanto entró. También Camile sintió el estremecimiento del cambio de temperatura.

—¿Quieres que traiga un mantón? —le preguntó a su amiga.

—No, gracias. Te aseguro que hace más frío afuera.

—Me lo imagino. —Sonrió tímidamente al principio, pero enseguida rompió la barrera del pudor y no pudo evitar abrazarla—. ¡Oh, May! Todo se arreglará, ya verás cómo se arreglará.

May le devolvió el abrazo, pero se liberó enseguida porque notó que, si se dejaba llevar, las lágrimas comenzarían a rodar por sus mejillas.

—Has sido muy valiente al venir, pero me temo que sé lo que vas a decirme —comentó Camile sin ocultar su tristeza.

—¿Qué temes? —preguntó intrigada.

—Que has venido a despedirte y te vas a pasar una temporada a Londres. ¿No es eso?

—No. En absoluto. ¿Acaso crees que es lo que me convendría?

—No, no he dicho eso —dudó como si la hubieran cogido en falta—. Dicen que ahora mismo el aire de Londres es irrespirable.

—¿Tú también piensas que mi situación es tan desesperada, Camile? —le preguntó seriamente después de sentarse.

Su amiga la miró en silencio sin saber qué responder. Notó que el dolor de May se debía a la humillación, pero aún no era consciente de la situación en la que había quedado.

—Tal vez, si no hubieras llamado mentirosa a la señora Macgregor… —trató de justificarse.

—¿Eso va diciendo? No es cierto, yo no la llamé mentirosa —respondió enfadada—. Cuando ella comentó que Westbrooke se había casado, solo dije que eso no podía ser verdad. Si cuenta que la llamé mentirosa, está mintiendo.

Ante esa respuesta, ambas callaron. Camile bajó los ojos y ni siquiera los levantó cuando preguntó:

—¿Quieres una infusión?

—No, gracias. He desayunado hace media hora —rechazó—. Por favor, Camile, sé sincera, ¿tanto han hablado de mí estos días?

—Ya sabes cómo son. Se les pasará en cuanto haya otro escándalo.

—¿Escándalo? ¿Qué tiene de escandalosa mi conducta? ¡Yo no he hecho nada!

—La gente no te censura, May. Te...

—Me compadece —terminó ella misma la frase que su amiga dejó a medias.

Camile asintió con un gesto.

—Incluso la señorita Winter habló de escribir a su hermano para invitar a su sobrino a pasar unos días en Culster, a fin de que lo conocieras.

—¿Me están buscando un nuevo pretendiente?

—No, no. Solo lo propuso. Pero mi madre opinó que no debía escribirle porque lo más probable era que tú emprendieras un viaje. Y no tendría sentido que el sobrino de la señorita Winter viniera y tú no estuvieras.

—No voy a emprender ningún viaje, Camile.

—Lo siento, nosotras pensamos que no te gustaría estar aquí. Al menos, durante los primeros meses en que Westbrooke y su esposa residan en Culster, para no tener que enfrentarte a ellos.

—¿Y acaso no tendría que enfrentarlos a mi regreso?

—Bueno, eso solo en el caso de que no hubieras conseguido un marido. Pero si vas a Londres, seguro que puedes conocer a hombres mucho más interesantes y apuestos que Westbrooke y, sobre todo, que no saben nada de la situación en la que te ha dejado —dijo como si la idea tuviera que entusiasmar a May.

—Entonces, debo deducir que, en vuestra opinión, solo un casamiento ventajoso es capaz de reparar el daño sufrido —comentó a modo de pregunta.

—¡Oh, May! Si eso ocurriera, sería tan bueno para ti... —exclamó dándose cuenta tarde de que su amiga no compartía sus esperanzas.

—¡Ni que yo hubiera cometido alguna conducta indecorosa! ¡Como si tuviera alguna falta que tapar!

—¡Nadie piensa eso, May!

—¡Pero está visto que se me trata igual que si lo pensaran! ¡Oh! Yo había venido a verte para procurar no pensar en todo esto. Necesitaba despejarme, pero es obvio que no puedo —se lamentó.

—No creo que sea bueno que cierres los ojos y finjas que no ha pasado nada. Si te quedas aquí, no te va a resultar fácil. Perdona que te hable así, perdona que te mencione el asunto, pero solo quiero ayudarte —insistió, mirándola con pena y cariño—. Ve a Londres, May, y no vuelvas hasta que estés casada.

May sabía que Camile hablaba con el corazón, que le deseaba lo mejor y que, si le daba ese consejo, era porque estaba convencida de que era lo que más le convenía.

—La señora Delaware vino a visitarnos hace dos días —añadió—. Ya sabes que ella es originaria de Sunday Creek. Pues nos contó que allí, hace unos años, ocurrió lo mismo con otra joven, aunque, en ese caso, el que había sido su prometido nunca regresó. Los tres primeros años continuó residiendo allí, pero todos los hombres la veían como una repudiada y ni siquiera la invitaban a bailar. Finalmente, se tuvo que ir del pueblo. La señora Delaware no sabe qué fue de ella.

—Esperaba algo de ánimos por tu parte —comentó May, afectada por lo que estaba escuchando.

—Si yo estuviera en tu lugar, esperaría sinceridad de una amiga.

—Tienes razón, Camile —se derrumbó May—. Gracias

por los consejos. Pero no creo que me vaya a Londres. Mi madre se vería en la obligación de explicarle a mi tía los motivos y te aseguro que no es una persona discreta. Además, tiene cuatro hijas casaderas. En breve, todo Londres sabría lo ocurrido. No me queda más remedio que aguantar la tormenta.

—Podrías ir a casa de Lydia...

—Te agradezco el ofrecimiento, pero tu hermana no está en la mejor situación para aguantar advenedizas.

—Cierto. Pero ella y Sidney podrían hacer un esfuerzo...

—No, Camile, gracias. Ahora sé lo que me espera y no me sorprenderé de los desprecios —añadió no muy convencida.

—El próximo domingo, en la iglesia, no me separaré de ti.

—Eres un amor —dijo May al tiempo que se levantaba—. Creo que debería volver a casa. No he avisado a mi madre de que salía.

Camile comprendió que su amiga no había encontrado la paz que había ido a buscar y, nuevamente, se compadeció de ella.

May notó la mirada indulgente en los ojos de Camile y sintió que la conciencia de la gravedad de sus circunstancias aparecía ante ella por primera vez.

—Despídete de tu madre y tus hermanas por mí, por favor —le pidió.

—Claro. Esta mañana esperamos visita, pero, si esta tarde puedo, iré a verte.

—Gracias por todo, Camile.

May salió de casa de los Spencer cabizbaja y, antes de abrir el paraguas, alzó el rostro hacia el cielo y dejó que la fría lluvia la mojara. Sentía ganas de llorar y permitió que el cielo lo hiciera por ella.

Se acercaba ya a su hogar cuando un carruaje se detuvo en mitad de la calzada cerca de ella y oyó una voz de mujer que pronunciaba su nombre.

—¡Señorita Baker! ¡Señorita Baker!

La señora Macgregor estaba asomada a la ventanilla del coche y le pedía que se acercara.

May, con pocas ganas, pero mucha resolución, decidió no amedrentarse y levantó la cabeza para observarla, pero no dio un paso hacia ella.

La mujer, al ver que la joven no tenía intención de avanzar hacia el carruaje, optó por hablar en voz alta.

—¿Sabe que el señor Westbrooke regresa la semana que viene con su esposa?

Capítulo 5

May sintió que algo se le rompía por dentro. No respondió y reemprendió el camino hacia su casa ignorando a la señora Macgregor. Esta, por su parte, dio instrucciones al cochero de que continuara y, aunque de reojo, May pudo ver un gesto de satisfacción en su semblante.

El agua había vuelto a arreciar y, ahora, el paraguas le servía de poco. Se cubrió la cabeza con la capucha de la capa y sintió, por un momento, que desaparecía a ojos del mundo.

Fue una sensación efímera. Enseguida volvió a sentirse el centro de las miradas de la señora Macgregor, el centro de Culster y el centro del mundo. Un frío helador la sobrecogió. No venía solo del agua gélida, sino que le pareció que nacía en su interior. Tiritó y se abrazó a sí misma mientras se mordía los labios. Hubiera deseado quedarse ahí, protegida por la capucha de los ojos que la señalaban y de los que la compadecían, y no supo decidir cuáles de ellos le aguijoneaban más el alma.

Sin pensar, dejó de dirigirse hacia su casa y se desvió por el camino que llevaba a campo abierto. No le importaban los charcos ni el agua, necesitaba calmar la exasperación de la que ahora era presa. Del mismo modo en que el barro se agarraba a las faldas de su vestido y sus botas se incrustaban en la tierra, May notaba cómo su nombre se había ensuciado sin que ella hubiera hecho nada. Al igual que se había ensuciado el cielo por una vileza de la tierra.

Se preguntaba cómo sería la señora Westbrooke, qué virtudes tendría que habían empujado a Westbrooke a romper su promesa, y la imaginó muy hermosa, con una belleza angelical que, obligatoriamente, animaba a todo aquel que la viera a amarla de inmediato. Lo más probable era que ocurriera lo mismo en Culster. Cuando la señora Westbrooke llegara, conquistaría el corazón de todos los vecinos y quienes hoy censuraban la conducta de Westbrooke estarían destinados a entenderlo y a simpatizar con él. La afrenta que había sufrido May sería justificada en cada hogar, pero no olvidada, y ella pasaría a ser parte de esas mujeres que cumplen años y van siendo relegadas de la sociedad. Tal vez, con el tiempo, incluso naciera alguna historia que explicara el rechazo de Westbrooke y una mácula, que jamás había existido, surgiría vinculada a su persona para siempre.

May se sentía angustiada, desolada, maldita... y sabía que sus circunstancias afectaban a toda su familia. Sin tomar conciencia de ello, continuó avanzando en dirección a Astonfield. La fuerte lluvia restaba visibilidad y, solo cuando estuvo ante el patio principal, supo que había llegado hasta allí. Sin embargo, pensó, durante un momento, que sus pies habían actuado con voluntad propia. ¿O no era así? ¿O acaso su subconsciente la había empujado a buscar una segunda oportunidad?

El rostro de Hambleton apareció en su mente sin ser invitado, aunque, por primera vez, no lo sintió como una amenaza. En el fondo, sabía que era su única esperanza.

Pero ella lo había rechazado, ya era tarde para agarrarse a la posibilidad de un matrimonio que la salvara de todo el escarnio.

La lluvia continuaba cayendo sobre ella y May buscó refugio bajo un roble. Cerró el paraguas, aunque continuó con la capucha puesta. Observó la casa, quieta, durante unos minutos, como si estuviera dudando qué hacer. El corazón le bombeaba con fuerza y la desesperación corría por sus venas.

Finalmente, abandonó la protección del árbol y avanzó hacia la entrada principal. Pero, cuando quedaba poco, se detuvo de nuevo. Cerró los ojos, como si lamentara su incapacidad para continuar, y luego dio media vuelta. Se olvidó del paraguas, que balanceaba junto a su falda, y comenzó a caminar apesadumbrada, dando la espalda a la mansión. Pero se detuvo de nuevo cuando distinguió un caballo que frenaba su paso a una distancia cercana a ella. Sorprendida, levantó la cabeza para ver de quién se trataba, pero el jinete también llevaba una capa con capucha y no pudo verlo bien.

Sin embargo, algo en ella debió adivinar que se trataba de Hambleton y el aturdimiento se convirtió enseguida en rubor.

—¿Señorita Baker? —preguntó él con voz de sorpresa tras descender y acercarse para verla mejor.

May trató de cubrirse aún más con la capucha y no le respondió. Azorada, quiso alejarse de él y regresar a su casa, pero Hambleton se colocó a su lado y la agarró de un brazo, mientras con el otro aún sujetaba las riendas del caballo.

—¿Qué hace? ¿No ve la que está cayendo?

Ella se vio obligada a mirarlo, pero enseguida bajó los ojos, incapaz de mantenerlos fijos, para que no se apreciara su temblor. Resultaba obvio que él estaba asombrado de su presencia allí, pero reaccionó de inmediato cuando comprobó su estado.

—¡Haga el favor de entrar y calentarse! ¡No debería haber cometido esta imprudencia! —dijo al tiempo que soltaba las riendas del caballo y la acercaba a ella hasta la entrada.

Hambleton abrió la puerta y llamó a un criado, al que le pidió que se ocupara del animal. A continuación, solicitó al ama de llaves que trajera una manta y un vaso de leche muy caliente y, luego, ayudó a May a quitarse la capa.

—Está empapada. Y no me diga que estamos en septiembre porque este año no ha habido verano —comentó.

Mientras él se quitaba la suya, indicó a la joven que pasara al salón.

Ella se dejó llevar. No podía reaccionar y notaba que su estado de nervios había incrementado desde la aparición de Hambleton. Evidentemente, él le exigiría alguna explicación de su presencia allí.

El dueño de la casa acercó un sillón a la chimenea y la ayudó a sentarse.

Luego, trajo otra silla hasta allí e hizo lo propio.

—¿Se encuentra bien? —le preguntó con mayor amabilidad de la que había demostrado durante su petición de mano.

—Muy bien, gracias. No debería haberse tomado la molestia.

—Es obvio que usted se ha tomado más molestias que yo al caminar bajo esta lluvia solo para venir hasta aquí.

May supo que no podía negar que había ido a buscarlo, aunque eso no fuera del todo cierto. Desde su posición, Hambleton habría visto cómo se encaminaba hacia la puerta y luego retrocedía.

—Me gusta pasear —dijo a pesar de la evidencia.

—¿Pasear? —preguntó incrédulo, mientras el fuego iluminaba solo la parte del rostro que tenía cicatrizada.

May bajó los ojos de nuevo y notó el rubor en las mejillas. Lo cierto era que su posición resultaba muy incómoda y se hacía urgente decir algo que justificara su actitud.

—Creo que el otro día no le di las gracias por su oferta —comentó al tiempo que se quitaba de delante de la cara un mechón mojado que se le había desprendido del recogido—. Tal vez la sorpresa impidió que me comportara según exige el protocolo.

Hambleton arqueó las cejas y, cuando iba a añadir algo, fueron interrumpidos por una criada que entraba con una bandeja con tazones y una jarra. Él le indicó que las dejara sobre una mesa y, a continuación, se levantó y se encargó de servir él mismo la leche.

—¿Azúcar? —preguntó a May.

—Sí, gracias.

Este respiro sirvió a May para tratar de poner en orden las ideas que fluían confusas en su cabeza y, sobre todo, para asumir la vergüenza que suponía para ella haber sido sorprendida en Astonfield.

Hambleton regresó a su lado y le ofreció la taza de leche. La miró de tal forma que, aunque ella continuaba sin atreverse a enfrentar su mirada, se vio obligada a alzar los ojos y sintió que se desnudaba ante los de él. Fue como si se sintiera atravesada y todas sus inquietudes quedaran evidenciadas en aquel momento, aunque sabía que no podía ser así.

May trató de reaccionar, estiró los brazos y sujetó el tazón de leche. Las manos de ambos estuvieron a punto de rozarse, pero ella separó el pulgar a tiempo para que eso no ocurriera.

Lejos de mostrar rencor por lo sucedido entre ambos y, a pesar del aspecto lúgubre que le daba la iluminación de la estancia, parecía como si Hambleton se alegrara de tenerla allí. Y, por primera vez, May pensó que no era tan terrible como había imaginado.

Durante el silencio que surgió en esos momentos en que él no dejaba de mirarla, May recordó las palabras de la señora Macgregor y, tal vez por eso, añadió:

—Fue usted muy amable al concederme tiempo para reflexionar sobre su oferta.

De nuevo él arqueó las cejas, aunque las bajó enseguida, consciente de que estaba obligado a mostrar indulgencia.

—¿Está usted queriendo decir que piensa aceptar ese tiempo?

May se llevó el tazón a la boca para pensar qué decir, pero la leche estaba tan caliente que fue incapaz de beber.

—Si usted fuera tan amable de mantener su solicitud y, con ello, demostrara no ser un hombre rencoroso... —comentó después, consciente de que existía un extraño atrevimiento en su propia actitud.

Hambleton pareció desconcertado durante unos instantes, cerró una de sus manos en un puño y, cuando la volvió a abrir, respondió:

—Sería un honor —respondió aún incrédulo—. Pero ¿está convencida de que ese es su deseo? ¿Puedo saber qué ha cambiado en tan poco tiempo para que ahora se muestre receptiva a mi mano?

—No llegó usted en el mejor momento —admitió ella retirando nuevamente la mirada.

—No debí ser tan directo. Seguramente usted encontró brusquedad en mi petición.

La generosidad de su respuesta tuvo un efecto inmediato en May. Sintió, contradictoriamente, un alivio al ver renovada su esperanza de huir de las lenguas viperinas de Culster y un temblor al imaginarse casada con un desconocido. Pero la imagen de Westbrooke regresó a ella como una burla que la aguijoneaba y, para su sorpresa, añadió:

–En ese caso, no seré causa de su incertidumbre por más tiempo. Si... –dudó un momento–, si continúa en pie su oferta, le hago saber que la acepto.

La seguridad con que lo dijo volvió a dejar desconcertado a Hambleton, quien, aturdido, preguntó:

–¿Está usted segura de que no quiere pensárselo?

–No, señor Hambleton. Esta vez no cambiaré de opinión.

Él escuchó estas palabras con media sonrisa en la boca, pero sus ojos, antes tan voluntariosos de querer penetrar en ella, ahora parecieron no verla, como si Hambleton estuviera concentrándose en algún pensamiento ajeno a su conversación. Eso hizo estremecer a May que, nuevamente, pensó que se había precipitado al dar una respuesta. Cuando él pareció regresar de sus propias reflexiones, lo notó más satisfecho que feliz. Eso evidenció que, efectivamente, la propuesta de matrimonio no había sido realizada porque lo empujaran a ello unos sentimientos cálidos hacia ella, sino que se trataba de un acuerdo que él también debía de considerar ventajoso.

–Solo puedo decir que lo celebro –añadió él, como si estuviera complacido de sí mismo y como si su vanidad supiera desde antes que esa joven rectificaría.

Una pequeña decepción caló en ella, pero enseguida pensó que, al fin y al cabo, continuaba siendo esa la única salida recomendable a la situación en que la había colocado Westbrooke.

–Prometo que intentaré hacerla feliz –comentó él sin entusiasmo, pero sí con cierta convicción al notar en ella un aire de frustración–. Me gustaría que, si no hay ningún motivo para demorarla, la unión se celebrara lo antes posible.

–Estoy de acuerdo.

En esos momentos entró otra criada con la manta y May le dijo que no la necesitaba.

–Debo irme –comentó.

–¿Sin tomarse la leche? –se sorprendió Hambleton.

–Mis padres estarán inquietos.

–¿No saben que ha salido?

–Sí, pero con este tiempo…

–Iré a encargar que preparen el carruaje. Espero que no tenga la idea de marcharse sola.

May aceptó la deferencia.

–Gracias.

–Mientras voy a ponerme unas ropas menos mojadas, acábese la leche. Yo aprovecharé el viaje para hablar con su padre e iniciar los trámites de la boda.

A pesar de lo razonable de la idea, May notó un tono calculador que le disgustó.

Capítulo 6

Como a aquellas horas el señor Baker se hallaba en la fábrica, Hambleton dejó a May en su casa y, luego, prosiguió camino.

La señora Baker preguntó a May dónde había estado y ella, que aún no quería contar lo ocurrido, se limitó a decir:

–He ido a visitar a Camile, madre. Supongo que estará contenta de que haya salido, es lo que usted deseaba.

–Pero... ¡Con la que está cayendo! ¿Has visto tus ropas, tu cabello...?

–Le he dicho a Molly que me prepare un baño –comentó al tiempo que empezaba a subir hacia su habitación.

No fue hasta las seis de la tarde, hora en que regresó su esposo, que la señora Baker supo que May había aceptado la mano de Hambleton.

–¡Oh! ¿Y cómo ha sido eso? ¿Por qué no me has dicho nada, May? –preguntaba exultante y compartiendo la alegría de su marido.

–No sabía cómo decírselo, madre. ¡Ha sido todo tan extraño!

—Pero ¿qué ha ocurrido? ¿Cómo es que has cambiado de opinión? ¿Cuándo has visto al señor Hambleton?

Incapaz de responder a esas preguntas, agradeció la intervención de su padre.

—Por lo que me ha contado el propio Hambleton, ha encontrado a nuestra hija paseando sola bajo la lluvia y ha sido tan amable de ofrecerse a traerla hasta aquí en su carruaje —explicó a su esposa y, luego, dirigiéndose a May, añadió—: No voy a preguntarte por los términos de la conversación que, durante el trayecto, sin duda habrá tenido lugar. Pero sí voy a felicitarte por este matrimonio que resultará ventajoso para ti y para toda la familia.

—¡Y tan oportuno! —exclamó la señora Baker—. Supone un alivio después de lo sucedido. Ahora ya no tendrás que volver a esconderte. Y ¿cuándo tendremos el placer de conocerlo?

—Lo he invitado a cenar mañana, querida. Y recuerda que el domingo cenamos en Astonfield. Tendrás oportunidad de conocer a Hambleton antes de que sea tu yerno. Por cierto, la boda se celebrará el trece de octubre.

—¿En menos de dos semanas? —preguntó la señora Baker, ilusionada—. Entonces, cuando Westbrooke regrese, ya estarás casada, May. ¡Todo son buenas noticias!

—Westbrooke regresa la semana que viene, madre. Me informó de ello, con mucho interés, la señora Macgregor.

—¡Oh! ¿Tan pronto? Bueno, es igual, no hay que darle importancia. Al menos, te encontrará prometida. ¡Estoy tan contenta! ¿No deberíamos avisar a Elliot y a Frances, querido?

—Mañana podríais visitarlos tú y May. Primero a Elliot y, luego, a los Weaver. Debe notarse que no es algo que escondamos, sino, al contrario, nos sentimos muy orgullosos de este enlace. Hambleton es mejor candidato que Westbrooke.

—¡Oh! ¿Estás seguro de eso? ¿No habrá falseado la información que te ha dado de sí mismo?

—Ya te dije que haría unas cuantas visitas para cerciorarme. Te puedo asegurar que Hambleton es todo cuanto dice ser. Estoy muy feliz de que nuestra hija haya recapacitado. Has hecho bien, May, no lo dudes.

Camile Spencer no pudo visitar a su amiga aquella tarde, pero sí lo hizo al día siguiente, justo cuando la señora Baker y ella estaban a punto de salir. Llamó a la puerta y le abrió la misma señora Baker, que se encontraba en el recibidor colocándose el abrigo.

—¡Oh! Estamos muy contentas de que hayas venido a interesarte por May, pero ya no hay nada por qué preocuparse. En realidad, estamos tan contentas por tantas cosas... —le dijo la señora Baker cuando la vio.

—Me alegro de que estén contentas —respondió Camile, sorprendida por la efusividad de la señora Baker.

—En estos momentos nos disponíamos a salir. Debemos invitar a mis sobrinos a la boda. Por supuesto, tú y tu familia estáis invitadas.

En esos momentos, May apareció en el recibidor y notó la expresión de sorpresa en el rostro de su amiga. Antes de que pudiera intervenir, su madre se le adelantó.

—May va a casarse con el señor Hambleton. Ha sido una suerte que el señor Westbrooke se fijara en esa señorita Curtis. Sin duda, mi hija ha salido ganando.

—¿Quién es el señor Hambleton? —preguntó Camile mirando a su amiga.

—El nuevo dueño de Astonfield. ¡Un héroe de guerra! Y es amigo de *lord* Swanston —añadió la señora Baker.

—¿Cuándo lo has conocido? ¿Por qué ayer no me dijiste nada? —continuó interrogando la recién llegada a May, que seguía callada.

—Ha sido la providencia —aseguró la señora Baker—. Se presentó aquí hace dos días y formuló la petición.

Camile siguió observando a May, que no decía nada, como si se avergonzara de lo que contaba su madre.

—¡Tu madre tiene razón! —dijo al tiempo que se acercaba a ella para abrazarla—. Pero yo debería regañarte por tenértelo tan callado. Cuando viniste a verme ¿ya estabas comprometida?

May calló. No quería contarle lo sucedido delante de su madre, pero la señora Baker, que voluntariamente olvidó el detalle de que ella al principio lo había rechazado, adornó la petición de mano con una retórica que demostraba, una vez más, lo satisfecha que se sentía con esta unión.

—Tengo ganas de ver la cara que pone la señora Macgregor cuando lo sepa —añadió Camile en un momento en el que la señora Baker había dejado de hablar.

—¿Por qué no nos acompañas? —le preguntó May—. Vamos a visitar a Elliot y después a Frances.

—Si no molesto, perfecto. Pensaba pasar toda la mañana contigo.

Y las tres salieron a la calle, aunque no todas sonreían con la misma intensidad.

—Creo que sé quién es el señor Hambleton. Tal como lo describes, me parece haberlo visto en la competición de tiro al arco —comentó Camile mientras May le explicaba, procurando no extenderse demasiado, lo que sabía del señor Hambleton.

—Sí, dijo haber acudido.

—No me fijé demasiado. Pero, de lejos, tenía un porte apuesto.

—¿Es apuesto? —preguntó la señora Baker, aún más contenta.

Al cabo de un rato llegaron al domicilio de Elliot Carpenter, pero el mayordomo les comentó que no se encontraba allí.

—¿Volverá a la hora de almorzar? Si es así, quisiera dejar recado.

—Lo siento, señora Baker. El señor Carpenter salió hace dos días hacia la casa de campo de los señores Pilgrin. Pasará allí, al menos, dos semanas. Los señores Pilgrin celebran su tradicional cacería de otoño.

—¡Oh! ¿Al menos dos semanas? —repitió la señora Baker, esperando que su sobrino hubiera regresado cuando se celebrara la boda.

Cuando el mayordomo se lo confirmó, se quedó profundamente decepcionada, tal como expresó.

A continuación, se dirigieron hacia la residencia de los Weaver, ubicada en London Place, muy cerca de la catedral, en pleno corazón de la villa. Antes de llegar, se hallaba la imprenta y la señora Baker consideró oportuno detenerse en ella para encargar las invitaciones de boda.

—Madre, deberíamos consultarlo antes con Hambleton. Una cosa es invitar a los más cercanos y, otra, enviar tarjetas a todo el mundo.

—Tu padre dijo que la celebración sería en Astonfield, y esa casa es muy grande. No creo que al señor Hambleton le importe el número de personas a las que invitemos. Hasta ahora, ha dado muestras de su generosidad.

—Pero yo preferiría una boda sencilla.

—¿Sencilla? ¿Y que parezca que te ocultas? No, en absoluto. La boda debe ser fastuosa. Y si Westbrooke ya ha regresado por entonces, deberíamos invitarlos a él y a su esposa también.

—¡No quiero invitar a Westbrooke, madre!

—Sería la mejor manera de demostrar tu indiferencia ante los demás.

—No me parece oportuno. Seguro que Hambleton no lo ve con buenos ojos.

—¿Hambleton sabe lo ocurrido? —preguntó Camile, mientras las otras dos discutían a las puertas de la imprenta.

—Sí, ya te he dicho que es un hombre muy generoso.

—Pero si usted aún no lo conoce, madre —protestó May.

Pero la señora Baker continuaba eufórica y no estaba dispuesta a consentir que nadie le estropeara tanta dicha. Así que entró en la imprenta sin responder a su hija y esta y Camile se vieron en la obligación de acompañarla.

—Podemos escoger el tipo de letra, madre, pero todavía no las encargue. No hasta que sepamos con certeza el número de invitados. Recuerde que debe contar también con aquellos que vengan por parte de Hambleton.

—Eso es cierto —reconoció la señora Baker—. ¿Quién vendrá por su parte? ¿Crees que *lord* Swanston viajará desde Londres para vuestro enlace? ¿Es posible que vengan más miembros de la aristocracia? Seguro que aprovechan la oportunidad para abandonar aquel ambiente irrespirable.

—En estos momentos, no podemos saberlo. Se precipita usted.

La señora Baker no tuvo más remedio que retroceder, sonrió al dependiente y salió de la imprenta. Las otras dos se contemplaron de forma resignada, pero también aliviadas, y siguieron tras ella.

Antes de llegar a la residencia de los Weaver, Camile ya había comprendido que la señora Baker estaba más entusiasmada con la boda que la propia interesada y decidió ser prudente y dedicarse a observar.

Frances Weaver sí estaba en casa, pero no su marido, quien también había ido al club, como la mayoría de caballeros del lugar que podían permitirse el lujo de no trabajar.

Antes de recibirlas, las hizo esperar, aunque cuando apareció emitió una y mil disculpas y lamentó que ya hubiera pasado un cuarto de hora desde su llegada. Desde que hacía unos meses se había casado con el señor Weaver, Frances parecía esforzarse en darse importancia. La señora Baker ignoró la espera y se levantó del asiento con una gran sonrisa en cuanto la vio.

—¡May! —exclamó Frances Weaver, que a su vez desatendió a su tía y a la señorita Spencer—. ¡Qué sorpresa! Me alegro de que ya estés recuperada. Me preocupé seriamente cuando te visitamos y estabas indispuesta.

—Ya no tiene motivos para estar en casa —intervino la señora Baker, ansiosa por ser el centro de atención.

—No, ya se me ha pasado la jaqueca —añadió May, con pocas ganas de evidenciar el motivo de su reserva aquel día.

—Hemos venido a anunciarte la boda de May con el señor Hambleton. Por supuesto, tu esposo y tú estáis invitados. También Elliot, pero no se encontraba en casa.

—¿El señor Hambleton? —preguntó sin disimular su sorpresa Frances—. ¡No puede ser verdad! ¿De qué conoces tú a Hambleton?

Camile, que se encontraba en un segundo plano, notó que la idea no era del agrado de la señora Weaver y se preguntó cuál sería el motivo.

—Por lo visto, Hambleton se fijó en May durante la competición de tiro con arco.

Frances, que se sabía mejor tiradora que su prima, ante este comentario abrió aún más los ojos y preguntó:

—¿Por qué en ti? —Pero como enseguida comprendió lo inapropiado de esta pregunta, procuró rectificar el tono—: Quiero decir, ¿cómo fue? ¡Quiero ser informada con todo lujo de detalle!

Y la señora Baker se tomó la solicitud al pie de la letra, inventando detalles que desconocía, mientras que su hija estuvo mucho más mesurada en las explicaciones. A pesar de su silencio, May se sentía orgullosa de poder presentarse ante su prima sin ver su nombre manchado.

Ninguna de las dos Baker cayó en el detalle, pero Camile sí tomó conciencia, cuando salieron de allí, de que en ningún momento la señora Weaver deseó felicidad para el futuro enlace.

Capítulo 7

La señora Baker no podía dejar de asomarse a la ventana y correr la cortina para ver si algún carruaje se acercaba, a pesar de que el reloj aún marcaba que faltaban más de veinte minutos para la hora acordada.

Hambleton llegó puntual para la cena y la señora Baker simpatizó de inmediato con él. De nuevo, llevaba chaqué y pantalones oscuros, pero el corbatín y la faja eran de un plateado que le otorgaba más solemnidad que lobreguez, a pesar de la marca en el rostro.

Desde que sabía que su futuro yerno iba a ser su invitado esa noche, la señora Baker había estado muy pendiente de que la cocinera se luciese y no había escatimado en gastos para poder ofrecer ahora una sopa de langosta y el mejor cordero del mercado.

Hambleton fue asaltado a preguntas, tanto sobre sus amistades de prestigio como sobre sus hazañas de guerra, y a todas ellas respondió él con más modestia que ostentación. May habló poco. Asintió con monosílabos durante casi toda la velada y solo mostró interés cuando surgió el tema de cómo se había hecho la cicatriz durante las guerras napoleónicas. Escuchó la narración de la lucha cuerpo a cuerpo como si visualizara todo lo que él contaba y sintió un dolor punzante en el alma cuando él contó cómo la espada le había rasgado el rostro desde el final del ojo hasta el cuero cabelludo.

Por supuesto, también salió el tema de la celebración del enlace. Aunque la señora Baker insistió en que la boda debía ser multitudinaria, Hambleton estuvo de acuerdo con May en que era preferible algo sencillo y con los invitados más cercanos. La joven se alegró de su apoyo y se arrepintió de haberlo juzgado como alguien vanidoso. Aun así, la señora Baker añadió:

–No me gustaría que Elliot se perdiese la boda. ¿No podríamos retrasarla al veinte de octubre?

May pareció notar que esa sugerencia no era del gusto de Hambleton y, enseguida, salió en su defensa:

–Madre, el mayordomo de Elliot ha dicho que regresará en dos semanas. Si todo sigue su curso, llegará a Culster el doce de octubre. Podrá acudir a la celebración sin ningún problema.

–Esperemos que así sea.

La velada transcurrió sin sobresaltos y, aunque en ningún momento tuvo intimidad para hablar con Hambleton, entre otras cosas porque él tampoco la buscó, May quedó satisfecha de la imagen que había ofrecido su futuro marido, aunque no tanto como la señora Baker. El orgullo mostrado el día de su petición de mano parecía haber desaparecido, y se había comportado de un modo afable y modesto con todos los comensales.

La mañana del domingo, la joven se sentía más fuerte para su primera aparición ante la sociedad, aunque se tratara solo de la visita semanal a la iglesia. Afortunadamente, al igual que su alma, el cielo también estaba despejado.

Aunque Hambleton se había ofrecido a pasar a buscarlos con su carruaje, el señor Baker había declinado la invitación, ya que su casa no quedaba lejos de la catedral.

Llegaron diez minutos antes de la hora. La señora Baker se había empecinado en que su hija llevara un vestido llamativo y había ahondado en la necesidad de que caminara con la cabeza bien alta.

—No quiero recato ni modestia. En cuanto sepan que estás comprometida con Hambleton, dejarán de compadecerte. Muéstrate orgullosa —le comentó antes de llegar.

—Me muestre como me muestre, madre, todos pensarán que me he comprometido por despecho.

—Por eso insisto en que tu actitud es determinante para que dejen de pensarlo. Y no ceses de sonreír.

May emitió una sonrisa forzada que disgustó a su madre.

Cuando llegaron, Hambleton ya estaba allí, ajeno a los comentarios que despertaba. Estaba claro que la señora Spencer ya había hecho correr la noticia de su compromiso. Hambleton se dirigió con decisión hacia los Baker, los saludó, besó la mano de May y los acompañó al interior de la iglesia.

Los Spencer se encontraban ya en su banco y el señor Baker hizo las presentaciones. Camile y sus hermanas observaron de arriba abajo al prometido de su amiga hasta que su madre les llamó la atención sobre el decoro. Poco antes de empezar el oficio, cuando el archidiácono ya estaba a punto de salir, entraron los Weaver y, aunque la señora Baker sonrió a Frances, esta se entretuvo a hablar con las hijas de los Delaware.

También a la salida, los Weaver se marcharon precipitadamente y la señora Baker se sintió frustrada por no haber podido presentarles a su futuro yerno. Hambleton, esta vez sí, gozó del honor de acompañarlos hasta su hogar y prometió que esa noche les enviaría el carruaje para conducirlos a Astonfield y les comunicó que, aparte de ellos, había otros invitados.

May se alegró de saber que ni los Macgregor ni los Delaware se hallaban entre ellos.

Cuando regresaron a casa, el señor Baker se sentó en el salón a leer un periódico y la señora Baker acompañó a su hija en la labor de costura. Aunque May prefería el silencio, su madre no hacía otra cosa que hablar de las expresiones de asombro que había detectado entre sus vecinas y de las felicitaciones que recibiría cuando el enlace se llevara a cabo.

Como al poco rato May se cansó de estos comentarios, dejó el bordado y se colocó ante el piano. Al menos, la música haría que su madre estuviera callada, pensó.

La cena en casa de Hambleton no fue multitudinaria, tal como los Baker habían pensado. Solo estaban ellos y otro matrimonio, el coronel Glover y su esposa, que habían sobrepasado ya los cincuenta años ambos. No eran de Culster, y tampoco los habían visto esa mañana en la iglesia, así que pensaron que habían llegado ese mismo día a la capital del condado, como así confirmaron después ellos mismos.

Habitualmente residían en Londres, pero pensaban quedarse en Culster hasta que se celebrara el enlace de su amigo y anfitrión, Hambleton, a quien ellos llamaban por su nombre de pila, Edgard.

La señora Glover simpatizó enseguida con May, y el sentimiento fue recíproco porque la joven se sintió más cómoda en su compañía que con el resto de los presentes. Esa comodidad era la que no lograba notar junto a su prometido, puesto que él tampoco la favorecía. La trataba con cordialidad, cierto, pero era más atento con su madre que con ella misma y, cuando lo hacía, no notaba en él el fervor de alguien que intenta cortejar a una mujer. La observaba a menudo, incluso en momentos en los que hablaba otra persona, pero ella no vislumbraba en su mirada ningún ardor.

La actitud de Hambleton le demostraba, una vez más, que sus intenciones de matrimonio no estaban vinculadas al cariño deseable en casos así, sino que, tal como había manifestado, solo aspiraba a formar una familia y ella era tan adecuada como podría haberlo sido cualquier otra. Y eso hacía que se sintiera levemente ofendida, a pesar de que ella hubiera accedido a casarse por interés y tampoco incubaba ningún cariño deseable hacia su futuro marido.

Sin embargo, no tenía ningún sentido que fuera así. Quien en realidad la había ofendido era Westbrooke y, a pesar de ello, el recuerdo de sus gestos afectuosos y de sus palabras apasionadas regresó a ella en distintos momentos de la velada.

Por supuesto, el señor Baker la instó a que tocara el piano y May hubo de ejecutar dos piezas en solitario. Luego acompañó al piano a la señora Glover, que cantó dos partituras en las que la joven pudo apreciar que tenía una maravillosa voz.

El señor Glover también era un hombre agradable. E inteligente, pues tenía un fino humor con toques de sarcasmo que la hicieron sonreír en varias ocasiones. Se refería al verano invernal que habían sufrido como un tiempo poco amable. Tanto él como su esposa expresaron su ilusión por abandonar algún día Londres e instalarse en su propia granja y dijeron que estaban aprovechando la estancia en Culster para averiguar si había alguna en venta o en alquiler. Para pesar de May, fue su madre quien más habló durante la velada, pues se dedicó a hacer una pregunta tras otra sobre cómo sobrellevaba la sociedad londinense la atmósfera sucia y el insólito frío. Lo que más llamó la atención fue cuando el señor Glover narró que incluso había llegado a caer nieve roja a causa de las cenizas incandescentes que aún albergaban las nubes.

Pasada la medianoche, el carruaje los dejó de nuevo en su residencia y May se acostó sin saber cómo se sentiría en su futuro inmediato. Había esperado que Hambleton le pidiera permiso para pasear con ella algún día de la siguiente semana, pero no lo hizo, y la convicción de que le resultaba indiferente no suponía ningún halago.

Por la mañana recibieron la visita de Camile, que vino a buscar a May para que la acompañara a un paseo por el campo.

La señora Baker protestó. Con tan poco tiempo, encontrar un vestido de novia resultaba urgente, pero May insistió en llevar uno de color claro que aún no había estrenado.

—Nadie confeccionará un vestido en tan poco tiempo, madre. Creo que es mejor que le hagamos unos arreglos al que ya tengo. Cuando mi padre vaya a Croydon a buscar a Eve, puede acercarse a Londres y comprar guantes y sombreros.

—¿Tu padre comprando guantes y sombreros? ¡Mejor sería que yo me dedicara a montar fusiles! ¡Qué idea es esa!

—Entonces, ¿por qué no vamos nosotras unos días a Londres? Al fin y al cabo, del resto se encarga Hambleton —se le ocurrió en ese momento a May. Si Hambleton no quería verla, ella no demostraría que lo estaba esperando.

—No podemos hacer eso, querida. Convendría que alternaras más con tu futuro marido antes del enlace. Además, ya oíste a los Glover, la niebla tiene gases tóxicos y pasear por Hyde Park no es nada saludable.

–¿Ahora piensa que debemos conocernos mejor? ¿Y de qué serviría descubrir que tiene alguna tacha? ¡Ya estoy comprometida! ¿O me recomienda que, en ese caso, actúe como Westbrooke?

La señora Baker vio en la mirada de su hija la determinación de romper con Hambleton si encontraba en él algo que no fuera de su agrado y, solo por eso, rectificó la rotundidad de su negativa.

–Tal vez no sea tan mala idea lo de ir a Londres. Al fin y al cabo, antes de una boda siempre hay muchas cosas que comprar –admitió la señora Baker ante la amenaza implícita en las palabras de su hija.

–Estupendo. Entonces, voy a dar un paseo con Camile –aprovechó para decir May mientras cogía la mano de su amiga y la llevaba hacia el vestíbulo–. Volveré antes del almuerzo.

Satisfecha, pues no le apetecía que pasaran los días en vano mientras esperaba a un Hambleton que no llegaría, salió con una sonrisa que Camile malinterpretó.

–Se te ve feliz –dijo alegrándose–. Pensé que te casabas por lo ocurrido, pero tu sonrisa me dice lo contrario.

Pero estas palabras fueron las que precisamente anularon su sonrisa.

–No estoy segura de estar acertando –confesó.

–Supongo que, al menos, tu opinión de Hambleton será buena.

–Si te soy sincera, Camile, no conozco mi opinión sobre Hambleton. Al principio me pareció altanero, muy seguro de que iba a aceptar su mano. Ahora, me sorprende a veces su modestia, pero también su indiferencia hacia mí.

–Si su carácter es bueno, el afecto vendrá con la convivencia.

–¡Es tan distinto a Tom!

–Eso espero, May. Otra afrenta como la de Westbrooke sería algo imperdonable. Aún no me has dicho por qué no me lo contaste el otro día, cuando viniste a visitarme.

–En esos momentos no estaba prometida. Él me había ofrecido su mano el día anterior, pero yo lo rechacé. Las palabras de ánimo de mi madre me habían convencido de que mi situación no era tan grave, pero luego, al escucharte a ti, me hiciste dudar. Y el encontrarme a la señora Macgregor, que hizo detener su carruaje solo para decirme que Tomas Westbrooke regresaba esta semana.

–¿Y cómo conseguiste que volviera a declararse?

–Yo paseaba bajo la lluvia y él me recogió en su carruaje –mintió, ya que esa era la versión que contaban sus padres.

–Ya sabía yo que tu invierno iba a ser más breve que el de este año. Hambleton debe de tener muy poco orgullo para arriesgarse a ser rechazado dos veces en tan poco tiempo. O estar muy desesperado.

–Creo que ninguna de las dos cosas.

Camile hizo un silencio y, a continuación, como su amiga no añadía nada más, comentó:

–Habrás entendido mal lo de Westbrooke. Yo estuve con la señora Macgregor a la salida de la iglesia y no comentó nada sobre su regreso.

–¡Oh! Estoy segura de que lo dijo para observar mi reacción –declaró May, enfadada–. Seguro que después se regocijó de su efecto.

–Hablando de regocijo, me pareció notar que alguien no está contento con tu futuro enlace.

–¿A quién te refieres?

–A tu prima Frances.

–¿Por qué no debería alegrarse? Somos familia. Mi desgracia también le afecta, aunque ahora lleve el apellido del señor Weaver.

–Es una sensación que tuve. No solo el día en que la visitamos, sino también ayer, en la iglesia. Ella y su marido se marcharon precipitadamente.

May quitó importancia a este comentario y cambió de tema. Pasaron a hablar de Eve, de la ilusión que le haría salir del internado y pasar unos días con ellos durante la celebración de la boda. Camile también habló de sus hermanas y otras cosas sin importancia, porque notó que a su amiga no le apetecía seguir comentando su futuro enlace.

Al cabo de una hora, se despidieron delante del portal de los Spencer y, cuando May iba a retomar el camino de regreso hacia su casa, se vio interceptada por una nueva compañía.

–¡Buenos días, querida! –la saludó Frances Weaver.

Capítulo 8

May tuvo la sensación de que su prima la estaba esperando y ella se lo confirmó cuando le dijo:

—Me imaginaba que aparecerías de un momento a otro. Tu madre me ha dicho que habías salido con Camile Spencer.

—¡Buenos días, Frances! —correspondió al saludo algo más formal.

—¡Tenía tantas ganas de verte! —dijo al tiempo que la cogía del brazo y comenzaba a pasear con ella—. Deja que te acompañe a casa, querida.

—Esperaba poder saludarte ayer a la salida del oficio.

—¡Oh! Ayer no me encontraba muy bien. Nos fuimos enseguida. Si no hubiera sido domingo, no habría salido de casa.

—Espero que te encuentres mejor —deseó May.

—Mucho mejor, querida. Pero no hablemos de mí. Ahora, tú eres la protagonista.

—Me temo que he sido la protagonista durante toda la semana. —Se rio de sí misma.

—Pero ahora que vas a casarte, las cosas han cambiado. Espero que seas feliz.

May sonrió, pero no dijo nada.

—Me gustaría pensar que no te estás precipitando. Todo esto no me da buenas sensaciones.

—¿Qué quieres decir?

—¿De qué conoces a Hambleton? Estoy segura de que has alternado muy poco con él. ¿Sabes si es una persona temperamental, honesta, leal?

May se quedó sorprendida ante esas preguntas y la miró interrogante, al tiempo que recordaba las suspicacias de Camile sobre su prima.

—Es un hombre con amigos importantes —respondió—. Si no tuviera todas esas características, no gozaría de su confianza.

—¡Confianza! Los hombres no se mueven por confianza, primita, sino por interés. Su círculo de amistades no es una garantía de una personalidad respetable.

—No se trata solo de eso, Frances. Hemos cenado dos veces con él y, en todo momento, se ha mostrado muy amable.

—¿Y cómo se comportaría alguien que aspirara a tu mano?

—¿Por qué piensas que está fingiendo un carácter que no posee? —preguntó confusa y, ciertamente, poco dispuesta a aceptar según qué tipo de críticas.

—No me malinterpretes, yo no he dicho eso —la tranquilizó Frances.

—Pues lo ha parecido.

—Lo que quería decir es que me parece que esto de tu matrimonio con Hambleton es muy rápido. Me gustaría creer que estás acertando, pero no puedo dejar de preguntarme si todo esto tiene algo que ver con la boda de Westbrooke.

—Lo cierto es que la actitud de Westbrooke lo ha convertido en alguien indigno a mis ojos, no le voy a dar el gusto de influir en las decisiones que afecten a mi futuro.

—Sí, es cierto, Thomas ha hecho algo horrible. Y tú eres la última persona que se merece que te traten así. ¿No sospechaste nada?

—¿Sospechar? Poco antes de irse de viaje a los Lagos, me comentó que, a su regreso, fijaríamos la fecha de la boda. ¿Qué iba a sospechar?

—Debió de ser un flechazo. Yo no soy partidaria de que los noviazgos se alarguen. Uno pierde la efusión del principio y, luego, cualquier novedad que venga a modo de cara bonita puede dar al traste con todo.

—Por lo que has dicho antes, tampoco eres partidaria de los noviazgos cortos. Y, sin embargo, tú te casaste con Weaver a poco de conocerlo.

—En mi caso sí fue un flechazo —sonrió—. Por ambas partes. Pero debes reconocer que yo he salido ganando. La situación social de mi esposo era superior a la mía. ¿Acaso ocurre lo mismo con Hambleton? Por lo que se cuenta, en la guerra solo llegó a teniente.

—Sin duda, la fortuna de tu marido es considerable, pero no creo que pueda decirse que tú seas de condición social inferior. Eres una Carpenter.

—Afortunadamente, ahora soy una Weaver. Pero ¿crees que tú podrás sentirte orgullosa de ser una Hambleton? ¿Qué sabes de su familia?

—Según dijo, no tiene familia cercana.

—Según dijo... Es obvio que él va a recomendarse. Pero es posible que tenga algunos parientes que quiera ocultar.

—No entiendo por qué dices eso, Frances. ¿Acaso sabes algo que yo ignoro?

—Me preocupa tu ingenuidad, querida. Según tengo entendido, al casarse contigo, Hambleton será socio de la fábrica de botones de tu padre.

—¿Piensas que se casa por interés?

—¿Y tú? ¿Piensas que está enamorado de ti?

May se sobrecogió ante una pregunta a la que no podía responder afirmativamente, pero intentó no demostrarlo.

—¿Crees que, porque un hombre me ha traicionado, no puedo despertar el interés de otro?

—No te ofendas, querida, no he pretendido decir eso. Solo que... es todo tan repentino... ¡Oh! Seguro que no has tenido tiempo de reflexionar. Me imagino que lo humillante de tu situación te ha empujado a aceptar la primera propuesta que has recibido. Pero ¿no crees que deberías tomarte un tiempo?

May no respondió a la indignación que le produjo escuchar «humillante» en boca de su prima. Trató de calmar sus sensaciones y aparentó tranquilidad cuando contestó:

—¿Por qué? Hambleton es muy apuesto. No quisiera que otra se fijara en él.

—¿Quieres decir que te has enamorado?

—No, el amor es un sentimiento más hondo y requiere de mayor conocimiento, pero te puedo asegurar que es de mi agrado.

—Pensé... —respondió desconcertada—. Pensé que te casabas para tapar tu tacha.

—¿Qué he hecho yo para merecer una tacha? Mi comportamiento no ha sido censurable, sino el de otro.

—Bueno, me refería a...

—A que piensas que he aceptado la mano de Hambleton para salir de una situación difícil, llamémosla así. Pues te equivocas, Frances. Hambleton me gusta, me gusta mucho —mintió, aunque trató de parecer convincente.

—¡Vaya! ¡Esto sí que es una sorpresa! —Y, por su expresión, debía decir la verdad—. Me alegro por ti, prima, pero de todas formas, reconocerás que la precipitación de tu compromiso hará pensar a muchos que solo te casas por despecho. Solo por ese motivo, yo me esperaría unos meses. ¿O acaso temes que aparezca otra señorita Curtis?

–No entiendo tu insistencia en que lo demore. Si a mí me gusta él y a él le gusto yo, no sé cuál es el inconveniente.

–La prudencia, querida, la prudencia. Sin duda, él debe de saber lo ocurrido con Westbrooke. –Por el semblante de su prima supo que, efectivamente, así era–. Por tanto, conoce la urgencia que tienes de «arreglar» tu situación. ¿No temes que la esté aprovechando?

–Esa suspicacia ya la has dejado caer antes.

–Y tú no me la has resuelto.

May, que cada vez desconfiaba más de las intenciones de su prima, añadió:

–No es eso lo que me hace sentir cuando estamos juntos.

A pesar de la seguridad de su tono, una tristeza la invadió al recordar que por parte de él solo recibía indiferencia.

–No digo que no puedas gustarle, nunca me atrevería a insinuar algo así. Todos los que te conocemos sabemos lo encantadora que eres.

May supo que esa adulación encubría otras intenciones.

–No entiendo por qué no ha esperado a conocerte un poco más, a confirmar lo que, sin duda, pareces: una mujer responsable y recomendable.

–Tal vez él también sea ingenuo, al igual que me consideras a mí. ¿No has pensado en hacerle una visita y darle estos mismos consejos que con tanta generosidad me brindas?

—¡Oh! ¡Te he ofendido! No, querida, no debes ver una ofensa en mis palabras, solo una sugerencia planteada con la mejor de las intenciones. Solo te pido que esperes a que regrese Elliot. Tal vez él sepa algo de Hambleton que nosotras desconocemos.

May recordó que su madre le había contado que Elliot se había ofrecido a casarse con ella, pero en esos momentos solo interpretó en ese gesto la generosa intención de reparar su afrenta. Ahora, ante la insistencia de Frances, se planteó, por primera vez, si su primo albergaría algún sentimiento romántico hacia su persona. Si fuera así, ese sería el motivo por el que su prima estaría tratando de que postergara la boda. Turbada ante esta idea, trató de no delatarse.

—¿Elliot conoce a Hambleton? —preguntó.

—Elliot viaja mucho a Londres. Es posible que tengan amistades comunes y, sin duda, mi hermano es la persona adecuada para investigar a tu prometido.

—¡Caramba! ¡Vaya salto has dado! Al principio, parecía que tus dudas se centraban en su carácter y, ahora, es como si insinuaras que Hambleton tiene algún secreto que se hace necesario sacar a la luz —le reprochó, sin saber muy bien por qué defendía a ese hombre con tanto ahínco.

Frances se paró en seco y obligó a May a detenerse también antes de que cruzaran la última calle que quedaba para llegar a la residencia de los Baker. La miró fijamente a los ojos y le dijo:

—Veo que estás decidida y cualquier advertencia te sienta mal. Bien, no atiendas a razones y cásate con él. Pero, después, no te lamentes de que no has sido prevenida por quienes te quieren. Tu obstinación te empuja a actuar de forma imprudente e irreflexiva, pero, si eso es lo que quieres, yo no seré un obstáculo. Es cierto que lamento que no tengas en consideración a Elliot. Como pariente cercano, deberías contar con su aprobación, pero me temo que no le estás dando ninguna oportunidad.

—¿Desde cuándo Elliot tiene que aprobar mis decisiones? Recuerda que tengo un padre, Frances, que dio el visto bueno desde un primer momento. Y una madre que está entusiasmada con su futuro yerno.

—En un momento así, tu madre estaría entusiasmada hasta con un deshollinador.

—Me estás ofendiendo, Frances —le recriminó.

—No, yo te estoy avisando. La que está predispuesta a sentirse ofendida eres tú. Y no entiendo la razón.

May le dio la espalda y continuó camino hacia su casa sin despedirse de su prima. Frances tampoco añadió nada más y volvió por donde ambas habían venido.

Antes de entrar en su casa, la joven Baker respiró profundamente a fin de que su madre no notara que se encontraba sulfurada. Y confusa. No entendía por qué su prima se permitía hablarle en esos términos y la idea de que Elliot estaba enamorado de ella y Frances lo sabía fue cogiendo fuerza en su mente. Y le dolió. Tenía mucho aprecio a su primo, pero jamás podría corresponder a esos sentimientos.

Luego entró sigilosamente en su casa, pero su madre, que debía de estar pendiente de su regreso, apareció enseguida en el vestíbulo para decirle:

—Hace media hora que el señor Collins te está esperando.

—¿Quién es el señor Collins?

—Un sastre que ha venido de Londres para confeccionar tu vestido. ¡Ha traído unas telas preciosas! ¡Te encantarán!

—¿No íbamos a ir nosotras a Londres?

—Ya no es necesario hacer ningún viaje. Hambleton ha tenido un hermoso detalle enviándonos al señor Collins. ¡Y va a correr con todos los gastos!

—¿Hambleton?

—Sí, querida. ¡Mi futuro yerno es un hombre espléndido! Gracias a él, estrenarás vestido. El señor Collins también ha traído un muestrario de guantes y otros accesorios. Vas a lucir magnífica.

Capítulo 9

May se equivocó al pensar que Hambleton no tendría atenciones hacia ella. Esa misma tarde, recibió un precioso ramo de lirios con una tarjeta en la que le pedía permiso para visitarla al día siguiente.

Le halagó pensar que, tal vez, él sintiera realmente algún afecto por ella. Debería haber sucedido lo mismo cuando sospechó que también había despertado un estímulo romántico en su primo, pero lo que ella sentía hacia él estaba más cercano al respeto y al amor fraternal, por lo que lamentaba ser la causa de un posible sufrimiento.

La conversación mantenida con su prima, de la que no hizo partícipe a su madre, la persiguió durante todo el día y, a pesar de los tules y las sedas o los bocetos de elegantes vestidos que ojeaba, no se le iba de la cabeza. Resultaba obvio que Frances se oponía a su matrimonio con Hambleton y la causa más probable era una defensa de los sentimientos de su hermano. Se preguntó si estaba actuando mal por no haber esperado a Elliot y decidió que esa misma tarde le escribiría. También quería redactar otra carta para Eve, que ignoraba el escarnio en que la había dejado la actitud de Westbrooke, así que debería ser cuidadosa en su redacción antes de mencionar a Hambleton.

Se sentía abrumada y con muchas contradicciones en su interior, pero, por primera vez, esa noche se acostó con cierta ilusión ante la visita del día siguiente.

Por supuesto, desde que Hambleton apareció en su residencia para visitar a May, la señora Baker no los dejó solos ni un minuto.

El caballero, que fue invitado a un refrigerio y jamón, escuchó los agradecimientos de ambas mujeres por la deferencia de haberse encargado del vestido de la novia y, a pesar de que la señora Baker hubiera deseado que no fuese mencionado, May comentó que tenía intención de usar uno que no había estrenado.

Hambleton observaba a May de un modo distinto al de otras veces, como si ahora la estuviera descubriendo. La modestia y la generosidad que notaba en ella parecían despertar su admiración y, al igual que le ocurría a ella, en algún momento hubiera dicho que en su interior anidaba el deseo de un encuentro más íntimo con su futura prometida.

No estuvo más de una hora en su residencia, pero, antes de irse, solicitó permiso para visitarlas al día siguiente y la señora Baker respondió que lo tenía concedido para visitarlas cuando quisiera.

Así sucedió durante toda la semana, en la que cada mañana Hambleton pasaba un lapso de tiempo con May y su futura suegra y, a veces, en compañía de otras visitas, como ocurrió con las Spencer, los señores Brenan y la señora Macgregor.

Durante esos días, la joven había podido apreciar que su futuro esposo guardaba siempre las formas, gozaba de templanza y no se dejaba alterar por comentarios inoportunos o inapropiados. Era amable con su familia y con sus amistades y delicado con ella y correspondía a todas las atenciones que le dedicaban. Sin embargo, el poco tiempo que pasaba en su residencia y el hecho de compartir con otros ese rato no le permitía distinguir si ese era en realidad su carácter o solo pretendía agradar. Era culto, y eso se notaba en su forma de manifestarse, e inteligente, pues en la mayoría de los casos en que lo oyó expresar su opinión, May hubo de admitir que sus palabras eran muy razonables.

Sin embargo, poco a poco también fue comprendiendo que, a pesar de visitarla cada día, poco nuevo iba conociendo de él. Hambleton no era un hombre callado, pero sí reservado. Lo había escuchado hablar de muchos temas, comentar situaciones o sucesos, pero, en todo momento, había revelado muy poco de sí mismo. Cuando le había preguntado por sus relaciones, se refirió a sus amistades, pero sin añadir nada personal a esos vínculos. Sobre sus años en la guerra, había relatado batallas y acontecimientos con notable elocuencia, aparte de la narración del origen de su cicatriz, pero jamás había mencionado sus sentimientos durante ese tiempo ni ningún incidente que le afectara de forma personal.

Y, sugestionada por las palabras de su prima y por el hecho de que Elliot no respondía a su carta, May comenzó a preguntarse si Hambleton tendría algo que ocultar. Ante la tranquilidad que suponía para ella este enlace y la felicidad que demostraban sus progenitores, surgió nuevamente la duda: ¿Por qué la había escogido a ella?

Sinceramente, no parecía un hombre conformista ni manipulable. Ni una persona que decidiera casarse sin considerar mucho más de lo que había contado. A todas luces se veía que era alguien independiente y reflexivo y no resultaba creíble que escogiera esposa sin conocerla mejor o estar poseído por una apasionada admiración. Y, si bien ahora él tampoco cesaba de observarla durante sus encuentros, como si tratara de estudiar qué tipo de carácter tenía, lo cierto era que, antes de pedir su mano, no habían intercambiado ni un saludo.

El sábado por la tarde se lo comentó a Camile, con quien había salido a pasear.

—¿No te parece extraño? ¿Por qué precisamente yo?

—Debes de gustarle, May. El otro día, en tu casa, noté que te miraba mucho.

—Sí, eso es cierto, pero antes apenas habíamos coincidido.

—Si piensas que te escogió a ti de la misma manera que podría haber escogido a cualquier otra, siéntete afortunada, te ha venido muy bien.

—A eso me refiero. Me da la sensación de que no es un hombre que decida casarse solo porque ha llegado el momento. Me parece más... No sé cómo decirlo, más...

—¿Apasionado?

May se ruborizó al oír esa palabra.

—No exactamente, pero no me parece un hombre que decida casarse solo porque se lo exige la edad. Además, tiene veintiocho años.

—Una edad razonable.

—Pero no imperativa.

—Entonces, creo que lo único que puedo decir es que se enamoró a primera vista. Me reafirmo, eres una afortunada.

—Te aseguro que, en su declaración, no parecía un hombre enamorado.

—No me digas que vas a hacer caso a las insinuaciones de Frances.

—No, no es eso. Creo que Frances solo pretendía proteger a Elliot, pero he estado pensando y, sin duda, existe un motivo verosímil para que Hambleton me haya escogido a mí.

—¿Cuál? —preguntó su amiga entre divertida e intrigada.

—La situación en que me dejó Westbrooke.

Camile arqueó las cejas esperando una explicación.

—Sin duda, Hambleton debía pensar que yo no podía rechazarlo. Te aseguro que se sorprendió cuando lo hice la primera vez.

—Conociéndote, y después de la contundencia de tu respuesta, yo creo que debió de sorprenderse más cuando le dijiste que sí aceptabas.

—No me lo recuerdes. Me avergüenzo de ese momento —dijo al tiempo que con una mano trataba de rechazar esa imagen de sí misma.

—Vamos a ver si te entiendo. ¿Piensas que Hambleton te pidió matrimonio justamente a ti, y no a otra, porque pensaba que, en tus circunstancias, no podrías rechazarlo? No tiene sentido, May. Ni que Hambleton necesitara con urgencia un matrimonio. Además, no creo que muchas se atrevieran a rechazarlo. Si se tratara de una dama, tal vez tuviera alguna tacha que tapar, pero un caballero…

—Sí, ya sé que es raro. Pero no me digas que no es una posibilidad.

—Podría serlo si arguyeras un motivo para ello, pero creo que le estás dando demasiadas vueltas. Nunca te preguntaste por qué Westbrooke te escogió a ti.

—Pues debería haberlo hecho. Tal vez así hubiera estado prevenida para lo que ocurrió después —le recordó. Y, ante la expresión escéptica de su amiga, añadió—: Es posible que Hambleton oculte algo tan terrible que haga que ninguna mujer desee casarse con él.

—¿Crees que ya estuvo casado varias veces y mató a todas sus esposas? —se burló Camile.

—¿Y si tiene alguna enfermedad hereditaria que vaya a condenar a su prole?

Camile rio ante la ocurrencia.

—Sí, su apariencia es la de un hombre enfermo —bromeó nuevamente y, luego, ante la sombra que cubría los ojos de su amiga, comentó con acento tranquilizador—: May, ¿no puedes, simplemente, sentirte agradecida por la aparición de Hambleton y ver con más optimismo tu futuro? Creo que, después de lo ocurrido, estás sugestionada y ves amenazas por todos lados. Deberías tranquilizarte.

—Tal vez tengas razón —admitió.

El domingo, después del oficio, Hambleton anunció a los Baker que en unas horas partiría hacia Londres para acabar de arreglar unos asuntos de la boda y May pensó que ya no tendrían oportunidad de hablar sin testigos hasta que estuvieran casados. Esa falta de interés en conocerla mejor también le preocupaba.

Elliot continuaba sin escribir y el martes recibieron la visita de los Weaver, algo que enturbió el ánimo de May. Frances volvió a mostrar su preocupación por lo rápido que estaba avanzando todo, pero la señora Baker se hallaba muy lejos de encontrar en esas palabras una recomendación, así que rebatió cuantos intentos hizo su sobrina de aconsejar un retraso del enlace.

—Ya hemos mandado las invitaciones —alegó—. Además, ¿quieres que la gente piense que ha vuelto a suceder algo como lo de Westbrooke?

—Por cierto, querida —le comentó Frances a su prima—. He oído que va a regresar pronto.

—¿Quién?

—Westbrooke. Pero espero que eso no afecte a tu felicidad.

—No veo por qué debería afectar. Westbrooke es agua pasada —contestó la señora Baker—. El señor Hambleton es superior a él.

—Deposita usted mucha confianza en un desconocido, tía.

—Espero que eso no sea siempre un defecto, querida —le recordó su esposo—. Cuando tú aceptaste mi mano, solo hacía una semana que nos habían presentado.

May notó que su prima reprimía algún pensamiento y se limitaba a sonreír.

—¿Sabes algo de Elliot? —le preguntó May—. Hace más de una semana que le he escrito y aún no me ha contestado.

—A mí tampoco, pero tú tendrás la desfachatez de casarte aunque él no haya regresado.

—Las cosas han sucedido así, Frances —intervino su tía—. Si Elliot no se ausentara tan a menudo…

El tema se zanjó aquí y al cabo de un rato el matrimonio Weaver se marchó. Esa tarde, el señor Collins y sus dos ayudantes tuvieron ocupada a May con pruebas del vestido, que ya casi estaba listo, y la señora Baker no hacía más que exclamar lo favorecida que veía a su hija.

El miércoles, el día estuvo dedicado a hacer pruebas de distintos recogidos y May, por la noche, cenó con el cabello suelto, cansada como estaba de tanta horquilla apretando su cabeza.

El jueves, el señor Baker partió hacia Croydon en busca de su otra hija y tenía prevista la vuelta el viernes por la noche junto a su familia política de Londres.

El viernes por la mañana recibieron una nota de Hambleton en la que anunciaba su regreso y, aunque trató de disimularlo, la señora Baker suspiró tranquila porque su futuro yerno no había conocido a ninguna señorita Curtis durante su ausencia. Sin embargo, no pedía permiso para visitarlos el sábado ni ninguna invitación acompañaba a la nota, así que May supuso que ya no volvería a verlo hasta el momento de la boda, ni siquiera en presencia de otras personas.

Ese mismo día, a última hora de la tarde, el señor Baker y la pequeña Eve, verdaderamente entusiasmada, llegaron a casa acompañados de Casandra Ivers y sus cuatro hijas.

La señora Ivers interrogó inmediatamente a su hermana, la señora Baker, por los detalles de la traición de Westbrooke y mostró gran curiosidad por saber de dónde había salido Hambleton.

Si May no estaba nerviosa, la gente que llenó su hogar aquel último día en que iba a permanecer soltera logró agitar su ánimo y, por la noche, la inquietud no le permitía dormir.

Inevitablemente volvió a preguntarse si estaba acertando en su decisión, pero cierta emoción que sentía ahora, y no había conocido con Westbrooke, la llevaba a responderse que no había marcha atrás.

Capítulo 10

Hambleton y May, que estaban de acuerdo en hacer una boda sencilla, habían escogido casarse en la antigua capilla de San Lorenzo, en las afueras de la ciudad, y no en la catedral, tal como se empeñaba la señora Baker.

El domingo a mediodía, él llegó allí media hora antes de la celebración, acompañado de los señores Glover, y esperó a que su prometida hiciera lo mismo. Por suerte, aunque estaba nublado, no llovía, pero un gris anaranjado encapotaba el cielo. Al cabo de diez minutos, apareció la señora Ivers con sus cuatro hijas, que no habían tenido ocasión de conocer a Hambleton, y pudieron observarlo con detenimiento durante ese rato. Tres de las jóvenes suspiraron al verlo tan apuesto, pues vestía muy elegante y estaba recién afeitado, pero la pequeña expresó en voz alta que le asustaba la cicatriz.

–Al menos no regresó de la guerra mutilado, como muchos otros –comentó su madre, que también se había quedado embelesada al verlo.

Por su parte, a Hambleton se le veía inquieto, a pesar de que los Glover trataban de distender su ánimo dándole conversación, y sacaba, de tanto en tanto, un reloj del bolsillo de su chaqué para mirar la hora.

Fue la señora Glover la primera que se acercó hacia la familia de la novia y rompió el hielo. A continuación se hicieron las presentaciones pertinentes y, justo en ese momento, llegaron los Spencer al completo, que se sumaron al grupo. También hizo aparición el señor Neville, el secretario de confianza del señor Baker en la fábrica de botones, y otro hombre al que ninguno de los familiares de la novia conocía. Cuando faltaban menos de diez minutos, se presentaron la señora Baker y su hija Eve. La excitación que mostraba la madre de la novia consiguió extender su inquietud al resto de los presentes.

—May está preciosa, ya lo verán, realmente preciosa —decía una y otra vez mientras su hija pequeña sonreía feliz.

—¿Dónde están Elliot y Frances? —le preguntó su hermana, mucho más calmada.

—Weaver y Frances ya deberían estar aquí. Siempre son puntuales —recordó—. Seguro que aparecen de un momento a otro. Pero no estoy tan convencida de que Elliot haya llegado a tiempo. Como te dije ayer, no ha contestado a nuestras cartas.

—Sería una lástima que la boda se celebrara sin él —comentó al tiempo que el párroco, el señor Gilliam, se encaminaba hacia el altar.

—¡Oh, Casandra! —expresó la señora Baker, acercándose a su hermana para que el resto no pudiera escucharla—. Es una lástima que la boda se celebre de forma tan modesta, como si hubiera algo que ocultar. Hubiese preferido que escogieran la catedral y poder invitar a todos nuestros amigos de Culster.

—Espero que no tengas razón.

—¿A qué te refieres? —preguntó intrigada la señora Baker.

—A que no haya nada que ocultar —sentenció Casandra Ivers.

—¡Oh! ¡Por supuesto que no! ¿Cómo te atreves a insinuarlo? El señor Hambleton y May siempre se han visto en mi compañía.

El tema se zanjó porque, en esos momentos, May apareció en la capilla cogida del brazo de su padre. Se produjo un silencio sepulcral, todos regresaron a sus sitios y Hambleton mostró una expresión complacida cuando vio entrar a su prometida.

La señora Baker debería haber estado exultante, pero la insinuación de su hermana y la ausencia de sus sobrinos empañaron por un instante su alegría. Sin embargo, a los cinco minutos, cuando el oficio ya había comenzado, la ilusión volvió a adueñarse de ella.

También había algo parecido a la ilusión en el ánimo de May, aunque se sentía tan intranquila que era incapaz de reconocerlo. Nada más entrar en la capilla, había fijado sus ojos en Hambleton y se había sentido turbada ante esa visión. No era posible que, durante la semana que había estado ausente, su atractivo hubiera aumentado, pero a May se lo pareció. El modo en que él también la miraba la hizo estremecer, y pensó que se había ruborizado. Con los ojos bajos, avanzó hasta el altar con la solemnidad que imprimía el paso lento de su padre.

Cuando llegó ante él, le dirigió una mirada tímida y después trató de centrarse en el rostro del señor Gilliam para que no se notara su turbación. Durante la ceremonia perdió el hilo de las palabras del párroco en distintas ocasiones y notó que sus manos temblaban solo de pensar en que se estaba convirtiendo en la esposa de un hombre que rompía su sosiego.

Antes de la entrega de las arras y el intercambio de anillos, tomó conciencia de que Edgard Hambleton despertaba en ella emociones que hasta el momento no había conocido y se preguntó si habría empezado a enamorarse de él. Mientras había estado ausente, ella había deseado y temido su regreso por igual. Había anhelado que llegara este día y suplicado para que no avanzaran las horas y nunca tuviera que casarse. No había dedicado apenas ningún recuerdo a Westbrooke y ya no le importaba que se hubiera enamorado apasionadamente de una o de doscientas señoritas Curtis. Su futuro marido le hacía sentir cosas que nunca había conocido con Westbrooke y, al mismo tiempo, se sentía intimidada y avergonzada ante él. Durante el sermón del sacerdote, recordó la narración de la herida que cruzaba su faz y notó unas extrañas ansias de haber estado allí para poder haberlo consolado. Cierto era que también existía una sombra en Hambleton, algo que él no mostraba de sí mismo, pero que despertaba las suspicacias de May. Aunque, al mismo tiempo, deseaba profundizar en esa incógnita y penetrar en lo más recóndito de sus secretos. Y esas contradicciones que la azoraban, al igual que su imponente presencia, le hacían sentirse extraña e ilusionada.

Cuando el señor Gilliam los declaró marido y mujer, sintió una agitación que procuró disimular. Pero cuando los labios de su marido rozaron levemente los suyos, como sello de la unión, ya no pudo camuflar el brillo que surgió en sus ojos, así que, de nuevo, le esquivó la mirada y solo se atrevió a levantarla cuando su padre la abrazó.

Estremecida, procuró perderse en las felicitaciones de su familia y amigos, y ni ella misma comprendía por qué necesitaba evitar a la persona con la que le apetecía compartir aquellos momentos.

Cuando al cabo de unos minutos Hambleton tomó

su mano y la obligó a mirarlo, apenas supo esbozar una sonrisa. Él la condujo suavemente hacia afuera, donde les esperaba el carruaje nupcial, y ella se dejó llevar primero y permitió que la ayudara a subir al coche después.

–¿Se encuentra bien? –le preguntó él, cuando ya habían partido.

Ella asintió con la cabeza, todavía sin entender por qué estaba tan avergonzada ante su propio descubrimiento. Él la miró intensamente, como si no supiera muy bien qué decir, hasta que trató de comprenderla y comentó:

–Es normal que esté nerviosa y tenga dudas, pero le prometo que la cuidaré.

Y tendió la mano para coger la suya. May se atrevió a mirarlo a los ojos y, cohibida, esbozó una modesta sonrisa.

El trayecto era corto y prácticamente lo hicieron en silencio. May sentía intensamente su presencia, al igual que era muy consciente del anillo que ahora abrazaba su dedo. A su coche siguieron otros con el resto de invitados y pronto se encontraron todos reunidos en el jardín de Astonfield, de flores marchitas no solo por la llegada del otoño, sino por las gélidas temperaturas de todo el año. Cuando entraron, desde el vestíbulo se oía música de cámara que procedía de un salón, pero los criados los hicieron pasar a otra estancia, que parecía un gran comedor, en la que habían colocado las mesas del banquete cubiertas con manteles blancos. Además de las chimeneas encendidas, había antorchas de pie para dar más calor e iluminación, porque a pesar de los grandes ventanales, el día se iba oscureciendo cada vez más. Del techo colgaban también tres grandes lámparas de araña, en las que no faltaba ninguna vela por encender. Sobre dos mesas apartadas, había dos esculturas de hielo que se podían trocear para refrescar el ponche y, entre ellas, otra mesa con bebidas y el aperitivo.

En cuanto llegaron, un criado acercó una nota al señor Baker, quien no tardó en abrirla al comprobar que era de Weaver.

—Querida —dijo dos minutos después a su esposa, al tiempo que le entregaba el papel—, Weaver lamenta mucho no haber asistido, Frances ha sufrido una indisposición.

—¿Una indisposición? ¿Justamente hoy? ¡Oh, qué mala suerte! ¿Y dice algo de Elliot?

La breve misiva de excusa no mencionaba a Elliot.

Los sirvientes se mezclaban entre los invitados para atenderlos en todos sus caprichos y las Spencer y las Ivers no cesaban de felicitar a Hambleton.

Confusa y algo superada por la situación, May sintió que alguien la agarraba por el brazo y suspiró aliviada cuando vio que era Camile.

—¿Preocupada, señora Hambleton?

May se sintió extraña al oír que la llamaba así.

—Me temo que ahora más que antes —respondió.

—¿Por el viaje a Candish?

—Por todas las novedades. Desconozco cómo va a ser mi vida ahora.

—¿Y conocías cómo hubiera sido con Westbrooke?

—Creo que me resultaba más indiferente. Mi esposo me pone nerviosa.

—Eso es normal. Westbrooke también te hubiera puesto nerviosa un día como hoy. De hecho, no he conocido a ninguna mujer que haya estado tranquila el día de su boda.

May admitió ante su amiga que tenía razón, pero interiormente no estaba convencida de que con Westbrooke hubiese sido así. Luego fue interrumpida por su hermana y sus primas, que no dejaron de expresar la envidia que sentían. De fondo, escuchaba a la señora Baker lamentarse de la ausencia de los Weaver y de su querido Elliot.

Durante ese tiempo en que estuvieron de pie, se vio obligada a atender todas las felicitaciones y apenas pudo cruzar unas palabras con Hambleton, pero al cabo de un rato, cuando los emplazaron a sentarse a la mesa, lo tuvo a su lado todo para él. Entonces, azorada, no encontró palabras que decir.

Él tomó la mano de May y le dedicó una sonrisa que ella correspondió y que la ayudó a templar su nerviosismo. Durante la comida, reinó un ambiente alegre y risueño. Como era habitual en esos casos, fue alabada la calidad de los manjares y hubo bromas sobre el futuro en común de los señores Hambleton, aunque ninguna fuera de la cordialidad. A media tarde, fueron conducidos al salón en el que se hallaban los músicos y comenzaron a tocar unas melodías apropiadas para la danza. Por supuesto, Hambleton invitó a su esposa a abrir el baile y ella aceptó, a pesar de sentirse retraída ante la atención que despertaba.

Cuando al comienzo de la música su marido le tendió la mano, lo hizo con una sonrisa que logró que ella se sintiera afortunada. Sentimiento que se renovó cuando, durante un momento de la pieza en que permanecieron muy cerca el uno del otro, él le comentó:

—Espero que, en estos momentos, usted sea tan dichosa como yo.

Eve y la menor de las Spencer optaron por entretenerse con juegos más infantiles y se alejaron de la vista de los demás.

Veinte minutos después, en un momento en que May bailaba con el señor Glover, Eve regresó y le estiró del brazo. Ella se disculpó ante su pareja y recriminó la interrupción a su hermana.

–¿Se puede saber qué te ocurre? –le dijo.

–Elliot está en el jardín, escondido entre los árboles para no ser visto desde los ventanales. Dice que vayas, pero que no digas nada –le susurró Eve–. Es un secreto.

–¿Elliot?

–Chisttt.

Extrañada e incrédula, May siguió a su hermana y abandonó el salón. Eve la dirigió a otra estancia en la que había un balcón abierto y salieron por él. Estaba a punto de preguntar, mientras bajaban la escalinata que conducía al jardín, cuando su hermana señaló un punto entre las sombras de unos arbustos mustios. Había oscurecido y no se distinguía nada.

May volvió a mirar hacia su hermana mientras esta regresaba al interior. Sin saber qué hacer, decidió acercarse hacia los árboles que había señalado Eve y allí descubrió la figura de su primo.

–¡May! –murmuró él, avanzando hacia ella con prudencia y solicitándole con un gesto que se acercara.

–¡Elliot! ¿Qué haces aquí? ¿Por qué te escondes? Esperábamos que pudieras incorporarte a nosotros.

–¿Incorporarme dices, May? Todo lo contrario, eres tú quien debe alejarse –respondió con gravedad.

–No bromees. No entiendo tanto misterio. ¿Cuándo has llegado?

–Hace un rato. No recibí tu carta ni la de Frances hasta ayer. Al final, estuvimos de excursión en casa de… ¡Bueno, eso no importa! La cuestión es que no he podido llegar antes para impedir tu boda.

–¡¿Impedir mi boda?! –se preocupó May, pensando que, efectivamente, su primo debía de estar enamorado de ella.

—Sí, May. No deberías haberte casado con ese hombre. Pero teniendo en cuenta que aún no habéis consumado el matrimonio, todavía estás a tiempo de marcharte y pedir la anulación.

—¿Por qué debería hacer eso, Elliot? Hambleton ahora es mi esposo.

—No debería ser así, May, no debería. Hambleton te ha engañado.

—¿Qué quieres decir? —se alarmó.

—¡Oh! No debería ser yo quien te contara esto, pero debes saberlo.

—¡Por Dios, Elliot! ¿De qué hablas? —le imploró con urgencia.

—Cuando Frances y yo estuvimos en Londres hace unos meses, Hambleton trató de persuadirla para que se fugara con él. Afortunadamente, lo descubrí e intervine a tiempo. Frances no sufrió ninguna ofensa, pero no podíamos arriesgarnos a las habladurías y en esos momentos apareció Weaver.

—¡No puedo creerte!

—¿Por qué te crees que no ha venido Frances? ¿Por qué piensas que trató de que no te casaras con él o, al menos, que esperaras a que yo estuviera aquí? Pero no he llegado demasiado tarde, May, aún estás a tiempo. ¡Vente conmigo! Yo te sacaré de aquí. Pediremos la nulidad del matrimonio y luego ya veremos cómo arreglamos tu situación.

Ella se negaba a creerlo, su corazón se aferraba a la afinidad que había comenzado a sentir por su marido, pero recordó las advertencias de Frances y entendió que todo encajaba. La velocidad y determinación de Hambleton al proponerle matrimonio sin conocerla también lo reafirmaban. Buscó una última esperanza que negara que había sido utilizada, pero, después de la humillación de Westbrooke, su confianza no se encontraba en su mejor momento.

May sintió que se le caía el mundo encima y aceptó la mano de su primo. Se dejó llevar por él durante un trecho, mientras sentía unas horribles ganas de llorar. Mil imágenes se sucedieron atropelladas en su mente hasta que de pronto se detuvo y dijo:

–No puedo, Elliot. No puedo soportar otro escándalo. ¡Mi familia quedaría marcada para siempre!

–¡Yo soy tu familia! ¡Frances es tu familia! ¿Vas a soportar que un hombre se case contigo solo para poder estar cerca de mi hermana? ¿No entiendes que te ha utilizado porque está enamorado de ella?

May se dejó caer sobre la hierba y la seda de su vestido claro se manchó del rocío de la noche mientras la oscuridad misma penetraba en su alma.

Capítulo 11

Elliot le pidió que se levantara.
—Estás a tiempo, May, ven conmigo —repitió—. Te llevaré a casa de mi hermana.

Y, aunque continuó insistiendo, ella no encontraba fuerzas para levantarse.

—¡May! ¡May! —Oyó una voz que la llamaba y, al levantar los ojos, vio a lo lejos la figura de Camile que se acercaba.

Elliot la apremió una vez más:
—¡Vámonos!

Pero cuando la confusión de May se disipó y pudo reaccionar a las palabras que había escuchado, Elliot ya había desaparecido y Camile se había agachado a su lado.

—¿Qué ocurre, May? ¿Qué haces aquí? ¿Era Elliot el que estaba contigo?

La recién desposada contempló a su amiga con los ojos humedecidos, quien le tendió una mano para ayudarla a levantarse. Con el contacto, recordó que llevaba un anillo de oro en su anular y sintió ansias de quitárselo, pero no lo hizo.

—Imagino lo que ha pasado —comentó la mayor de las

Spencer–. Por tu expresión, no es necesario que me lo cuentes: Elliot se te ha declarado.

May no desmintió su suposición. Se sentía tan avergonzada por la nueva traición sufrida que era incapaz de reconocerla.

–No sufras por él, May. Elliot no tenía ninguna esperanza y lo sabía. No debería haber venido hasta aquí en un momento como este. No debería haberte comprometido –dijo al tiempo que tendía un pañuelo a su amiga.

–Gracias –se limitó a responder esta, ya de pie.

–Hay demasiadas mujeres para tan pocos hombres. Todas quieren bailar con tu señor Hambleton, pero de un momento a otro te reclamará a ti. Debes volver. Y no le digas a nadie que Elliot ha estado aquí. No deben imaginar cosas que no son. –Ante el silencio de su amiga, preguntó–: Porque tú no sientes nada por Elliot, ¿verdad?

May negó con la cabeza.

–Entonces, no te sientas afligida por él. Ya verás que pronto conoce a una dama a la que no le importen los hombres velludos y se casa con él.

May trató de sonreír, pero solo consiguió esbozar una ridícula mueca.

–Tenemos que volver –insistió Camile.

–Por favor, ve tú primero.

–¿Y exponerte a que Elliot regrese?

–Por favor…

–Un minuto, May. Antes de un minuto te quiero allí o volveré a por ti. ¡Y lo haré acompañada de Hambleton!

Si no hubiera sido por las consecuencias que acarrearía la huida a su familia, May no habría regresado. Pero durante aquellos instantes, en que se sentía ofendida, desolada y con unas tremendas ganas de desaparecer, comprendió que no era libre para seguir sus deseos.

Trató de hacer acopio de valor, tragarse su orgullo y limpiarse la humedad que aún tenía en los ojos antes de regresar. Aunque le costaba asumirlo, conocer las verdaderas intenciones del ahora su marido era algo que le convenía. Le ayudaba a prevenir sus propios sentimientos, a no permitir que naciera ningún afecto y, si hasta el momento le había gustado lo que había notado en su marido, en estos momentos lo aborrecía.

O eso quería creer. La humillación de Westbrooke le parecía pequeña al lado de la que acababa de padecer. No solo su orgullo, también sus sentimientos se hallaban más afectados de lo que hubiera podido esperar y es que, tal vez, Hambleton había empezado a gustarle.

¿Qué hacer? No podía organizar un escándalo ni dejar en evidencia a su familia. Ya había sido causa de que los señalaran con el dedo en una ocasión, no podía repetirlo. ¿Y si enfrentaba a su esposo? ¿Y si lo obligaba a reconocer que la había utilizado? Deseaba que él se defendiera y desmintiera la acusación con la que acababan de señalarlo, pero llovía sobre mojado y no tenía esperanzas a las que acogerse. Si se había propuesto demostrar indiferencia ante la traición de Westbrooke, no le quedaba otra que actuar de igual modo ante su marido, aunque le apeteciera insultarlo con todas sus fuerzas y llenarlo de reproches. Eso no serviría de nada, solo se convertiría en un modo de demostrar su vulnerabilidad, y era algo que el orgullo le impedía.

No. No podía actuar de forma visceral, ya no era una niña. Si su marido se había casado con ella para estar cerca de Frances, no iba a darle el gusto (tampoco a su prima) de que conociera su fragilidad ni su sufrimiento. No quería más humillaciones y aquella le parecía la peor. Así que estudió rápidamente sus posibilidades y supo que solo le quedaba la opción de mostrar indiferencia ante Hambleton. Y cuando más le dolía.

Regresó al salón y nadie la notó seria, porque lucía una sonrisa que hasta el momento no se había atrevido a desplegar. Dedicó una mirada que parecía dulce a su esposo y él se acercó a ella para volver a invitarla a bailar.

El orgullo dañado se había impuesto a cualquier sentimiento que no fuera el de la venganza. Quería negarse a sí misma que estuviera celosa y una obsesión nacida en el rencor y la afrenta la empujaban a simular un papel con el objetivo de desenmascararlo después, cuando pudiera devolverle la humillación a su marido.

Si durante la celebración nadie hubiera podido adivinar los sentimientos de May hacia Hambleton, a partir de este momento, habrían afirmado que estaba enamorada. Si él era un buen actor, ella también podía desplegar sus dotes de actriz, por mucho que se sintiera partida por dentro. Aunque sus ojos no brillaran, la luz de las velas y antorchas tampoco permitía apreciarlo. Pero correspondió con afabilidad a las galanterías de su esposo y se dedicó a atender y a bromear con sus invitados con una naturalidad de la que había carecido hasta el momento. Excepto Camile, nadie sospechó que sus atenciones y su buen humor eran fingidos.

Pasada la medianoche, los invitados fueron marchándose poco a poco y, al despedirse de los últimos, May sintió un miedo desconocido al notar cómo su alma se compungía. Los Glover, que hasta el momento se habían hospedado allí, también se marcharon, pues tenían reserva en un pequeño hotel de la ciudad. May entró en la casa antes que su esposo, que se quedó unos minutos más despidiendo a estos últimos.

En cuanto la vio entrar, una criada se acercó enseguida a ella.

—Señora Hambleton, soy Allegra, su doncella. La acompañaré a su habitación; está en el primer piso y se comunica con la de su esposo. He llenado la bañera con agua caliente y la ayudaré a prepararse para su noche de bodas.

—Gracias —respondió ella nerviosa.

Y se dejó acompañar, pero cuando llegó a sus aposentos, le comentó:

—No hace falta que se quede. Prefiero arreglarme sola.

—Pero...

—Es mi deseo —respondió de forma autoritaria y severa May, que sentía que el tiempo de sus sonrisas gratuitas ya había terminado.

Ante la mirada, que no admitía discusión, Allegra solo pudo añadir:

—Si alguna vez desea que acuda, esa es la cuerda de mi campanilla —dijo señalando la cabecera de su cama, donde se encontraban el resto de cordeles. El azul es el de la señora Hewitt y la roja suena directamente en las cocinas.

—Gracias —respondió May sin tan siquiera mirar hacia las cuerdas.

Y, cuando Allegra salió y cerró la puerta tras ella, se echó sobre la cama a llorar.

Tras unos primeros minutos en que no pudo evitar sentirse derrumbada, volvió a incorporarse y permaneció sentada sobre la cama. Observó el camisón que Allegra había dejado para ella y lo agarró y lo arrojó contra el suelo con toda su rabia. Luego se levantó con ganas de pisotearlo, pero no lo hizo. Lo cogió y lo dejó en una silla, mientras se imaginaba cómo le sentaría a su prima Frances.

Se acercó a la bañera y se arrodilló a su lado para coger con ambas manos algo de agua y arrojársela a la cara. No quería que se notara que había llorado. Pero no se desnudó para meterse en ella.

Luego se quedó otro rato sentada ante el tocador, contemplándose en el espejo, pero ya no lo hacía con ojos acusadores contra su propia imagen y tampoco se reprochaba su ingenuidad, sino que planeaba cómo enfrentar su noche de bodas. Debería haberse casado con Elliot, pensó. Con él, nunca habría conocido los celos. Insatisfecha con su palidez, mientras su cabeza daba vueltas cogió un poco de colorete y se lo puso en las mejillas. También trató de disimular sus ojeras con otros polvos de tonos claros. Quería resaltar sus virtudes.

Cuando al cabo de un rato Hambleton entró en la estancia por la puerta que comunicaba ambas habitaciones, la encontró de pie ante la ventana, aún con el vestido de novia y el mismo recogido con el que se había casado. Ella se giró de inmediato y tembló cuando lo vio enfundado en una bata larga y mirándola sin comprender.

–¿No ha venido Allegra? –preguntó él.

–Le he dicho que se fuera –respondió May con voz altiva mientras alzaba el mentón.

Hambleton cerró la puerta tras él mientras la observaba y, convencido de que había controlado su confusión, procuró que su tono fuera suave y dijo:

–Tal vez me he precipitado. ¿Prefieres que regrese en media hora?

–Si mi opinión va a ser tenida en cuenta, prefiero que no regrese nunca, señor Hambleton –respondió May a modo de desafío y, aunque pensó que no se había notado su rabia, sin duda fue percibida.

Él se quedó petrificado ante la puerta y no se atrevió a avanzar. La contempló de arriba abajo, estupefacto por su respuesta y tratando de adivinar qué podía haber cambiado en ese breve tiempo en que había permanecido sola.

–¿He hecho algo que te molestara? –preguntó aún con amabilidad, pero sintiéndose cada vez más insultado.

Ella se negaba a darle ninguna explicación, no quería que supiera lo humillada que se sentía y trataba de disfrazar sus sentimientos con desprecio.

–Creo que me ha entendido, señor Hambleton. Solamente puedo ser su esposa de cara a los demás. Cuando usted me ofreció su mano, sabía perfectamente que mi corazón pertenecía al señor Westbrooke. Supongo que no es tan ingenuo como para pensar que eso ha cambiado en dos semanas.

Una bofetada no hubiera producido mayor efecto. Hambleton la contempló con furia y avanzó unos pasos hacia ella.

–Si estos son tus sentimientos, ¿puedo saber por qué aceptaste ser mi esposa? –le reprochó enfadado.

–¡Sabe muy bien que no tenía más remedio! De hecho, usted aprovechó mis circunstancias para no poder ser rechazado. Mi nombre estaba manchado y solo un matrimonio podía volver a limpiarlo.

Él calló por un momento. Sabía que, en este punto, ella llevaba razón. Luego dio un par de pasos hacia un lado de la habitación para regresar enseguida al mismo lugar. La contempló de nuevo, como si no diera crédito a lo que estaba sucediendo, y añadió:

–¿Esto es todo lo que puedo esperar?

–Es todo.

–¿Te has casado conmigo para borrar la deshonra o por despecho? ¿Crees que así puedes recuperar a Westbrooke? –le recriminó. Enseguida intentó calmarse y, con voz más suave, preguntó–: ¿No tienes ninguna esperanza de que, con el tiempo, pueda unirnos el cariño y nuestro matrimonio funcione? –Pero al notar que ella no respondía y, más que una persona, parecía una estatua de hielo, volvió a romperse algo en él y gritó ofuscado–: ¡¿Quieres hacerme creer eso?! ¿Tan grande es tu orgullo que has hipotecado tu felicidad solo para no demostrar tus sufrimientos?

–¿Por qué se ha casado usted, señor Hambleton? –preguntó ella retándolo con la mirada y tratando de que su voz pareciera calmada–. El primer día que me ofreció su mano, reconoció que otra dama era mejor que yo con el arco, pero que, desgraciadamente, ella ya estaba casada. ¿Y si no hubiera sido así? ¿Y si hubiera sido otra la que estuviera desesperada por una traición? ¿También le habría propuesto matrimonio? –dijo con rabia–. ¿Acaso hubo alguna alusión a sus sentimientos cuando me hizo su oferta? Creo, señor Hambleton, que en este caso estamos empatados.

–Tienes razón. Afortunadamente, mis sentimientos no estaban comprometidos –respondió devolviéndole la afrenta.

Eso la enfureció aún más, pero consiguió aparentar que estaba tranquila cuando contestó:

–Me ha preguntado por qué me he casado con usted, señor Hambleton; bien, se lo diré. Como habrá podido comprobar, tengo una familia a la que quiero. Ni mis padres ni Eve merecen sufrir la deshonra por lo que me ha ocurrido.

–¿Y yo sí lo merezco? ¿Yo sí soy merecedor de sufrir? –la acusó.

–Yo no le pedí matrimonio –le recriminó.

–Yo casi diría que, cuando te encontré aquí aquel día de lluvia, esa era tu intención –se burló él.

—Lamento que se considere perjudicado en este asunto —dijo ella con tono indolente.

—¿Que me considero perjudicado en este asunto? ¿Dices que lamentas...? —le reprochó él con tal furia que ella se asustó y retrocedió un paso—. Hasta ahora habías ocultado muy bien tu cinismo.

Ante la falta de respuesta, él respiró hondamente y apretó los puños con tal fuerza que llegó a clavarse las uñas en sus propias palmas. Notó que, a pesar de todo, ella no se había quitado el anillo. Necesitaba tranquilizarse y, hasta que no consideró que era así, se mantuvo callado. También le resultaba necesario asumir las consecuencias de sus propias palabras antes de pronunciarlas, como si tuviera que calcular si sería capaz de ser consecuente con ellas. Y sintió que el abismo estaba a sus puertas al recordar que su esposa acababa de afirmar que su corazón pertenecía a Westbrooke.

—May —dijo después de un tiempo—. Piensa bien qué es lo que quieres, porque te aseguro que estoy dispuesto a concedértelo.

Ella lo miró con los ojos muy abiertos sin saber a qué se refería y él añadió, en un esfuerzo de templanza:

—Si tu deseo es que nuestro matrimonio lo sea solo en apariencia, así será. No esperes de mí que dé otro paso para acercarme a ti. Pero supongo que sabes lo que ello implica. No tendrás derecho a exigirme nada. Absolutamente nada. ¿Estás segura de que eso es lo que quieres?

—Eso es lo que quiero —respondió con la última firmeza que le quedaba, antes de que se le entrecortara la voz.

Hambleton la contempló una vez más, como si estuviera más dolido que ofendido ante las palabras que acababa de escuchar. Ella sintió que un escalofrío recorría su cuerpo mientras se sabía odiada por él. La mirada que los unía y los separaba a la vez se rompió cuando May bajó los ojos. Él cerró los suyos como si maldijera en silencio. Luego dio media vuelta, se dirigió hacia la puerta de su habitación y salió.

Cuando cerró, ella se desmoronó sobre la cama y rompió a llorar. El invierno sería eterno.

Capítulo 12

Desconocía las consecuencias de lo que acababa de ocurrir, pero sabía que, ante ella, se presentaba un futuro muy negro. Traicionada por su prometido primero y, ahora, casada con un hombre que amaba a otra, ninguna felicidad podía esperar. Además, tenía la seguridad de que el desprecio que acababa de hacerle a Edgard Hambleton iba a salirle muy caro.

La expresión incrédula de él paulatinamente había ido mudando en otra de humillación y enfado. Aun así, su comportamiento no había sido agresivo, tal como ella temía, sino que se había mostrado de forma fría y poco temperamental. Al mirarla, parecía como si la cicatriz se le marcara más, como si la tensión de sus sentimientos se aglomerara en algún punto cercano y la remarcara. Pero May hubiera dicho que, de ese modo, su atractivo aumentaba más que disminuir. Imponente desde que había entrado en la habitación, ella recordó en ese momento el leve beso que le había dado en la capilla y sus miradas tan escrutadoras como seductoras a lo largo de la celebración y supo que, de no haber sido advertida, bien podría haberse enamorado de él.

El sentimiento que la había apresado cuando Elliot le

dijo que su esposo había intentado fugarse con Frances no se parecía en nada a lo que había sentido al conocer la traición de Westbrooke. En el último caso había ofensa, vergüenza, decepción, miedo a los comentarios de sus vecinos y a permanecer para siempre señalada. En el primero, aunque también concurrirían algunos de los sentimientos anteriores, lo más destacable era el dolor. Y, por supuesto, por muy reacia que fuera a reconocerlo, los celos. ¿Qué había ocurrido desde aquel día en que lo rechazó hasta ahora? ¿Qué había visto en él para que su corazón hubiera comenzado a despertar en estos precisos momentos?

Determinación de carácter, cierto, algo de lo que carecía Westbrooke, y también su primo Elliot. Pero también existía algo especial en la forma que él tenía de mirarla que la conmovía. ¡Oh! ¡Qué horrible fingidor! ¡Qué engatusador más bien logrado! ¿Amaría a Frances o solo se había tratado de un capricho? ¿Por qué no le había propuesto matrimonio a ella en lugar de haber intentado fugarse de forma clandestina?

¿Y qué importaba ahora todo eso? Después de lo ocurrido durante su noche de bodas, ya jamás tendría esperanzas de aguardar un gesto amable de él. ¿Había sido demasiado osada? No, sin ninguna duda, no le quedaba otra opción. No podía entregarse a un hombre que la hacía vulnerable y que no la amaba.

Mientras pensaba todo esto, se quitó el vestido de novia y lo dejó caer junto a la cama. Antes de ponerse el camisón, entró en la bañera, pero solo se remojó el cuerpo unos instantes, pues el agua ya estaba más fría que templada.

Luego se tumbó de nuevo sobre la cama y trató de dormir, deseando que al menos sus sueños no fueran tan horribles como su realidad.

Capítulo 12

Desconocía las consecuencias de lo que acababa de ocurrir, pero sabía que, ante ella, se presentaba un futuro muy negro. Traicionada por su prometido primero y, ahora, casada con un hombre que amaba a otra, ninguna felicidad podía esperar. Además, tenía la seguridad de que el desprecio que acababa de hacerle a Edgard Hambleton iba a salirle muy caro.

La expresión incrédula de él paulatinamente había ido mudando en otra de humillación y enfado. Aun así, su comportamiento no había sido agresivo, tal como ella temía, sino que se había mostrado de forma fría y poco temperamental. Al mirarla, parecía como si la cicatriz se le marcara más, como si la tensión de sus sentimientos se aglomerara en algún punto cercano y la remarcara. Pero May hubiera dicho que, de ese modo, su atractivo aumentaba más que disminuir. Imponente desde que había entrado en la habitación, ella recordó en ese momento el leve beso que le había dado en la capilla y sus miradas tan escrutadoras como seductoras a lo largo de la celebración y supo que, de no haber sido advertida, bien podría haberse enamorado de él.

El sentimiento que la había apresado cuando Elliot le

dijo que su esposo había intentado fugarse con Frances no se parecía en nada a lo que había sentido al conocer la traición de Westbrooke. En el último caso había ofensa, vergüenza, decepción, miedo a los comentarios de sus vecinos y a permanecer para siempre señalada. En el primero, aunque también concurrirían algunos de los sentimientos anteriores, lo más destacable era el dolor. Y, por supuesto, por muy reacia que fuera a reconocerlo, los celos. ¿Qué había ocurrido desde aquel día en que lo rechazó hasta ahora? ¿Qué había visto en él para que su corazón hubiera comenzado a despertar en estos precisos momentos?

Determinación de carácter, cierto, algo de lo que carecía Westbrooke, y también su primo Elliot. Pero también existía algo especial en la forma que él tenía de mirarla que la conmovía. ¡Oh! ¡Qué horrible fingidor! ¡Qué engatusador más bien logrado! ¿Amaría a Frances o solo se había tratado de un capricho? ¿Por qué no le había propuesto matrimonio a ella en lugar de haber intentado fugarse de forma clandestina?

¿Y qué importaba ahora todo eso? Después de lo ocurrido durante su noche de bodas, ya jamás tendría esperanzas de aguardar un gesto amable de él. ¿Había sido demasiado osada? No, sin ninguna duda, no le quedaba otra opción. No podía entregarse a un hombre que la hacía vulnerable y que no la amaba.

Mientras pensaba todo esto, se quitó el vestido de novia y lo dejó caer junto a la cama. Antes de ponerse el camisón, entró en la bañera, pero solo se remojó el cuerpo unos instantes, pues el agua ya estaba más fría que templada.

Luego se tumbó de nuevo sobre la cama y trató de dormir, deseando que al menos sus sueños no fueran tan horribles como su realidad.

Al día siguiente se despertó cuando llamaron a su puerta. Abrió los ojos de golpe, temiendo que su esposo fuera a discutir con ella, pero se tranquilizó cuando supo que era Allegra. Le dio permiso para entrar y vio que llegaba con una bandeja.

–Le traigo el desayuno –le dijo con una sonrisa tímida.

–Gracias –dijo al tiempo que se colocaba una bata y se dirigía hacia la mesa en la que Allegra había dejado la bandeja.

–A pesar del mar, en Candish también hará frío, y además está la humedad –comentó la sirvienta mientras avivaba el fuego de la chimenea–. ¿Quiere que le vaya preparando las maletas? Yo le mostraré los vestidos y usted me indica los que quiere que prepare.

May se sorprendió de que su marido no hubiera anulado su viaje de novios. Al saber que iba a pasar dos semanas sola con él, un nuevo temor la apresó. Comió de forma frugal, más por disciplina que por hambre, y fue indicando las ropas que consideraba convenientes llevarse. Ignoraba si harían vida social o si, por el contrario, se verían obligados a pasar horas y horas juntos y a reprocharse mutuamente su situación.

Lejos de querer mostrar su desconsuelo, cuando bajó al vestíbulo una hora después, se mostró altiva y fría. La señora Hewitt ordenó que subieran su equipaje al carruaje, que la esperaba en el exterior, y le comentó que el señor Hambleton ya estaba acomodado en él. Fue un lacayo el que la ayudó a subir y, temblorosa, sin mirar a su esposo, emitió un débil buenos días.

Su marido no respondió. Se hallaba pegado a una ventana y ella optó por sentarse cerca de la otra, manteniendo una distancia entre ambos que haría difícil que se rozaran a pesar de los baches y las curvas.

Durante las tres horas que duró el viaje, ninguno de los dos dijo nada. Solo cruzaron unas palabras cuando pasaron por Horston, una pequeña villa rural, donde se detuvieron para cambiar los caballos. Él le preguntó si sentía deseos de comer algo y ella respondió negativamente con un gesto y enseguida volvieron al carruaje. Al principio, el silencio la incomodó. Pero, a medida que pasaba el tiempo, supo que era preferible ese estado que mantener una conversación llena de fingimientos o reproches, según fueran los términos por los que él optara. Mientras ella miraba el paisaje desde una ventana, él lo contemplaba desde la otra, como si se tratara de un duelo de orgullos. Sin embargo, cuando ya estaban llegando, volvió a pensar que hubiese sido mejor hablar un poco, aunque ello implicara discutir, porque el silencio se le estaba haciendo insoportable. Se preguntó si a él le sucedería lo mismo.

Además, estaba deseosa de saber por qué, a pesar de que él había aceptado sus condiciones, continuaba con la idea de viajar a Candish, pero no se lo preguntó. Al fin y al cabo, en el acuerdo implícito de la noche anterior, le había parecido entender que mantendrían las apariencias y, si era así, en público deberían hablarse.

Entraban en Candish y el carruaje continuó camino hasta la costa. Luego siguió paralelo a la extensa playa y no se detuvo hasta que llegaron a una bonita casa en un pequeño promontorio.

Cuando los caballos se detuvieron, Hambleton descendió e indicó al conductor que ayudara a bajar a su esposa. A continuación llamó a la aldaba de una puerta recién barnizada y enseguida le abrieron. Cuando May puso sus pies sobre la hierba, él ya había entrado. Antes de que decidiera si seguirlo o aguardar, un chico salió de la casa, la saludó y comenzó a encargarse del equipaje.

Fue entonces cuando May vio que solo se ocupaba de sus maletas y un nuevo estremecimiento la sobrecogió.

Su marido salió de nuevo al exterior, esta vez con una anciana de aspecto agradable.

—Señora Lirriper, esta es mi esposa, la señora Hambleton —las presentó—. May, la señora Lirriper se encargará de que estés bien atendida. Espero que disfrutes del apacible paisaje de este lugar —comentó al tiempo que inclinaba levemente la cabeza a modo de despedida.

Ella tembló, pero apretó los labios para no demostrar que se sentía aterrorizada ante lo que se imaginaba que iba a suceder.

—Dentro de dos semanas volveré a buscarte —añadió él y, a continuación, volvió a subir al carruaje e indicó al cochero que se pusiera en marcha.

May hubiera querido agarrarlo de un brazo y preguntarle adónde iba y ahora se arrepentía de no haber abierto la boca durante el trayecto. Pero permaneció quieta y no hizo ni un solo ademán que demostrara que le afectaba su marcha.

Antes de que el carruaje desapareciera a lo lejos, decidió entrar para que no se le escaparan unas lágrimas. La señora Lirriper la acompañó al piso superior y le enseñó su habitación y ella la siguió con apariencia indolente. El lugar le pareció oscuro, hasta que la anciana abrió las contraventanas y entró una luz natural que le permitió ver mejor la decoración de la estancia. Era más austera que lujosa, pero no faltaban en ella comodidades. La gran cama de matrimonio, con un hermoso dosel, tenía sábanas de seda. Había también un escritorio, dos roperos, una mesa con dos sillas, un tocador y un sofá. La chimenea estaba encendida y el ambiente era cálido.

Se asomó a una ventana y comprobó que, desde ella, se veía la bahía de la playa. El mar estaba agitado, pero la extensión de arena era tan grande que May pensó que sería agradable pasear por allí cada mañana si no llovía. Sola. Sin él.

La señora Lirriper la sacó de su ensimismamiento cuando le dijo:

—La comida estará servida en un momento. Mientras usted está en el comedor, yo desharé su equipaje. Espero que no tenga inconveniente en pedirme cualquier cosa que desee. Hasta hace unos años trabajé para *lord* y *lady* Hardwick, y siempre he tenido muy buenas referencias.

—Gracias —respondió May casi sin fuerza.

A pesar de que la mujer era prudente, notó su mirada compasiva antes de dejarla sola y ella volvió a sentirse atormentada.

El primer día sintió la dureza de la soledad con toda su acritud. Se sentía abandonada y desprotegida, a pesar de que la señora Lirriper la cuidaba lo mejor que sabía. Estuvo desorientada y sin saber qué hacer y decidió encargarse ella misma de su equipaje, más que nada por sentirse ocupada. Sin embargo, ni siquiera sacó de la maleta los vestidos de fiesta y se limitó a colgar en el ropero vestidos cómodos y de diario. Al fin y al cabo, para el tipo de vida que iba a llevar...

Recorrió la casa para conocer todos sus aposentos y descubrió que la biblioteca, aunque pequeña, tenía muchos libros que despertaron su interés. Íntimamente lo agradeció, pues la lectura siempre suponía un buen refugio y un modo de vivir experiencias ajenas y olvidar la propia.

Poco a poco se acostumbró a una pequeña rutina. Cada mañana, después de desayunar, daba largos paseos por la playa, que crecía y menguaba a diversas horas según los caprichos de la marea. Aunque le hubiera gustado mojar sus pies en el agua, estaba tan fría que no se atrevió. El sol se insinuaba tras el velo amarillo de nubes, aunque allí, con el viento que soplaba del mar, en ocasiones la cortina brumosa dejaba pasar algunos rayos. También se acercó a la villa y, al saber que los martes era día de mercado, decidió que el siguiente regresaría. Conoció el pequeño puerto de pescadores, aunque los olores no recomendaban que permaneciera en sus muelles demasiado tiempo. Un día caminó tanto que llegó hasta unos acantilados en los que había una panorámica de todo el pueblo. Pero cuando regresó y se lo contó a la señora Lirriper, esta le advirtió de que era peligroso aventurarse por aquella zona. El viento, que a veces azotaba con auténtica furia, había lanzado contra las rocas a más de uno y, si alguien se atrevía a descender hasta la pequeña cala, debía tener mucho cuidado con las mareas. Además, y esto fue lo que de verdad asustó a May, se hablaba muy seriamente de que había contrabandistas en aquella zona y que, si eran descubiertos, podían resultar peligrosos.

Por las tardes descansaba después de comer y, luego, ayudaba a la señora Lirriper a bordar los bajos de unas cortinas nuevas y otras ropas blancas que tenía pendientes. Le gustaba escuchar las viejas historias de contrabandistas que contaba o algunas sobre su infancia tan distinta a la suya. La mujer no le hacía preguntas y, sin embargo, la ayudaba a entretenerse. Antes de cenar, daba un nuevo paseo, esta vez más corto que el de las mañanas, pues el frío era mayor, y, por las noches, a la luz de las velas, leía hasta que le entraba el sueño.

Excepto dos días ventosos y uno de lluvia intensa, que hubo de permanecer en la casa, el resto del tiempo lució un sol velado que la acompañó en sus caminatas.

Al principio le pareció estar viviendo un castigo, las horas se sucedían muy lentas y todo allí era monotonía. Pero poco a poco empezó a descubrir que gozaba de una paz que le permitía asentar todas las emociones sentidas durante el último mes y comenzar a asumir todo lo sucedido. Hasta ahora, todo había ocurrido demasiado precipitadamente y el sosiego que inspiraba la plenitud del mar le hacía verlo de otra manera.

Durante esos días pudo reflexionar sobre su nueva situación, incluso con cierta templanza. Suponía que su esposo no había regresado a Culster, como había temido en un primer momento, pues él también estaba interesado en mantener las apariencias de que su matrimonio funcionaba. De otro modo, no hubiera fingido un viaje de novios. Así que esperaba no encontrar desprecios públicos por parte de él, solo una frialdad punzante cuando estuvieran juntos.

No debería haberle dicho que estaba enamorada de Westbrooke porque no era cierto y, además, eso no la ayudaba a mejorar su situación. Sabía que si hubiese sido Camile, y no ella la que estuviera en su lugar, se habría tragado su orgullo y habría tratado de enamorar a su esposo con la esperanza de que olvidara a Frances. Pero ella no era Camile, y el orgullo le impedía dar un paso en esa dirección. Así que, de algún modo, lo peor que podía pasarle, o eso suponía, era que su vida de casada y de soltera se parecieran. Gozaría de la misma libertad para pasear por Culster, visitar a su familia o amigas e incluso podría montar a caballo porque en Astonfield había cuadras.

Por lo demás, debería acostumbrarse a los silencios de Hambleton cuando estuviera presente, aunque empezaba a pensar que eso no ocurriría muy a menudo.

El veintisiete de octubre, después del almuerzo, el carruaje de su marido regresó a Candish y, en lugar de salir a recibirlo, cuando May lo vio llegar tras la ventana, subió aprisa a su habitación.

Capítulo 13

Estaba recogiendo el equipaje cuando la señora Lirriper llamó a su puerta.

–Su esposo ha llegado, señora Hambleton.

–Enseguida bajo –respondió con el corazón latiéndole apresuradamente.

–No se preocupe por su ropa, yo terminaré de recogerla. Usted vaya a recibir a su marido.

–No, prefiero ocuparme yo, gracias –respondió nerviosa–. Usted haga el favor de ofrecerle algo de beber, seguramente tendrá sed. O hambre.

Había deseado que llegara este momento y ahora lo temía. La excitación que dominaba todo su cuerpo hacía que no atinara a colocar bien la ropa. Afortunadamente, no era mucha la que tenía que recoger y, en algún caso, no le importó si quedaba con alguna arruga.

Cuando hubo terminado, se miró al espejo y se colocó bien unos mechones que se le habían desprendido del recogido. Cerró los ojos, respiró con fuerza y se dispuso a bajar.

Hambleton estaba de pie en el salón, con una jarra de cerveza en la mano. Su tez se veía más bronceada, por lo que May supuso que habría gozado del aire libre. Se preguntó si habría viajado fuera de Inglaterra. Ella no recordaba la extraña fascinación que le producía su presencia y trató de luchar contra la turbación que la envolvió. Él la contempló impertérrito, sin mover un solo dedo, aunque el fulgor de sus ojos traicionaba su aparente indiferencia.

—Señora Lirriper —le dijo ella a la que había sido su acompañante en sus primeros días de matrimonio—, por favor, dígale a Melvin que recoja el equipaje.

—Buenas tardes —la saludó su esposo con la corrección adecuada, pero sin expresar ningún afecto en ese saludo.

—Buenas tardes, señor Hambleton —respondió ella, con la misma sequedad a lo que consideraba su sarcasmo.

—Sería conveniente que a partir de ahora me llamaras Edgard —le indicó él cuando la señora Lirriper ya no estaba allí.

—También sería conveniente que usted me diera instrucciones sobre todo lo que considera apropiado e inapropiado —respondió ella con acento retador, aunque procurando dibujar en su boca una sonrisa irónica—. Cuanto antes me lo deje claro, antes aprenderé a comportarme en público según su voluntad.

Él pareció desconcertado ante el desafío evidente que había en sus palabras y, tras un momento de turbación, procuró imitar su sonrisa.

—Está bien que tengas interés en agradarme en público. ¿Debo sentirme halagado?

Ella hizo caso omiso al sarcasmo de él y, procurando ser igual de dañina, se acercó a la ventana y dijo:

—Echaré de menos este lugar.

—Muchas mujeres echan de menos su viaje de bodas. Dicen que, después, ya nada vuelve a ser igual.

May se giró hacia él y le enfrentó la mirada. Iba a añadir algo, pero la señora Lirriper entró de nuevo en el salón y les dijo:

—¿No quieren llevarse algo de fruta para el viaje? Les he envuelto unas manzanas, por si tienen hambre.

—Es usted muy amable, señora Lirriper —contestó May al tiempo que se acercaba hacia ella.

En lugar de despedirse de forma protocolaria, le dedicó una sonrisa, esta vez sincera, y le dio un abrazo sin ser consciente de que la otra persona presente envidiaba que esa muestra de cariño no le fuera otorgada a él.

En esos momentos, Melvin llevaba las maletas hacia el carruaje y May lo siguió. Hambleton dejó el vaso de agua vacío sobre una mesa y también se despidió de la señora Lirriper, a quien había pagado por adelantado.

Cuando llegó para ayudar a su esposa a subir al vehículo, ya lo estaba haciendo el cochero. May se acomodó al lado de una ventana y él, en esta ocasión, no escogió la otra, sino que se sentó al lado de ella.

May se tensó al notar su contacto y él no disimuló un gesto de satisfacción.

—Primera recomendación —le dijo—: cuando viajan juntos, la esposa debe sentarse al lado del esposo.

May sintió un calor extraño en su pecho y supo que la convivencia iba a resultar más difícil de lo que había esperado. Procuró pensar en Frances, sobre todo, para no dejarse dominar por el hechizo que la cercanía de Hambleton producía en ella.

—¿Ha hecho buen tiempo durante estos días? —preguntó él, que no parecía tener ganas de repetir el silencio del primer trayecto.

—Es más húmedo que en Culster, pero solo ha llovido dos días. Supongo que usted sí que ha gozado de un buen clima, puesto que está más bronceado.

—Debes poseer una extraña cualidad, ya que te has fijado en mi color sin apenas mirarme.

Ella, que tenía la vista al frente, giró levemente la cabeza para mirar por la ventana, más que para ofenderlo, para que él no notara su rubor.

Pero él debió de notarlo, porque a continuación tomó una de sus manos y la retuvo entre la suya.

—También deberás acostumbrarte a que te toque. Resultaría extraño que una esposa temblara ante el roce de su marido.

Ella se odió a sí misma por estar temblando en esos momentos y procuró permanecer impasible.

Él llevó la mano hasta su boca y se la besó.

May se giró de golpe y lo miró con reproche.

—¿Por qué me hace esto? —preguntó, aunque se arrepintió al momento de haber pronunciado esas palabras.

—¿No lo sabes? —respondió él mientras la miraba fijamente y continuaba reteniendo su mano.

Ella bajó los ojos, incapaz de soportar la censura y los reproches que había en los suyos, pero él cogió su mentón con la otra mano y la obligó a enfrentarlo.

Aunque aún temblaba, su mirada temerosa se endureció. Sin embargo, sus rostros estaban demasiado cerca como para que ella no recordara el leve beso que la boca de él había depositado en la suya tras la celebración de la boda.

Él también debió de recordarlo porque, por un instante, sus ojos se fijaron en los labios de ella y May temió que aquel momento volviera a repetirse.

Pero no ocurrió. Él retiró su mano y ella se sintió aliviada. En aquel instante entendía muy bien que su prima hubiese sido capaz de escaparse con él. Su marido sabía cómo turbar a una mujer, cómo engatusarla. La convicción de no dejar aflorar ningún sentimiento hacia su marido que había adquirido durante las dos semanas que había pasado sola se desmoronó.

Algo también debió de suceder en el interior de él, porque se apartó hacia la otra ventana y un pequeño espacio brotó entre ellos.

No volvió a hablar hasta que llegaron a Horston, donde el carruaje se detuvo para cambiar los caballos y recuperar los suyos, por lo que May supuso que, a la ida, los había dejado allí. Se preguntó dónde habría estado todo ese tiempo y si se habría acercado a alguna mujer. Sintió celos, aunque debía reconocer que no podía exigirle fidelidad. «No tendrás derecho a exigirme nada. Absolutamente nada», le había dicho él tras su rechazo en la noche nupcial.

Cuando volvieron a ponerse en marcha, ella comentó:

—Supongo que no va a decirme dónde ha estado.

—Cuidado con lo que me preguntas, May, porque voy a pensar que te interesa —respondió él con acritud.

—Nos preguntarán —se justificó ella—. Algo tendré que decir.

—La misma capacidad que tuviste para fingir que yo empezaba a agradarte te ayudará cuando te pregunten por nuestro viaje. Supongo que ante Westbrooke sabrás hacerlo muy bien.

May se arrepintió una vez más de haber mencionado a Westbrooke aquella noche. No es que pensara que su marido estuviera celoso, pero, sin duda, sí se sentía ofendido. Y el resentimiento que había provocado podía volverse en su contra.

Nuevamente reinó el silencio hasta que se acercaron a Culster. Fue May la que lo rompió al decir:

—No me ha explicado usted todas las condiciones de nuestra convivencia.

—Trataremos el tema en casa, May —respondió él, ahora notablemente incómodo—. Por el momento, deja de hablarme con tanta formalidad. ¿Podrás intentarlo?

Ella sintió que la trataba como si fuera tonta y no respondió.

El cochero no entró en el pueblo, sino que lo bordeó y se dirigió directamente hacia Astonfield. Nada más detenerse, Hambleton descendió y esperó a que May se acercara a la puerta para tenderle su mano y ayudarla a bajar del carruaje. Dos criados llegaron enseguida para descargar el equipaje y la señora Hewitt los esperaba a la entrada para recibirlos.

—¡Oh! Espero que hayan disfrutado de su viaje. Aquí hemos tenido unos días de lluvia intensa. Es como si el cielo se hubiera calmado para saludarlos, aunque parece que estemos ya en pleno febrero. He dicho en la cocina que prepararen la cena algo antes de lo habitual. Supongo que vendrán hambrientos después del trayecto.

—Buenas tardes, señora Hewitt. Gracias, pero antes me gustaría darme un baño. ¿Hay agua caliente? —respondió el dueño de la casa.

—Sí, también he pensado en eso. ¿Desea bañarse usted también, señora Hambleton?

—Sí, gracias. Siempre acaba una con la ropa polvorienta en estos viajes.

La señora Hewitt encargó a Allegra que subiera agua caliente a la habitación de la señora Hambleton.

—Y luego encárgate de deshacer el equipaje.

Ordenó lo mismo a otro sirviente para el señor Hambleton y ambos esposos subieron juntos la escalera sin decirse nada y se separaron para dirigirse cada uno a su habitación.

Al cabo de una hora los Hambleton se encontraban cenando en el comedor principal y, después de que él deseara a su esposa buen provecho de modo protocolario, ella comentó:

—Mañana me gustaría visitar a mi familia. ¿Me es eso posible?

Él esperó unos instantes antes de responder.

—Pensaba invitarlos a cenar, ¿te gustaría?

—Sí, claro —comentó sorprendida por el detalle. Y, sin embargo, enseguida vio que esa intención podía esconder un arma de doble filo—. ¿Eso significa que no puedo visitarlos?

Ahora la expresión de sorpresa se reflejó en el rostro de Hambleton, que vino acompañada de un sentimiento de ofensa.

—No soy yo quien ha puesto límites a nuestro matrimonio, May —le reprochó y, viendo que una criada se acercaba al comedor, hizo una pausa y luego añadió—: No seas impaciente. Después de cenar, hablaremos largo y tendido sobre el asunto. Yo también estoy deseoso de aclarar algunos puntos.

Durante la cena solo volvió a abrir la boca para comer o agradecer el servicio a los criados.

Capítulo 14

Elliot Carpenter regresaba del Lambe Club más pronto de lo habitual. Durante todo el día había estado inquieto y deseaba encontrarse solo para asentar sus pensamientos. Sabía que ese era el día previsto para el regreso de su prima May y eso lo ponía de malhumor. Y nervioso, muy nervioso.

Se maldecía por no haberse enterado antes de la boda con Hambleton y comenzaba a pensar que su nuevo primo político tenía algo que ver. Invitado a una cacería por los Pilgrin a su casa de campo, había dejado Culster sin temer ningún peligro. Una vez allí, entabló amistad con el señor Beckham, un desconocido hasta entonces, quien a su vez estuvo muy interesado en persuadirlo para que lo acompañara a Edenbridge. En esos momentos, Elliot no fue consciente de su obstinación en contar con su compañía, pero ahora estaba convencido de que no era casual. El señor Beckham le había hablado de una partida de dados en la que se apostaba mucho dinero por parte de meros aficionados, ninguno de ellos demasiado hábil, y Elliot había visto la oportunidad de conseguir dinero fácil de una manera cómoda. Sin duda, el señor Beckham había sabido cómo tentarlo y, ahora, Elliot tenía serias sospechas de que lo había enviado Hambleton.

Al haber aceptado, cuando llegaron las cartas de Frances y de May a la residencia de los Pilgrin, él se encontraba en Edenbridge. Allí ganó algunas partidas y perdió otras y, aunque en total salió beneficiado por el azar, no resultó más que una simple propina. Y ese viaje impidió que supiera a tiempo que su prima se casaba con Hambleton, por lo que el balance final había sido a todas luces negativo.

Si hubiera estado en la residencia de los Pilgrin, podría haber partido de inmediato hacia Culster e impedir ese matrimonio. Estaba convencido de que lo habría logrado. De hecho, solo unas horas habían imposibilitado que lo hiciera. Y si May no hubiese querido anular el enlace por miedo a que nuevamente la señalaran, sí lo habría hecho su tío, el señor Baker.

Pero no había sido así. No había llegado a tiempo y ahora May estaba casada con su enemigo. La fábrica ya nunca sería suya, sino que había pasado a manos del hombre que desde hacía casi un año seguía sus pasos y lo buscaba para vengarse. Seguramente, Hambleton no tenía pruebas determinantes contra él porque, de ser así, habría acudido a la Justicia.

Tras acabar la guerra, Hambleton había intentado deshonrar a Frances en Londres, aunque, por fortuna, no lo había logrado. Después, había desaparecido de su vida durante largos meses, en los que Elliot llegó a pensar que no volvería a verlo más. Pero cuando ya se sentía confiado, se enteró de que Hambleton había comprado Astonfield y entonces supo que había llegado para vengarse, que la decisión de fijar su residencia en Culster estaba motivada por el odio que le profesaba y que no abandonaría hasta lograr destruirlo.

Sin embargo, ahora Frances estaba casada y prevenida, así que no esperaba que pudiera causarle ningún daño a través de ella. Tampoco imaginaba cómo podría perjudicarlo a él, aunque sentirlo como una sombra permanente lo incomodaba. Por eso aceptó la invitación de los Pilgrin, no se sentía vulnerable por abandonar Culster, no quería tenerlo cerca y nunca hubiera imaginado que Hambleton utilizaría a su prima para aproximarse todavía más a él.

Unas semanas antes, Elliot había visto un golpe de suerte en el matrimonio de Westbrooke. Sin duda, eso hacía que su prima necesitara solucionar su estado de forma urgente y él había aprovechado la ocasión y solicitado su mano.

Sin embargo, cuando su tío, el señor Baker, le había exigido avales bancarios, a él, a quien conocía desde que tenía dos años, se había sentido ofendido y decepcionado. Sobre todo, había visto frustrada la oportunidad de quedarse con una fábrica de botones que pensaba que daba ganancias. Elliot ignoraba la situación real del negocio de su tío y ahora estaba convencido de que Hambleton no solo se había casado con su prima para importunarlo, sino para, poco a poco, ir mermando sus expectativas de remontar su propia economía.

Tenerlo tan cerca resultaba, sin duda, una inconveniencia. Estaba seguro de que Hambleton lo acecharía hasta el punto de impedir cualquier maniobra que pudiera beneficiarlo. Debía librarse de ese hombre, pero no sabía cómo. Había estado convencido de que su prima se fugaría con él en cuanto supiera que su recién estrenado esposo era un hombre sin escrúpulos y sin moral, pero la reacción de May no había sido la esperada.

Durante estas dos semanas en las que Hambleton había estado de viaje de novios, se había sentido tranquilo, pero hoy, que sabía que regresaban, tenía los nervios a flor de piel.

Por la mañana había visitado a su hermana, sabiendo que Weaver había ido a pescar, y encontró a Frances igual de inquieta. Aunque, por supuesto, Frances no sabía que Elliot le había contado a May que Hambleton había intentado fugarse con ella. De saberlo, más que inquieta, estaría histérica. Y tampoco sabía que el ahora marido de su prima no la tenía a ella por objetivo, sino a su hermano. Con todas estas lagunas, Frances estaba convencida de que Hambleton estaba enamorado de ella y que solo se había casado con May Baker para tener la oportunidad de acercarse y volver a seducirla.

—Deberías haberla obligado a huir a la fuerza, Elliot. No sirvió de nada que te presentaras en su boda, y eso que te pedí que hicieras lo imposible —le había reprochado.

—¿Y crees que no lo intenté? Pero apareció alguien y tuve que esconderme. Además, May estaba dispuesta a sacrificarse por su familia.

—¿Por su familia? ¿En serio crees eso? Pues yo estoy convencida de que a nuestra primita le gusta su esposo.

—¡Vaya! ¡Cualquiera diría que estás celosa! Espero que no vuelvas a caer en las redes de ese truhán. Tu esposo no te lo perdonaría.

—Me insultas, Elliot. No quiero saber nada de ese hombre —dijo, mostrándose resentida—. Él es el culpable de que me casaras con Charles y sabes que no soporto a Charles.

—Fue necesario, querida. Te recuerdo que los señores Bennet os vieron. Si no llega a ser por el imbécil de Weaver, tu reputación hoy en día estaría por los suelos. Además, tu esposo tiene dinero, deberías sentirte agradecida.

—¿Y debo agradecérselo a Hambleton o a ti? —preguntó irónica.

Elliot no respondió. Se paseaba de un lado a otro de la estancia y ni siquiera sabía cómo podría ayudarlo su hermana.

—Debemos desacreditarlo —dijo deteniéndose.

—¿Cómo? ¿No pensarás contar lo que me hizo?

—No, claro que no —negó sin contar que su prima ya lo sabía—. Pero debe haber algún modo. ¿O acaso crees que se ha casado con May porque está enamorado? Ese hombre es muy oscuro.

—¡Oh, Elliot! Está claro que Hambleton se ha casado con May para darme celos y estar cerca de mí. Sé muy bien que me buscará y que me propondrá relaciones.

—Y espero que tú no accedas.

—No soy de esas —respondió, fingiéndose ofendida.

—Tampoco pensé que fueras de esas que se fugaban a espaldas de su hermano, y estuviste a punto de hacerlo —le reprochó—. Si no llego a sorprenderos...

Ahora fue ella la que no respondió, simulando lo mucho que le afectaban las dudas de su hermano sobre su moralidad.

—¿Acaso crees que alguna vez estuvo enamorado de ti? —dijo él con saña.

—¡Claro que lo estuvo! ¡Y lo está! ¡Por eso se ha casado con May!

—Entonces, ¿por qué no te propuso matrimonio a ti?

—Él estaba convencido de que tú no habrías aceptado. En aquellos momentos, él no tenía dinero y tú no lo habrías visto con buenos ojos.

—¿Y cómo sabes que no tenía dinero?

—Me lo confesó, Elliot. Podría haberme engañado, pero fue sincero.

—¿Y de la noche a la mañana tiene el suficiente dinero como para comprar Astonfield?

—Tal vez en su vida también hubiera alguna señora Whinship. No eres el único que ha recibido una herencia inesperada.

—No, Frances, te equivocas. Hambleton no siente nada por ti, nunca lo ha sentido. Ese hombre solo busca dañarme.

—¿Y por qué querría dañarte? ¿Acaso lo conocías de antes?

Elliot no contestó, pero fue evidente que su hermana comprendió que así era.

—¿Lo conocías de antes? —preguntó, levantándose del sillón enfurecida—. ¿Y me entero ahora?

—¿Y qué si lo conocía? Eso no cambia las cosas.

—¿Que no cambia las cosas? ¡Lo cambia todo, Elliot! ¿De qué lo conocías? ¿Por qué dices que solo busca dañarte? ¿Qué le hiciste? —inquirió sulfurándose cada vez más.

—¡No le hice nada, Frances! Ese hombre está equivocado. Está equivocado, de verdad, equivocado —repitió, arrepentido por el renuncio en el que lo había pillado su hermana.

—¿Y en qué se equivoca si puede saberse?

—Me confunde con otro, estoy seguro. Yo no hice nada.

—¿Y qué cree que hiciste?

—¡No lo sé, Frances! —le gritó nervioso—. Es obvio que si no lo hice, no lo sé.

—No entiendo nada, Elliot. Puede que el equivocado seas tú. No puedo creerme que fingiera su interés por mí.

—¡Ese hombre solo se preocupa por sí mismo! ¡Es mejor que empieces a asumirlo cuanto antes! —volvió a gritar cada vez más nervioso.

—¿Y con quién te confunde? Porque si piensas que te

confunde con alguien, es porque sabes algo más. Dices que ya os conocías, ¿en qué circunstancias? –Al ver que su hermano no tenía ganas de responder, lo amenazó–: Porque si no me contestas tú, no me queda más opción que preguntárselo a él.

–¡Ni te le acerques, Frances! ¡Te lo prohíbo! –le exigió con un gesto amenazante, aunque, ante la reacción de ella, lo relajó.

–¿Me lo prohíbes? Nos guste o no, ahora es parte de la familia. Estaremos obligados a verlo. No siempre podré fingir una indisposición como el día de la boda.

–Ya sabes a qué me refiero. No te lo perdonaría.

–No me has respondido, ¿de qué os conocíais?

Él la miró fijamente antes de contestar y comprendió que no callaría hasta que tuviera una explicación.

–¡No lo conocía!

–¡Antes has dicho que sí!

–Conocí a otro Hambleton, Ralph Hambleton, con el que coincidí en la batalla de Quatre Bras, en Bélgica.

–¿Un familiar de Edgard?

–Su hermano. Ralph cayó en esa batalla, pero yo no tuve nada que ver. Los franceses nos atacaron por sorpresa. Pero está visto que Hambleton me atribuye alguna negligencia que no me perdona.

Tras esta revelación, Frances se dejó caer sobre el sillón. Necesitaba asumir la información que acababa de recibir. No dijo nada más que retuviera allí a su hermano y este aprovechó el momento para abandonar el salón. Tampoco se despidió.

Cuando Elliot salió de la residencia de los Weaver, se dirigió al Lambe Club y allí había permanecido hasta este momento, en que regresaba a casa deseando que los Hambleton hubieran tenido un accidente fatal durante su viaje de bodas.

Capítulo 15

Tras la cena, Hambleton se levantó y se dirigió hacia May para retirar su asiento e invitarla también a abandonar la mesa. Al tiempo que hacía un gesto con las cejas, le dijo:

—¿Harás el favor de acompañarme?

Sin esperar respuesta, comenzó a caminar hacia el pasillo y luego se dirigió hacia una estancia que ella no conocía y le abrió la puerta. De hecho, la señora Hewitt le había dicho que le enseñaría toda la casa, pero aún no había tenido ocasión. Al día siguiente, sería lo primero que haría.

Cuando May entró, comprendió que se trataba de un despacho. Era amplio y tenía grandes ventanales, por lo que supuso que, de día, sería luminoso. Mientras él encendía las velas de dos candelabros, ella observó el lugar. Había muchas estanterías llenas de libros y, sin embargo, eso no era la biblioteca. Aparte de una mesa con papeles ordenados presidida por un sillón al fondo de la estancia, había otra mesa redonda con cinco sillas cerca de un ventanal. En un aparador, había botellas y vasos y Edgard Hambleton, tras cerrar la puerta, se acercó hacia él y llenó dos pequeñas copas de brandy. A continuación, mientras le indicaba a May que se sentara en una de las sillas de la mesa redonda, le ofreció una copa.

—No, gracias —rechazó ella mientras se sentaba.

Él insistió.

—Te vendrá bien.

Ella la aceptó para no demorar el momento que tanto le angustiaba, pero no tenía intención de beber. Quería mantenerse serena durante esa conversación. Sin embargo, él, que aún permanecía de pie, se acercó a ella y le propuso un brindis:

—Ya que no podemos brindar por nuestro matrimonio, hagámoslo por nuestro entendimiento.

—¿Qué entendimiento?

—Espero que lleguemos a uno, May, por eso estamos aquí.

Ella se sintió turbada por el modo de mirarla y, para huir de esa sensación, cogió la copa y brindó con él. Lo hizo con sequedad e impaciencia.

—Me gustaría que empezaras tú —le dijo, aún sin sentarse.

El hecho de que él permaneciera de pie hacía que ella se sintiera inferior en la conversación.

—¿Empezar yo? —preguntó tímidamente—. ¿Qué debo decir yo?

—Tu primera condición quedó muy clara. Me gustaría saber si tienes alguna más.

Ella se quedó desconcertada y él añadió:

—Comprenderás que, si voy a convivir el resto de mi vida contigo, es necesario conocer tus exigencias. Y caprichos, si los tienes.

—No tengo un carácter caprichoso —protestó ella—. Ni nada más que añadir a la exigencia que usted ya conoce.

—Si es así, empezaré yo —dijo al tiempo que caminaba de un lado a otro frente a ella—. En primer lugar, no quiero que vuelvas a hablarme de usted. No sería adecuado –lo dijo haciendo una pausa para clavarle la mirada.

Ella asintió, pero sabía que no estaba serena y procuró que no se traslucieran sus inseguridades.

–En segundo lugar, me gustaría dejar claro un punto. Si en público me veo en la necesidad de cogerte de la mano, de agarrarte por la cintura o incluso de besarte, no quiero que temas que, por ello, esa noche voy a regresar a tu habitación. He prometido que no lo haría y cumpliré con mi palabra.

May sintió que sus mejillas ardían. Le conmovió escuchar el dolor que había en sus palabras y se preguntó si solo era por la ofensa o también había en ellas un deseo contenido. Esa idea hizo que se estremeciera y se alegró de haber aceptado el brandy. Sin decir nada, se acercó la copa a los labios y bebió un poco más.

–Antes me has preguntado si puedes visitar a tus padres. Por supuesto que puedes visitarlos, al igual que a tus amistades. No estás encerrada en una jaula de oro –dijo remarcando esto último–. Por las mañanas yo acudiré a la fábrica de botones y probablemente también por las tardes hasta que el señor Dornan esté capacitado para coger las riendas. A partir de ahora, él será mi mano derecha. Entiendo que no quieras aburrirte. Te agradecería que no te acercaras por allí, me dispongo a hacer algunos cambios y estaremos de obras un tiempo. También puedes montar a caballo, te oí decir que te gustaba. Mañana te presentaré a Gipsy, creo que te gustará.

–Gracias –comentó ella sorprendida por lo que parecía un gesto amable por su parte.

–Por supuesto, puedes intervenir en las cuestiones domésticas cuanto gustes. Si quieres cambiar cortinas, organizar las comidas, decorar alguna estancia… Y participar en asociaciones benéficas de la iglesia o por los lisiados de la guerra, como prefieras.

Ella asintió de nuevo.

—Y si alguna vez te apetece ir a Croydon a visitar a tu hermana, te agradecería que me lo dijeras con algo de tiempo para encargarme de los preparativos del viaje.

Esta nueva manifestación de generosidad despertó las suspicacias en ella y, de pronto, lo interrumpió para preguntarle:

—Antes ha dicho...

—Antes has dicho —corrigió él.

—Antes has dicho que mañana invitarás a mis padres a cenar. ¿Podrías incluir en esa invitación a los Weaver y a Elliot Carpenter? Son mis primos y no pudieron acudir a la boda.

Una sombra atravesó el rostro de él y la cicatriz se hizo más visible, como si una vena interior la hubiera tensado. Ella había estado pendiente de su reacción y temió haber sido demasiado imprudente.

—Preferiría que, en esa ocasión, fuera una cena más íntima, May. Habrá ocasión para invitar a tus primos más adelante —respondió con severidad.

Aunque estuvo tentada de insistir, temió que él lo considerara como un desafío, así que desistió de hacerlo.

—¿Tienes alguna pregunta más?

—No —dijo al tiempo que se levantaba, pensando que la conversación había terminado.

—Yo aún tengo algo que añadir —dijo él, sin recuperar el tono amable del principio, y ella se detuvo, pero no volvió a sentarse—. No quiero que tengas ninguna relación con Westbrooke cuando regrese a Culster.

La miró con ojos acusadores de tal manera que hizo que ella se sintiera culpable. No se le había ocurrido esa posibilidad, ni siquiera sabía cómo reaccionaría ella ante Westbrooke. De hecho, no había pensado demasiado en él. Y, sin embargo, su mera mención hizo que se sintiera avergonzada y bajó la cabeza.

Él lo interpretó como una negativa y avanzó unos pasos hacia ella y la agarró de un brazo.

–¿Me has oído, May? –le preguntó en un tono más alto, casi agresivo.

–Sí, te he oído, Edgard –respondió ella tratando de no inmutarse ante su actitud conminatoria.

–¿Y? –continuó él con una mueca inquisitiva.

–De acuerdo, Edgard.

Él relajó su expresión al escuchar su asentimiento y le soltó el brazo, pero aun así se mantuvo inquieto y volvió a moverse de un lugar a otro. Luego se detuvo y, mirándola de forma penetrante, le comentó:

–Supongo que no es necesario decirlo, pero, por si acaso, quiero que quede muy claro que no voy a permitir que deshonres mi apellido. Creo que me entiendes; si necesito explicarme mejor, lo haré.

Ella volvió a sonrojarse, pero, esta vez, además de vergüenza, también de humillación. Se preguntó si habría pensado en la honra cuando trató de que Frances se fugara con él.

–Como comprenderás –insistió él–, tengo una reputación que mantener. No voy a tolerar que hagas cualquier cosa que coloque tu nombre o el mío en boca ajena. No toleraré ninguna infidelidad.

Ella, que por un momento había tenido esperanzas de que hubiera algo de celos en sus palabras, se sintió ahora tan insultada que, en lugar de amedrentarse, le devolvió la mirada severa y respondió:

–Supongo que yo no puedo exigir lo mismo.

–No, no puedes –respondió él, tras dudar un momento sobre los motivos por los cuales ella efectuaba esa pregunta.

May sintió una punzada en el estómago y unas ganas terribles de echarse a llorar, pero luchó con todas sus fuerzas contra sí misma y logró evitarlo.

–Por supuesto, en este tipo de asuntos seré discreto, si es lo que temes.

Ella estuvo a punto de morderse los labios para retener la humedad que se asomaba a sus ojos, pero no lo hizo porque notó a tiempo que eso supondría delatar su malestar. Pensaba en Frances y se preguntaba si ella estaría dispuesta a tener un amante. Quería creer que no, pero sabía que no se había casado enamorada y, si ya en una ocasión había estado dispuesta a huir con él…

–¿Algo más, May?

–No –musitó ella, acercándose hacia la puerta.

–No te vayas todavía –reclamó él y May temió que finalmente se le escaparan las lágrimas–. Hay que volver a brindar, siempre es bueno celebrar la oportunidad de diálogo entre un marido y su esposa.

Ella notó la burla implícita de su declaración, y el orgullo herido le dio fuerzas para retroceder y enfrentarse a él.

–Que no seamos un matrimonio convencional no significa que no podamos comportarnos como amigos –añadió Hambleton mientras se servía otro brandy y llenaba la copa de su esposa.

Cuando ella cogió el recipiente, los dedos de ambos se rozaron y la inquietud se multiplicó en el alma de May. Él, como si hubiera intuido su turbación, la observó detenidamente mientras bebía y eso hizo que ella acabara vaciando la copa de un trago. Con ojos desafiantes, la depositó sobre la mesa e inquirió:

–¿Estoy obligada a celebrar algo más?

Él soportó el reto de su mirada y respondió:

–No por hoy.

–Entonces, me retiro. Estoy cansada.

Él la observó en silencio mientras salía. Con mucho esfuerzo, ella consiguió no derramar ninguna lágrima hasta que se encontró protegida en su habitación. Luego, la idea de que Edgard pudiera tener algún encuentro con Frances la mantuvo llorando durante más de media hora.

Al día siguiente continuaba inundada por la tristeza, pero también se sentía más determinada a ocultarla. Tras el desayuno, la señora Hewitt le enseñó la casa, tal como ella le había pedido. May tomó detalle de todo a fin de no perderse en próximas ocasiones y pensó que su marido tenía buen gusto. Quiso conocer incluso la zona de servicio y, cuando pasó por las cocinas, se asomó a un patio trasero en el que vio algo que la enamoró. Un cachorro de pastor alemán jugaba a perseguir a las gallinas, aunque sin ninguna intención de atacarlas.

–¿Cómo se llama? –preguntó.

–¿El perro? Los perros no tienen nombre, señora Hambleton.

–Pues este lo tendrá –dijo mientras se acercaba a acariciarlo y, viendo la respuesta agradecida del perro hacia ella, preguntó–: ¿Lo dejan entrar en casa?

La señora Hewitt quedó tan perpleja ante la pregunta que no supo contestar.

–A partir de ahora dormirá en casa. Haga el favor de ponerle unas mantas en el salón –le ordenó May.

Y, tras permanecer un rato jugando con su nuevo amigo, subió a su habitación para asearse y ponerse unas ropas de paseo.

No le quedaban lágrimas, por lo que creyó oportuno no postergar la visita que estaba deseando realizar a su prima.

Capítulo 16

—¿Mando preparar el carruaje? —le preguntó la señora Hewitt cuando la vio dispuesta a salir.
—No, gracias. Me gusta caminar a pesar del frío —respondió May, que pensó que el ejercicio la ayudaría a tranquilizarse.
—Cuidado con el barro. Con lo que ha llovido aquí, hay zonas que aún están húmedas.
—Lo tendré.
—¿Estará mucho fuera?
May sintió como si la señora Hewitt quisiera controlar sus pasos o, quizá, como si recibiera instrucciones para ello. Afortunadamente no le había preguntado adónde iba y, como no estaba dispuesta a darle más información de la necesaria, respondió:
—No lo sé. Ya le he dicho que me gusta pasear.
A continuación, cogió su chaqueta de lana y salió.
El día era especialmente gélido. El sol que se intuía tras la capa de nubes estaba más lejos de ellos que en verano, y el invierno, a pesar de estar en otoño, ya atacaba sin ninguna misericordia. Hacía tiempo que el cielo no aparecía nítido, y esa falta de transparencia se unía a la niebla interior que anidaba en May.

Frances no le había contado nada sobre su historia con Edgard, por lo que deducía que ahora tampoco sería fácil que ella mencionara el asunto. Sin embargo, debía intentar sonsacársela, debía averiguar exactamente qué había ocurrido entre ambos y, sobre todo, quería cerciorarse de que no iba a volver a ocurrir.

May avanzaba deprisa campo a través, procurando no mancharse los bajos del vestido, y su corazón, lejos de suavizar sus palpitaciones, las precipitaba. Solo refrenó cuando empezó a pasar por las primeras casas de la ciudad y procuró que en su rostro no se le notara la inquietud.

Pasó primero por delante de la que hasta ahora siempre había sido su casa y, aunque sintió remordimientos por no visitar primero a sus padres, siguió adelante. Ya se detendría después, cuando regresara, pero ahora la curiosidad era más poderosa que el deber hacia sus progenitores.

Se cruzó con los Brenan y no tuvo otro remedio que saludarlos. Le preguntaron por su viaje y ella se fingió feliz. Pensó que, a partir de ahora, el fingimiento iba a convertirse en su estado natural.

Llegó a la residencia de los Weaver con la sonrisa que se había visto obligada a mostrar a los Brenan y deseó que Frances no notara que su mirada estaba apagada. Una criada la hizo pasar al salón principal y le pidió que esperara.

–La señora Weaver se está vistiendo. No tardará. ¿Desea un refrigerio?

–Un vaso de agua si es tan amable. Gracias.

La sirvienta salió y volvió al cabo de dos minutos con el agua. Ella la tomó y, cuando dejaba el vaso vacío sobre la mesa, Frances Weaver entró en el salón con un elegante vestido. May tuvo que admitir que se veía muy favorecida.

–¡Qué sorpresa! ¿Cuándo has regresado? –Fingió no saberlo–. Te imaginaba de viaje de bodas. Deberíais haberlo alargado, estos momentos deben disfrutarse. No entiendo por qué tu marido no te ha dedicado más tiempo.

–¡Y los he disfrutado! ¡He disfrutado de cada momento! –respondió, intentando hacerlo con énfasis–. Candish es un lugar muy tranquilo. Me han encantado los paseos por la playa. Es posible que volvamos en alguna otra ocasión.

–No te hagas ilusiones, querida, nunca volverá a ser lo mismo.

–¿Cómo puedes saberlo? ¿Crees adivinar mi futuro?

–Hablo desde la experiencia de una mujer casada, primita.

–Aún no llevas ni medio año casada…

–La emoción de los primeros momentos no regresa, es lo que dicen quienes tienen más experiencia. Por cierto, lamento mucho haberme perdido tu boda. ¡No sabes cuánto deseaba acudir…! Pero una terrible jaqueca me lo impidió.

–Espero que se te pasara pronto.

–Sí, se me pasó.

–Me alegro. Me preocupó que no vinieras a la boda. Pensé que era motivado por tus reticencias a que me casara con Edgard.

–¿Mis reticencias? ¡Oh! Solo eran consejos ante tu precipitación. Pero ya está hecho, no voy a insistir en ello –dijo al tiempo que se sentaba en un sofá frente a su prima–. Lo importante es que tú estés bien.

–¿En serio tus únicas objeciones eran la rapidez con la que sucedió todo? –preguntó May, ahora más seria–. Me gustaría que fueras sincera, Frances. Sé que tú alternaste con mi esposo con anterioridad y quisiera saber si existe algo, que yo no conozco, que te llevara a alertarme.

Frances no se esperaba esta alusión tan directa y se preguntó si su prima sabría algo más, pero como ella no se había atrevido a mencionarlo, se limitó a responder a su pregunta y esperar a que fuera May la que osara ser más clara.

—¿Nos conocíamos? —fingió dudar—. Es posible que lo hubiera visto en Londres las pasadas Navidades, pero no lo recuerdo muy bien. ¿Quién te ha dicho que nos conocimos? ¿Tu esposo?

—Sí —mintió, mientras contemplaba a su prima fijamente y, aunque con palabras no dijo nada más, su mirada fue más elocuente.

Frances se removió en el sofá y cambió de postura, pero su rostro no delató ninguna alarma.

—¿Y qué recuerda él exactamente, querida?

—Tiene un recuerdo vago. De hecho, no estaba seguro de si eras tú, pero cuando yo le conté que en esas fechas habías pasado una temporada en Londres, dedujo que, efectivamente, eras la misma persona.

Una corriente de alivio atravesó los ojos de Frances, pero ningún músculo de su cara se movió.

—Tal vez ni siquiera fuimos presentados.

—Pero es obvio que coincidisteis, él te recuerda —insistió May—. Y me resulta extraño que no te fijaras en él —dijo mientras continuaba su escrutinio de las reacciones de su prima—. La cicatriz de su rostro llama la atención.

—Quizá entonces aún no la tenía.

—Hace dos años que la tiene. Es una herida de guerra.

A pesar de que la conversación no delataba lo ocurrido entre Hambleton y Frances, esta no ignoraba que su prima estaba al tanto. Se preguntaba por qué se lo habría contado él y en qué términos, pero estaba decidida a no hablar de ello mientras May no lo hiciera directamente. Por ese motivo, procuró cambiar de tema:

—La guerra ha dejado a muchos lisiados. Tu marido, después de todo, tuvo suerte.

—Sí, él no deja de decirme que se considera un hombre afortunado —respondió May, que también sabía que su prima evitaba el tema.

—Está obligado a decirte palabras bonitas. Al menos, durante los dos primeros meses de casados.

—Entonces, ¿no lo recuerdas? ¿Ni siquiera oíste hablar de él? —retomó el tema a pesar de los esfuerzos de su prima.

—Ya te he dicho que no, querida. ¿A qué viene tanta insistencia? ¿Desconfías de Hambleton?

—No me ha dado motivos —dijo May con aparente indiferencia—. Pero supongo que comprenderás la curiosidad de toda esposa por conocer mejor a su marido. Y pensé que, si os habíais conocido, tú podrías informarme mejor sobre las personas con las que se relacionaba.

—Me imagino que te llevará a Londres y podrás conocerlas tú misma. Lamento que mi memoria no sea maravillosa. Hay tan pocas cosas que merezcan ser recordadas y tantas que deben ser olvidadas...

La falsedad reinaba en la conversación que mantenían ambas primas. Frances no ignoraba que May estaba celosa y el motivo de esa visita no era otro que el de marcar su terreno. En realidad, su prima le estaba advirtiendo de que no se acercara a su marido, y ambas sabían que la otra entendía el lenguaje subrepticio.

—Tal vez la memoria de Elliot sea mejor. ¿Sabes si ellos sí fueron presentados?

Esta vez sí, Frances mostró un leve gesto de temor, aunque reaccionó deprisa y respondió:

—Si hubiese sido así, supongo que Elliot me lo habría dicho —descartó—. Yo de ti no perdería el tiempo hablando con él de esta cuestión. Además, ya sabes lo que siente por ti. Te ruego que no profundices en su dolor hablándole de tu esposo.

Frances era consciente de que su hermano no poseía dotes de actor y temió que se delatara si era interrogado sobre Hambleton.

—¿Tú conocías los sentimientos de Elliot?

—Mi hermano es un libro abierto para mí, querida. Aunque nunca me lo había confesado hasta que me dijo que iba a pedir tu mano. —Tras esto, hizo un breve silencio y luego añadió—: Se sintió defraudado con tu padre, May. No entiende por qué se la negó y mucho más incomprensible se le hizo cuando te comprometió con Hambleton.

—Mi padre pensó que Elliot lo hacía por compasión, Frances. Yo también estaba de acuerdo en que él no debía sacrificar su felicidad por cuidar de mi reputación. Te juro que hasta el día de mi boda nunca sospeché que él sintiera este tipo de afecto por mí.

—Ahora que lo sabes, espero que no lo comprometas con cenas y otras atenciones que no harán sino incomodarle.

—Lo tendré en cuenta. Pero inevitablemente alguna vez habrá de ocurrir. De igual modo, supongo que tú y mi esposo también coincidiréis, pero doy por hecho que, si apenas os recordáis, ninguno de los dos se esforzará por renovar la amistad con el otro. En el caso de que la hubiese habido.

—Tu esposo está a salvo de mi influencia, si es lo que temes.

—No temo tu influencia, pero sigo extrañada en tu insistencia para que no me casara con él.

—Tú misma has entendido que intenté ganar tiempo para Elliot. Pero ahora que mi hermano está obligado a resignarse, no veo ningún inconveniente en que te hayas casado con Hambleton. Si él busca mi amistad, la obtendrá. Así te demostraré que no pongo ninguna pega a tu maridito.

Estas palabras no reconfortaron a May, que se levantó de su asiento y dijo:

—No es necesario que me lo demuestres. Me basta con tu palabra —comentó al tiempo que recogía el bolso—. Dices que no tengo nada que temer de su pasado y te haré caso.

—¡Oh! Pero puedo estar equivocada. No lo conocí tan a fondo. Aunque, cuando has mencionado lo de la cicatriz, creo recordar que sí nos tratamos. Y si él se acuerda de mí, como has dicho, debió de ser en más de una ocasión. Eso o que le dejé huella —comentó en un tono humorístico que no hizo ninguna gracia a May.

—Aún no he visitado a mis padres —respondió esta para justificar su marcha.

—Es todo un honor que me hayas dado preferencia. Claro que, tal vez solo haya sido por tu interés en conocer mejor a tu marido. Creo que, en ese aspecto, solo el tiempo podrá ayudarte.

—Sí, tienes razón. No debería haber esperado tu colaboración. Espero que pases un buen día y saluda de mi parte al señor Weaver. No sé por qué, a veces me olvido de que tienes marido. Y no es porque tú no seas una esposa modelo…

Tanto Frances como May quedaron desairadas tras ese encuentro y con pocas simpatías de la una hacia la otra.

Era obvio que May había querido advertir a su prima de que su historia con su marido pertenecía al pasado, pero Frances no había colaborado a darle esa seguridad.

Mucho tuvo que fingir May cuando, poco después, visitó a su madre.

Capítulo 17

Regresó a Astonfield todavía con el malhumor que le había nacido durante la conversación con su prima Frances. En la que había sido su casa hasta hacía poco, su madre no había hecho otra cosa que contarle las felicitaciones que había recibido por parte de algunos vecinos y lo orgullosa que se sentía de ella por tener un marido tan recomendable.

–A primera hora de la mañana, hemos recibido su invitación para cenar con vosotros. ¡Es tan amable…!

Su padre estaba ausente, por lo que May no pudo cambiar de tema por mucho que se lo propuso. Fue interrogada sobre los lugares que había visitado en Candish y a las personas que habían conocido y ella se limitó a describir la playa.

Luego estuvo tentada de visitar a Camile, pero no se sintió preparada. Sin duda, su amiga notaría que no era sincera y no le apetecía confesar a nadie ni las condiciones de su matrimonio ni el pasado de su marido con su prima Frances.

Así que regresó a Astonfield una hora antes del almuerzo.

–El señor Hambleton no vendrá hasta más tarde –le informó la señora Hewitt cuando ella preguntó por él.

—¿Ha traído una manta para Shat?

—¿Quién es Shat?

—El perro que he conocido esta mañana.

—¡Ah! No, usted me dijo que le permitiera entrar por la noche, pero no mencionó la mañana.

—Cuando él desee, señora Hewitt. A partir de ahora, considere a Shat como a uno más de la familia.

Y, dicho esto, salió en su busca.

Permaneció jugando con el perro hasta que sintió hambre y subió a su habitación a asearse. Shat la siguió y, ante el asombro de Allegra, ella le permitió entrar.

Almorzó sola y guardó unas lonchas de carne fría para su nuevo amigo. La señora Hewitt estaba escandalizada con las confianzas que la señora Hambleton consentía al animal, pero optó por la prudencia y no dijo nada.

Ella aprovechó para preguntarle por el menú de la noche y la señora Hewitt temió que quisiera improvisar algo a última hora, pero May no vio ningún inconveniente en su propuesta.

Después se sentó en un sillón del salón para descansar y, aunque cogió un libro, se quedó medio dormida y apenas leyó. Shat permaneció a sus pies.

Sobre las cinco, Hambleton regresó y, cuando se asomó, el perro se levantó y comenzó a ladrar. Él lo observó y, luego, la contempló a ella. May sintió que el corazón le daba un vuelco y comprendió que lo había estado esperando. Él avanzó un par de pasos y dijo:

—Buenas tardes. Espero que hayas disfrutado de la mañana. Ya veo que has hecho amigos nuevos.

—¿Te importa? —le preguntó ella, mientras acariciaba a Shat y este se sentaba a sus pies.

—En absoluto. Me gustan los perros.

—Lo haré salir a la hora de cenar. Mi madre no los soporta.

—Como quieras. Por cierto, también vendrá el señor Dornan —dijo mientras comenzaba a retirarse.

—¿Quién es el señor Dornan? —preguntó ella, al tiempo que dejaba en una mesa el libro que se había quedado sobre su regazo y comenzaba a incorporarse.

—Es un viejo amigo. Estuvo presente en nuestra boda y creo que ya te comenté que, desde hace poco, es el nuevo encargado de la fábrica —dijo deteniéndose de nuevo.

—¡Ah! —exclamó mientras recordaba que lo había mencionado—. ¿Lo sabe mi padre?

—Lo sabrá esta noche. —Y, ante el desconcierto de ella, añadió—: Tu padre ya no es el mayor accionista.

Mientras él salía, May se sintió decepcionada. Sabía que, al casarse con ella, Hambleton había pasado a ser socio de su padre, pero ignoraba que fuera el accionista mayoritario. Eso significaba que, ahora, su marido era el dueño y podía disponer de ella como quisiera. Se preguntó por qué su padre había hecho eso. Una cosa muy distinta era que su marido heredara la fábrica el día que él falleciera y, otra, que la dejara en sus manos mientras estuviera vivo. Sabía que su padre se sentía muy orgulloso de su empresa y que le gustaba dirigirla.

¿Habría sido esa una de las condiciones para que el matrimonio se llevara a cabo? ¿Sería la fábrica lo que buscaba Edgard Hambleton al casarse con ella? Esa posibilidad, en lugar de afligirla, le produjo cierta satisfacción en un primer momento. Prefería que el motivo de su boda fuera la fábrica que la posibilidad de estar cerca de Frances, aunque hubo de reconocer que una no excluía la otra.

Luego comprendió que eso era la constatación de que él no había tenido ningún interés particular en ella al pedirle matrimonio y que, si en su lugar hubiera estado cualquier otra, él no habría cambiado su modo de proceder.

Si en algún momento se había sentido arrepentida de sus palabras durante la noche de bodas, ahora se reafirmaba en ellas.

El perro la siguió nuevamente cuando, un rato después, subió a su habitación para arreglarse antes de la cena. May se miraba al espejo y se preguntaba cuándo se había ilusionado con la idea de que su marido podría sentir algún afecto por ella. Se sentía ingenua, porque en ningún momento él había mostrado ningún síntoma de que pudiera ser así.

También se sentía débil porque le afectaba más de lo que debería. Si la esperanza de toda mujer que accedía a un matrimonio acordado era la de que su marido y ella acabaran enamorándose, a ella le estaba vedada.

La entrada de Allegra la sustrajo de sus pensamientos. Suspiró hondamente antes de dejarse acicalar el cabello y no supo responder cuando la criada le preguntó qué vestido deseaba ponerse esa noche.

Sobre las seis, sonó la campanilla y aún no estaba lista. Según le había contado su madre, Hambleton los había citado a las siete, así que pensó que el hombre del que le había hablado su esposo se estaba anticipando.

Cuando bajó al salón, encontró a su marido hablando con un hombre de unos treinta años, nariz alargada y tez morena. Entonces recordó que, efectivamente, había estado presente durante el enlace. Ambos callaron nada más verla.

—Dornan, ella es mi esposa, la señora Hambleton —los presentó el dueño de la casa.

—Encantado, señora Hambleton.

—Encantada, señor Dornan. ¿No va a tomar nada?

—Sí, tomaremos un coñac en mi despacho —se anticipó su esposo–. Le he pedido que viniera un poco antes para hablar de unos asuntos. ¿Nos disculpas? –le preguntó al tiempo que empujaba de un hombro a su amigo instándolo a acompañarlo.

May se quedó asombrada ante la actitud de su marido y notó que la sorpresa también hacía aparición en los ojos del señor Dornan. Se sintió plantada, desairada, y eso aumentó la inseguridad que ya la tenía atrapada.

Pasó media hora sola en el salón, dando vueltas de aquí para allá y asomándose a la ventana por si veía llegar a sus padres. Colocó y recolocó las flores de un jarrón que no le parecían lo suficientemente vistosas y cambió un bibelot de sitio, aunque, pasados unos minutos, lo volvió a dejar en su lugar. Sobre las siete menos cuarto, cuando ya se sentía desesperada, volvieron a llamar a la puerta.

Esta vez eran los señores Baker y May volvió a saludar a su madre y se alegró de ver a su padre. En cuanto los hizo pasar al salón, también llegaron su marido y Dornan y nuevamente se hicieron las pertinentes presentaciones. La señora Baker quedó extrañada de que en aquella cena hubiera una persona ajena a la familia, y el señor Baker enseguida quedó interesado en conocerlo mejor.

Por el modo de tratarlo, May sospechó que su padre ya sabía que iba a trabajar para la fábrica, y se preguntó por qué ella ignoraba todo lo que rodeaba a las condiciones de su matrimonio. En cuanto tuviera ocasión, se lo preguntaría.

Pasaron al comedor y se sentaron a la mesa casi enseguida. Al principio todo fue muy formal, como si costara romper el hielo. May se dio cuenta de que su padre respetaba a su yerno e incluso su madre no se atrevía a hablar con su soltura habitual.

Dornan fue el primero en hacer una broma tonta y eso ayudó a que el ambiente se relajara. Tras ser preguntado, Hambleton habló de su viaje de bodas como si efectivamente lo hubiera vivido y disfrutado. May llegó a sentir nostalgia en sus palabras, como si deseara que aquellos días hubieran transcurrido tal como él lo estaba contando.

—Fueron unos días estupendos en los que May y yo comprendimos que habíamos acertado en nuestro matrimonio. Los llevaré siempre en el recuerdo con gran cariño. Aunque mi deseo más sincero es que mi esposa se sienta siempre como una recién casada.

En este punto le dedicó una sonrisa a ella y May tuvo que fingir otra para corresponderle, porque todos se quedaron mirándola. Sin embargo, las últimas palabras de él la habían herido por la cantidad de cinismo.

Tras el primer plato y, todo hay que decirlo, casi dos copas de un vino dulce que solo bebía ella, la señora Baker se atrevió a preguntar a su yerno y a Dornan de qué se conocían.

—De la guerra. Luché en el mismo batallón que Ralph —comentó el invitado.

—¿Quién es Ralph? —se interesó la señora Baker.

Afortunadamente su madre se le adelantó, porque May estuvo a punto de hacer la misma pregunta. Si no hubiese sido así, habría quedado en evidencia lo poco que conocía a su marido.

—Mi hermano —respondió Hambleton.

—¿Tiene un hermano y no lo invitó a su boda? —preguntó la señora Baker—. Supongo que algo importante tuvo que retenerlo para que faltara en una ocasión así.

—Mi hermano está muerto, señora Baker —respondió con sequedad Hambleton.

El silencio que siguió a esta declaración fue roto por Dornan.

—Lamentablemente, una guerra causa siempre muchas bajas.

May se sintió incómoda por no saber que su esposo tenía un hermano que había fallecido y no supo qué decir. El señor Baker comenzó a hablar de conocidos que tenían algún familiar o amigo que también había muerto por luchar contra Napoleón y pronto la conversación se centró más en sus vecinos que en los héroes de guerra.

Sin embargo, durante el postre, fue la fábrica el tema que ocupó las preferencias masculinas y Dornan, a instancias de Hambleton, le explicó al señor Baker la maquinaria que pensaba adquirir para aumentar la rentabilidad. May se sorprendió nuevamente al ver que su marido quería dedicarse a la producción industrial de botones y le preocupó que ese hecho dejara sin trabajo a muchos de los que ahora tenían un salario gracias a su labor artesana. Procuró escuchar con atención, pero su madre, que se sentía fuera de la conversación, le preguntó si pensaba visitar a sus primos.

En este punto, quien intentaba escuchar lo que decía la otra parte era Hambleton. May respondió con evasivas, dijo que quería hacer algún cambio en la casa y se libró de responder nada más cuando Shat entró decidido en el salón con ansias de convertirse en un comensal más.

La señora Hewitt corría detrás del animal y gritaba apurada. Enseguida convirtió los gritos en palabras de disculpas y May se levantó para ayudar a sacar al perro de allí. Se demoró cinco minutos en regresar porque pidió que le dieran de cenar y se quedó un rato junto al cachorro para tranquilizarlo.

—Así, lo único que hace es malcriarlo —comentó la señora Hewitt a otra criada sin que la señora Hambleton la oyera.

Cuando regresó al comedor, su madre continuaba hablando, esta vez de su hermana, que residía en Londres, y de sus sobrinas. En aquel momento, el señor Dornan comentó que debía retirarse.

–Mañana, antes del amanecer, estaré en la fábrica. Esperamos que lleguen las primeras máquinas –les dijo al señor Baker y a Hambleton.

El señor Baker también consideró oportuno regresar, a pesar de que su esposa deseaba quedarse más tiempo ahora que no había intrusos. Hambleton y May los acompañaron hasta la puerta y, cuando cerraron, ella le dijo a su marido:

–Deberíamos hablar.

Él la observó de arriba abajo sin inmutarse y, cuando parecía que no iba a contestar, dijo:

–¿Tienes preferencia por algún lugar?

Capítulo 18

–A ser posible, donde no podamos ser escuchados.

Él sonrió, pero se trató de un gesto más sarcástico que feliz. Ella entendió que pensaba en sus propias habitaciones y la idea la hizo estremecer, pero finalmente él dijo:

–En mi despacho estaremos bien. ¿Quieres una copa del vino dulce que tanto le ha gustado a tu madre?

–No, gracias –respondió ella procurando aparentar una voz severa.

Cuando se encontraron en el despacho, tras cerrar la puerta, Hambleton encendió dos velas y la invitó a hablar:

–Tú dirás.

–No sabía que tuvieras un hermano... ni que hubiera fallecido. Creo que, si vamos a dar la apariencia de un matrimonio, deberíamos conocernos mejor.

Él pareció pensar en sus palabras durante un momento y, a continuación, respondió:

–Ralph era más joven que yo. Era un hombre honesto, inteligente y leal. No sabría mencionar ahora ningún defecto relevante en él –dijo, al tiempo que se quedaba pensativo–. Lo de su muerte ya lo ha mencionado el señor Dornan. La maldita guerra...

Tras unos instantes en los que ninguno de los dos dijo nada, May preguntó:

—¿Y tienes más familia?

—Una tía viuda. Está delicada de salud y no pudo venir al enlace.

—¿Tiene nombre?

—Edith Hambleton. Mi tío falleció joven y no tuvieron hijos. No tengo otro familiar.

—¿Tu tía reside en Londres?

—Sí, y está al cuidado de la señorita Adams y del doctor Bloxam. ¿Deseas saber algo más?

—Cualquier cosa que consideres que una esposa debe saber sobre su marido y, por supuesto, cualquier cosa que no vaya a dejarme en evidencia si la ignoro.

El asunto de su pasado con Frances quedó flotando en el aire y el ambiente se tensó.

—Nada que deba preocuparte, May —afirmó él.

Aunque le gustó la seguridad con que lo dijo, ella no quedó satisfecha con el silencio que le siguió.

—Tal vez no conozcas la naturaleza de los habitantes de un lugar pequeño. A pesar de que Culster es la capital del condado, aquí no hay tantos entretenimientos como en Londres y la gente es proclive a combatir el aburrimiento hablando de los demás. Como comprenderás, si hay algo que criticar, muchos se sienten afortunados durante un tiempo. Así que, si hay algo que pueda avergonzarme con respecto a tu pasado, me gustaría saberlo.

—He dicho que no hay nada que deba preocuparte —insistió él, esta vez con una rotundidad que buscaba zanjar el tema.

Ella bajó los ojos. Las esperanzas que había tenido de que su marido le diera una explicación sobre lo ocurrido en el pasado y de que esta pudiera tranquilizarla se esfumaron de golpe. Se sintió estúpida e ingenua y retiró un poco el rostro para que él no se lo notara.

—Supongo que ya he zanjado toda tu curiosidad —dijo él, procurando dar por finalizada la conversación.

—Me gustaría que reflexionaras sobre los cambios que pretendes hacer en la fábrica —decidió cambiar de tema para que sus ojos no se humedecieran y, ahora, lo enfrentó con una mirada más endurecida.

Él se sorprendió de que ella interfiriera en ese asunto y no ocultó una expresión reprobadora:

—No es una cuestión doméstica.

—Lo que quieres decir es que no es de mi incumbencia, pero te equivocas. Me importa toda la gente que se quedará sin trabajo si compras todas esas máquinas de las que hablaba el señor Dornan. La empresa de mi padre es familiar y su prestigio recae en el cuidado de la manufacturación. Todas las series de botones son únicas. Si decides que a partir de este momento se hagan con maquinaria, perderán su carácter de exclusividad y la empresa se arruinará. Mi padre ha dedicado mucho esfuerzo a mantenerla, no sé por qué tienes que venir ahora a cambiarlo todo.

—Tienes razón, querida, al decir que el modo de gestionar la fábrica no es de tu incumbencia.

Ella se quedó paralizada un momento ante semejante ofensa, pero enseguida reaccionó:

—Conozco personalmente a todas las esposas de los trabajadores. Conozco a sus hijos. ¿Con qué cara las miraré cuando despidas a sus maridos? —le reprochó.

—No tengo previsto ningún despido —respondió él de modo tajante.

Ella volvió a callar. Lo contempló fijamente, pensando que había dicho esas palabras para que se tranquilizara y dejara de inmiscuirse en sus asuntos, pero vio que no mentía. Se sintió avergonzada por su reproche y, contrariada por cómo había ido la conversación, dio media vuelta y se dirigió a la puerta.

Él la siguió rápidamente y le agarró una muñeca para detenerla. Enseguida la soltó, arrepentido de su vehemencia, y ella lo contempló aturdida y temblorosa.

—Yo también quiero que me respondas a algo —dijo él, como si justificara su actuación.

Ella lo miró a los ojos esperando a que él hiciera la pregunta, suponía que tendría que ver con Westbrooke, pero se equivocó.

—¿Por qué no te marchaste con Carpenter?

Ella sintió que un escalofrío recorría todo su cuerpo y su boca enmudeció. Su marido estaba demasiado cerca de ella para conseguir calmarse y notó que su respiración se aceleraba.

—El día de nuestra boda —insistió—, cuando se presentó en Astonfield, ¿por qué no huiste con él?

May estaba desconcertada. No sabía que su marido tuviera conocimiento de ese hecho e ignoraba cómo lo había averiguado. Tras un momento de turbación y al notar la obstinación en su mirada, dijo:

—No quería humillar a mi familia.

—Entonces, debo estar agradecido a tu familia. También por ellos aceptaste casarte conmigo —comentó él, y con esto volvió a desconcertarla.

En aquel momento estuvo tentada de confesar que Elliot le había contado su intento de fuga con Frances y que sabía que él se había casado con ella solo para estar cerca de su prima. Pero nuevamente calló. Prefería que él malpensara de ella antes que reconocer su dolor. Así, con la victoria del orgullo sobre sus deseos, levantó los ojos, hizo un aspaviento y con voz decidida preguntó:

−¿Desde cuándo sabes lo de Elliot? ¿Quién te ha dicho que estuvo aquí?

−Un criado os vio hablando −respondió sin aclarar desde cuándo lo sabía. La tensión de su rostro hacía que ahora se notara más su cicatriz y en su mirada cruzó una sombra−. Debes saber, May, que tendré constancia de todo lo que hagas o dejes de hacer.

−¿Estás amenazando con espiarme? −le reprochó ella, que de pronto sacó todo su carácter.

−Tú misma has dicho que este es un lugar propenso a los chismes y las habladurías −se limitó a responder y, enseguida, añadió−: ¿Qué te dijo, May? ¿Con qué argumentos intentó apartarte de mí?

Ella lo miró con desdén y respondió:

−¿Te molesta que intenten tocar tu propiedad? −Luego, como si fuera ella la que no soportara su mirada, bajó los ojos y comentó−: Lo único que debe importarte es que no me fui.

−Hace un instante, tenías miedo de avergonzarte por no saber casi nada de mí. Ahora soy yo quien te pido que me cuentes qué ocurrió exactamente en aquellos momentos por el mismo motivo.

−¿Acaso puedo esperar la misma sinceridad de ti? −le reprendió ella.

Se miraron en silencio. Ambos preferían evitar la respuesta que la pregunta formulada les obligaría a dar que aliviar la curiosidad del otro. May seguía notando la agitación de su cuerpo y las palpitaciones exageradas de su corazón la golpeaban por dentro. Él también parecía estar luchando consigo mismo, y apretaba las mandíbulas con intención de templarse. Ella notó que él era más temperamental de lo que había demostrado hasta entonces y se asustó de la tirantez del momento. Finalmente, bajó los ojos y dijo:

—Mi padre recibió una oferta de Elliot unos días antes de que llegara la tuya. Como podrás imaginar, la rechazó. Entonces yo pensé que Elliot solo quería aliviar mi situación y no deseaba que su felicidad se viese comprometida por mi causa.

—¿Su felicidad? —preguntó incrédulo Edgard.

—Sí, yo no sabía que sintiera por mí un afecto que no fuera el amistoso.

—¿Y no es así?

—No. Por eso vino a Astonfield, para que la boda no se completara.

—Y lo consiguió. Nuestro matrimonio sigue incompleto.

—Es muy descortés por tu parte recordármelo —dijo ella con las mejillas enrojecidas.

—May, debo saber si el motivo es Carpenter.

—Ya hablamos de ese tema y no tengo nada más que añadir —respondió ella desafiante.

—Creo que tengo derecho a saber si, de no haber aparecido Carpenter en nuestra celebración, las cosas serían distintas entre tú y yo —dijo él acercándose un paso más. Mientras la miraba escrutadoramente, cogió un mechón del cabello de ella que se había desprendido de su recogido y se lo colocó detrás de su oreja.

Ella se estremeció con el ligero roce de su mano al pasar por su nuca y, sobre todo, por la exigencia en la mirada de él. Tuvo ganas de cerrar los ojos y desaparecer o, peor aún, de que él la abrazara y así finalizara su enfrentamiento, pero el orgullo hizo de nuevo aparición y respondió con otro reproche:

—¿Importa algo? Si te casaste conmigo para conseguir la fábrica, ya es tuya.

A continuación, dio media vuelta y esta vez sí abrió la puerta sin que él hiciera nada por impedirlo.

Su marido no la siguió, pero sí Shat, que esperaba tras la puerta, y ella sintió un vacío que no la abandonó cuando, después de cambiarse, se arropó en su cama. El perro se tumbó en el suelo, pero a su lado, y ella se levantó para brindarle una manta. Durante unos minutos estuvo alerta por si escuchaba pasos. Deseaba que él se acercara y le dijera que no se había casado con ella para obtener la fábrica, pero sus ingenuas esperanzas se difuminaron a medida que avanzaban las manecillas del reloj.

Si en Candish había esperado que algo pudiera mejorar una vez empezaran a convivir, ahora echaba de menos la tranquilidad del pueblo costero. Al menos, allí, su ánimo era estable y no sufría las afrentas que, sentía, constantemente recibía de él.

Además él no merecía su sufrimiento. Era un cobarde. No se había atrevido a mencionar a su prima cuando ella le había brindado la ocasión. Claro que eso también podía significar que continuaba enamorado de ella y no quisiera delatarse.

¡Qué horrible era el amor! ¡Y qué desesperante el matrimonio!

No supo cuándo se quedó dormida, pero al día siguiente se despertó porque Shat se subió a la cama y sintió su aliento cerca de ella. Al cabo de un rato entró Allegra y le dijo que el señor Hambleton ya se había marchado.

—Me gustaría darme un baño antes que nada —le dijo a la doncella—. Dale algo de comer a Shat y deja que salga al patio. Yo desayunaré aquí. Luego quiero salir.

Al cabo de una hora se dirigió bien abrigada a los establos y un mozo escogió para ella un caballo que, según le dijo, se llamaba Gipsy. Al montarlo, notó que era obediente, pero no manso, y eso le agradó. Luego partió en dirección a la fábrica. Estaba decidida a resolver algunas dudas, aunque no fueran todas las que revoloteaban en su interior.

No le apetecía encontrarse a su marido, pero sabía que se arriesgaba a ello. Sin embargo, el empleado que la recibió le dijo que el señor Hambleton y el señor Dornan habían salido.

–Deseo hablar con mi padre. Supongo que estará aquí –respondió ella y, a continuación, el obrero le pidió que esperara fuera porque estaban realizando cambios y había mucho polvo suspendido en el ambiente.

Ella obedeció y, al cabo de cinco minutos, su padre salió sorprendido al verla allí.

–¿Ocurre algo? –inquirió.

–Deseaba hablar con usted sin la presencia de mi madre ni de mi esposo.

Él la miró preocupado y preguntó:

–¿En qué puedo ayudarte?

–Me gustaría conocer las condiciones de mi matrimonio. –Y, al ver la expresión de estupefacción de su padre, preguntó–: ¿Podría decirme qué le exigió Hambleton a cambio de enmendar mi situación? ¿Por qué ahora él es el dueño de la fábrica?

Capítulo 19

–Creo que te equivocas, May –respondió el señor Baker ante el tono reprobador de ella.

–¿Me equivoco? ¿Acaso no son decisión de él todos los cambios que van a producirse en la fábrica?

–Sí, sí, y yo le estoy muy agradecido. Las cosas no iban tan bien como era de esperar. Últimamente los tiempos están cambiando y Hambleton tiene buenas ideas.

May, desconcertada por esa confesión, no acabó de entender a su padre e insistió en el tema.

–Me refiero, padre, a que si en las condiciones que negociaron de cara al matrimonio, él exigió ser el dueño de la fábrica.

El señor Baker se mostró turbado ante esa demanda. Pareció que dudaba sobre la respuesta que debía dar, pero, antes de que hablara, su hija añadió:

–Yo sabía que usted estaba dispuesto a asociarse con mi marido, tanto si era Westbrooke como si era Hambleton, pero nunca habló de convertirlo en el máximo accionista. ¿Qué ha ocurrido para que sea así?

Ante la obstinación de su hija, el señor Baker decidió ser sincero con ella:

–La fábrica, y eso es algo que ni tu madre ni nadie

sabe y espero que sigan sin saber, estaba a punto de quebrar. Ahora ya pocos gastan dinero en botones exclusivos. La producción industrial los abarata y hace que los compren quienes no pueden gastar en exceso. Después de la guerra, muchas personas se han empobrecido y los soldados que han regresado no encuentran una nueva ocupación. Y con este invierno que no sabemos cuándo terminará, ha habido malas cosechas. Incluso muchos aristócratas arruinados se inclinan por comprar más barato.

—Eso no responde a mi pregunta, padre. ¿Por qué le ha dado todo el poder a mi marido?

—Me pareció justo. Hambleton accedió a pagar las deudas que tenía contraídas con mis proveedores. De no haber sido así, me habría obligado a declararme en quiebra y a dejar a todos mis empleados en la calle. Ya había despedido a algunos y, ahora, en cuanto esto empiece a dar beneficios, podremos volver a contratarlos.

May lo contempló con cierto estupor, como si intentara asimilar lo que estaba escuchando. Su padre concluyó:

—Era una suma muy grande, May. Estábamos arruinados. —En este punto hizo una pausa, respiró profundamente y luego añadió—: No sé cómo, pero Westbrooke lo averiguó. Yo contaba con que él invertiría en la fábrica una vez casado contigo. Pero hace unos meses vino a reclamarme que no hubiera sido del todo sincero con él. En esos momentos no lo entendí. Luego, decidió realizar ese viaje hacia los Lagos… El resto ya lo sabes.

May estaba cada vez más asombrada.

—¿Westbrooke había roto nuestro compromiso antes de partir? ¿Usted lo sabía?

—No, no llegó a hacerlo. O, al menos, yo no lo entendí así. Pero está claro que, en cuanto tuvo una mejor oportunidad, la aprovechó. Siento mucho tener que contarte todo esto, May.

—¡Oh! No debería habérmelo ocultado, padre, ¡no debería! —le recriminó—. ¿Sabe cuántas cosas han pasado por mi cabeza? ¿Sabe cómo me sentí cuando supe que se había casado con la señorita Curtis?

—Los Curtis tienen dinero. Ese fue el motivo por el que actuó así. Tus cualidades no tuvieron nada que ver.

—¿Hay algo más que no me haya contado, padre?

El señor Baker volvió a tomarse unos segundos antes de responder.

—Sí, hay algo más —añadió—. Cuando se supo que Westbrooke se había casado, Elliot vino a pedir tu mano. Disculpa que no te lo contara, pero tuve que negarme. Elliot ha dilapidado su fortuna y hubiera resultado del todo imprudente concederle tu mano. Creo que se sintió ofendido. Por supuesto, yo no le conté el estado en que se encontraba la fábrica ni hice alusión alguna a su modo de vida ocioso. No lo consideré necesario. Me limité a responder que, dado tu estado de ánimo, no me parecía una buena idea precipitar otro compromiso. —Volvió a respirar profundamente antes de proseguir—. En ese momento yo no imaginaba que dos días después aparecería Hambleton con una propuesta que no podría rechazar. Supongo que Elliot estará, si no enfadado, dolido conmigo. De hecho, no nos ha visitado desde que regresó de la cacería.

—No sabía que la situación de mi primo estuviera tan mal —reconoció ella, que cada vez estaba más sorprendida—. ¿Cree, acaso, que pidió mi mano para poder obtener parte de la fábrica?

—No lo sé, May. Sin duda, el único que no ha mostrado interés en tu dote ha sido Hambleton. Debes gustarle seriamente.

May se estremeció al oír esto.

—¿Cuál fue mi dote, padre?

—Verás, hija. Cuando Hambleton me visitó, él ya sabía las circunstancias que envolvían a la empresa. Ignoro cómo pudo haberlo averiguado, pero estaba bien informado y yo hube de reconocerlo. Ni siquiera preguntó por tu dote y, al ofrecerse tan generosamente a cubrir mi deuda e invertir en la fábrica a fin de modernizarla, comprenderás que yo no tenía otra opción que la de ofrecerle no solo formar parte de ella, sino asumir su control.

—¿Quiere decir que mi dote consistió en una fábrica arruinada?

—Y todas sus deudas. Te aseguro que le habría resultado más rentable abrir su propia fábrica que recuperar la mía.

May se ruborizó al recordar las palabras que le había dirigido a su marido la noche anterior: «Si te casaste conmigo para conseguir la fábrica, ya es tuya». Supo que el reproche había sido injusto y tuvo remordimientos por ello y, a la vez, contradictoriamente, afloró en su interior un brote de felicidad. Eso demostraba que Hambleton no se había casado por interés y la posibilidad de que sintiera un afecto especial por ella la acarició por dentro. Pero enseguida recordó la aventura de Edgard con Frances y la sonrisa que había asomado a su alma se esfumó de inmediato.

—Te ruego discreción —dijo su padre, sacándola de sus pensamientos—. Como te he dicho, hasta tu madre ignora todo esto. Si tú no lo sabías, es porque tu marido ha querido ser discreto con mi falta de diligencia, y espero lo mismo de ti.

—Lo cierto es que me ha dejado sin palabras, padre. No me lo esperaba.

—Ha sido una suerte. No tendré que sacar a Eve del

internado, como tenía previsto, ni vender la casa para alquilar una más modesta.

—Sí, ha sido una suerte —admitió ella al tiempo que procuraba sonreír, aunque sin demasiada convicción.

—Espero que seas feliz con él, May. Creo haber actuado bien y no me gustaría pensar que, con ello, te he perjudicado.

Ella asintió con los ojos porque no quería que su padre notara sus inquietudes. Tras un silencio, añadió:

—Gracias por contármelo, padre. Sé que usted ha tenido que pasar por muchos momentos de apuro y se habrá sentido solo. Me alegro de que sus temores se hayan esfumado. Confíe en mi confidencialidad sobre todo esto.

—Gracias a ti por entenderlo.

Se despidieron tras esta conversación y, mientras el señor Baker regresaba a la fábrica, May se dirigió a su caballo.

Durante el camino de regreso continuó su confusión. Había quedado claro que, con el negocio de la fábrica, su marido salía perdiendo. Al menos, económicamente. Pero dudaba mucho de que Hambleton hubiera hecho ese regalo sin buscar nada a cambio. No debía hacerse ilusiones, no podía estar enamorado de ella. Había pedido su mano sin que hubieran cruzado una sola palabra. El único motivo posible de haber actuado tal como lo había hecho era Frances, por mucho que le doliera admitirlo. Aunque le extrañaba que fuera capaz de tal dispendio con tal de acercarse nuevamente a su prima. ¿No le bastaba con instalarse en Culster y convertirse en su vecino? ¿Necesitaba formar parte de su familia para recordarle que la continuaba esperando?

Esa idea le afligía en mayor medida que pensar que él se hubiera casado para obtener la fábrica. Al fin y al cabo, el interés económico era la base de la mayoría de matrimonios y pocos se producían por amor. También sabía que, en muchos de ellos, existía una tercera persona. Pero la idea de que Edgard pudiera tener una amante y esa amante fuera su prima le revolvía el estómago. Durante la conversación con Frances, había quedado patente que ella no tenía intención de apartarse si él la buscaba. Y, si era sincera consigo misma, May debía admitir que la actitud que ella misma había decidido mantener hacia su marido desde la noche de bodas no ayudaba a que él no se fijara en otras.

Durante la conversación con su padre, una nueva decepción que sufrió fue la de saber que Westbrooke había roto su compromiso al conocer la situación económica de la fábrica. Comprendía que había estado muy engañada respecto a él. Le había atribuido otro carácter y lo consideraba más desinteresado. Algo que, ahora resultaba obvio, no era así. ¡Qué hipócrita con sus halagos!

Necesitaba desahogarse y, en lugar de regresar a casa, dirigió el caballo hacia el pueblo con intención de visitar a Camile. La había echado de menos y recordaba que había sido la primera en notar que Frances no deseaba que ella se casara con Hambleton. Camile era una persona en la que podía confiar, aunque, por supuesto, no pensaba contarle las condiciones de su matrimonio. Ese tema le avergonzaba y habría sido incapaz de confesárselo a nadie aunque le fuera la vida en ello.

Llegó a casa de los Spencer, ató el caballo y llamó a la puerta. Una criada la hizo pasar y la llevó a una sala en la que encontró a todas las mujeres de la familia dedicadas a leer y comentar las Sagradas Escrituras. Mientras Camile subía a buscar una chaqueta para acompañarla en un paseo, las demás le hicieron muchas preguntas, pero, afortunadamente, fue la señora Spencer la que comenzó a narrar recuerdos de su última visita a Candish.

Al cabo de cinco minutos, Camile la rescató y se despidieron del resto. Nada más salir, la joven Spencer comentó:

—Espero que a mí me cuentes algunos detalles que te has callado con ellas.

May dudó un momento de cómo empezar y su amiga pudo observar que su expresión no era precisamente de felicidad.

—¿Te ocurre algo? —preguntó.

—¿Te acuerdas de que tuviste la sensación de que Frances no veía con buenos ojos mi matrimonio?

—Sí, lo recuerdo. Pero es obvio, si Elliot está enamorado de ti...

—No estoy tan segura de que ese sea el motivo, Camile. Ocurrieron cosas en el pasado.

—¿Cosas? ¿Qué cosas? —preguntó extrañada.

—Cuando sorprendiste a Elliot conmigo en Astonfield, él me contó que... antes de que Frances se casara, había intentado fugarse con mi marido.

—¿Cómo? —La sorpresa en su rostro fue evidente, pero prefirió quedarse a la expectativa antes que añadir nada más.

—¡Estoy muy confusa, Camile! —dijo agarrándole una mano, y su amiga se la estrechó en señal de comprensión.

—No me extraña. Ni yo misma doy crédito a lo que acabas de contar. ¿Y conoces cuáles fueron las circunstancias?

—Solo sé que ocurrió durante las Navidades pasadas. Por entonces, Edgard no tenía dinero y...

—¿Hace solo diez meses no tenía dinero? ¿Tan deprisa ha hecho fortuna?

—No lo sé, Camile —respondió desconcertada. Hasta ahora, no había pensado en eso—. Conozco muy pocas cosas de mi marido –dijo mirándola fijamente a los ojos.

La joven Spencer se conmovió, pero dejó que ella continuara hablando.

–La cuestión –prosiguió May– es que por entonces Edgard no resultaba recomendable y Elliot no habría dado su consentimiento si él hubiese pedido la mano de Frances. No sé muy bien la razón, pero pienso que debe ser por un tema de dinero. ¿Qué podría ser, si no?

–No lo sé, May. Todo esto me coge por sorpresa.

–Cuando intentaban fugarse, Elliot los sorprendió y frustró sus intenciones. Me pareció entender que hubo, al menos, otro testigo y, para evitar que el nombre de Frances se viera deshonrado, hubo de casarse precipitadamente con Weaver.

–Ya me parecía a mí que tu prima no estaba muy enamorada de su marido…

–¿Debo pensar que lo está del mío? –preguntó May, con cara de preocupación.

–¿Tienes miedo de que interfiera en vuestro matrimonio?

–¿Y si Edgard se ha casado conmigo para estar cerca de Frances?

–¿En serio crees eso? ¿Por qué debería atarse a otra si la quisiera a ella? No tiene sentido.

–¿Por qué decidió fijar precisamente su residencia en Culster, Camile? ¿No lo ves?

–¿Piensas que quiere fugarse nuevamente con ella y dejarte abandonada? –le preguntó, pero al ver la cara de espanto de su amiga, añadió–: Si quisiera eso, no tendría ningún sentido que se hubiera casado, May. Le bastaría con haberse instalado aquí.

–Pero, de esto modo, puede haber pensado que se garantizaba el trato con los Weaver. Ahora va a ser inevitable que se relacionen. Si no lo hubiera hecho, seguro que Elliot habría impedido cualquier acercamiento.

–No sé por qué Hambleton se casó contigo –dijo ahora muy seriamente Camile–, pero estoy convencida de que es muy importante que él se sienta a gusto en tu compañía. Si te importa, debes conquistarlo.

–¿Conquistar a un hombre que se ha casado conmigo para estar cerca de otra?

–No puedes estar segura de que haya sido por eso. Además, tu prima ahora está casada y, seguro que si Weaver sospecha algo, no permitirá que se relacionen. –Pero, al ver que May se mostraba escéptica ante la actitud de su prima, añadió–: Supongo que el jueves iréis al baile que se ha organizado en el teatro para celebrar *All Hallows Eve*. Te prometo que estaré pendiente de la reacción de ambos y, si noto algún interés por parte de tu prima hacia tu marido o de él hacia ella, no me lo callaré. Pero si te digo que no tienes nada de lo que preocuparte, te ruego que me hagas caso.

Capítulo 20

Aquel martes Hambleton regresó poco antes de la cena. May se temió que esa iba a ser su dinámica diaria y supo que no tendría su compañía durante las horas de luz, así que debería buscarse algún entretenimiento. Cenaron casi en silencio. Al principio él le preguntó si había pasado un buen día y ella, que se sentía dominada por su orgullo, se limitó a responder que sí. Él no mostró interés por saber en qué había ocupado las horas y se limitó a desearle buen provecho.

Aparte de un comentario sobre la comida, no volvieron a decirse nada más. Sin duda, todo el cariño que podía encontrar en esa casa vendría de parte de Shat.

Al día siguiente, montó nuevamente a Gipsy, pero en esta ocasión paseó por el campo a paso lento, acompañada del perro, que se sentía alegre de gozar de aquella libertad.

Por la tarde se entretuvo con la lectura y el bordado. Había un piano en el salón y por unos momentos sintió deseos de que alguien interpretara alguna pieza. Cierto que ella sabía tocar el instrumento y no lo hacía mal, pero disfrutaba más de escuchar música que de interpretarla. Recordó la voz de la señora Glover y, aunque solo la había tratado unos días, la echó de menos. Había notado una íntima relación entre los señores Glover y su marido y se preguntó si ellos sabrían el motivo real de su matrimonio. Si no hubieran regresado a Londres, tal vez habría podido relacionarse con ellos, sobre todo con la señora Glover, y tratar de sonsacarle alguna información relevante. Pero los Glover no estaban allí y ella estaba sola con sus especulaciones.

Esa noche su esposo también regresó a la hora de la cena y le confirmó su intención de que asistieran al baile que se celebraba en el teatro al día siguiente. May se estremeció y él lo notó. Ella se quedó seria y pensativa y, luego, los dos se sumieron en un silencio que solo se rompió más adelante para desearse las buenas noches.

Cuando May se acostó, sintió el pinchazo de una profunda tristeza. Esa noche tuvo el sueño ligero y al día siguiente despertó con ojeras, lo que contribuyó a que se sintiera desanimada. «Conquistar a su marido», le había aconsejado Camile, y ella estaba haciendo todo lo contrario.

Por la mañana recibió visita de su madre, que la estuvo esperando en el salón mientras ella había salido a montar. La encontró al regreso, observando con todo detalle cada uno de los adornos de la estancia.

–¡Oh! Ya estaba a punto de irme. Tengo muchas cosas que hacer. Pero he querido venir para asegurarme de que esta noche iréis al teatro. ¿Te has comprado un vestido nuevo?

–Tengo el vestido verde, apenas lo he llevado, no sé por qué debería comprarme uno.

–¿Uno? Deberías comprarte muchos –dijo nerviosa–. Tu marido puede permitírselo. Recuerda el detalle que tuvo con el vestido de novia. Seguro que no te has atrevido a pedirle que te compre nada.

—No es cuestión de atrevimiento, madre, sino de que no necesito más ropa. ¿Se puede saber por qué le da tanta importancia?

Su madre observó de un lado a otro para ver si había algún criado cerca y, aunque no encontró a ninguno, se acercó a su hija y murmuró:

—Westbrooke ha regresado. Llegó ayer con su esposa. Esta mañana ha venido a decírmelo la señora Macgregor.

May no sintió ninguna conmoción ante esta noticia. Y, sin embargo, la última vez que había pensado que Westbrooke había regresado, se había sentido tan humillada que había accedido a casarse con Hambleton. Pero no fue consciente del contraste entre ambas reacciones, sino que, con voz tranquila, respondió:

—¿Y eso qué tiene que ver con mi vestuario?

—¡Oh! Hija mía, debes estar tan guapa que se arrepienta de haberse casado con la señorita Curtis. Me ha dicho la señora Macgregor que no es gran cosa. No puedo entender cómo te agravió de esa manera.

—Mi boda con Hambleton debería haberle ahorrado todas estas preocupaciones, madre. Lo mejor que puede hacer respecto a Westbrooke es ignorarlo, como hago yo.

—No se trata de mí. Pero debes saber que la gente te comparará con su esposa. Y espero, querida, que salgas victoriosa de esa batalla.

—Usted misma ha comentado que, según la señora Macgregor, no es gran cosa.

—Querida —dijo con voz lastimera a fin de persuadirla—, hasta Frances estrenará vestido.

Al escuchar el nombre de su prima, su rostro se ensombreció.

—Frances aprovecha cualquier ocasión para lucirse.

—Y tú deberías hacer lo mismo. Y mucho más esta noche. Tienes ojeras, May, procura disimularlas con el maquillaje.

—Madre, ¿ha venido solo para ponerme nerviosa?

—No, he venido a informarte de quién estará presente en el baile. He preferido que lo supieras antes de que sufras un desmayo delante de todos.

—¿Desmayarme por Westbrooke? —se burló May.

—¡Vaya! ¡Quién te ha visto y quién te ve! —exclamó la señora Baker—. Celebro que Hambleton te lo haya quitado de la cabeza. Dios sabe que solo quiero que seas feliz. Por eso había venido a prevenirte, pero veo que resultaba innecesario. Aun así, espero que te vean bonita.

—Madre —dijo con cariño May—, gracias por su interés, pero a partir de ahora procure preocuparse solo por Eve. Le aseguro que yo estoy bien y que Westbrooke no alterará ninguno de mis nervios.

Hubiera deseado poder decir lo mismo respecto a su marido y Frances, pero su madre era la última persona a quien quería preocupar. Cuando la vio marcharse, se sintió relajada y fue cuando comprendió que la imagen de Westbrooke se había borrado del todo de su mente. En su corazón, dudaba de que se hubiera hallado alguna vez. La noticia de su regreso no le había afectado lo más mínimo. Sin embargo, otro asunto la mantenía inquieta.

Aquel día Hambleton regresó un poco antes de la fábrica y cenaron pronto, pero no evitó que se repitieran las escenas de silencio y frialdad entre ellos. Ambos procuraban esquivarse la mirada y May se preguntaba en qué ocuparía él sus pensamientos. Luego cada uno se dirigió a sus aposentos para prepararse para el baile y, sobre las diez, partieron en el carruaje que los estaba esperando.

May se preguntaba si Hambleton sabía que Westbrooke había regresado o si se sorprendería al verlo en el teatro, y temía que eso cambiara su humor. Además, tenía conciencia de que muchas miradas estarían pendientes de ambos y eso le hacía sentirse intranquila.

The Orange, que era como todos conocían al teatro de Culster porque cuando fue creado, más de cien años atrás, tenía las cortinas y las butacas de ese color, no era un gran recinto, aunque sí lo suficientemente espacioso como para albergar a todos los abonados. Sin embargo, en las últimas décadas se había quedado pequeño y, tras especularse sobre su ampliación, finalmente se construyó otro y The Orange se destinó a otro tipo de eventos.

Los Hambleton llegaron cuando el baile estaba a punto de comenzar, y enseguida se dirigieron a saludar a los Baker y a los Spencer, que también habían llegado hacía poco y estaban charlando animosamente unos con otros. Había calabazas y murciélagos de cartón decorando el lugar, en el que no quedaba ni rastro de las cortinas naranja de antaño, pero los abalorios no conseguían darle el aire de tenebrosidad que se había pretendido al colocarlos. En una mirada rápida, May no distinguió ni a Westbrooke ni a Elliot, pero vio, cerca de un palco, al matrimonio Weaver. No logró fijarse con quiénes estaban porque enseguida la señora Spencer le habló. Tampoco pudo observar si su marido los había visto y, si era así, cómo había reaccionado, pero confiaba en que Camile hubiera estado pendiente y se lo contara después.

Hambleton le rodeó la cintura mientras hablaban con los señores Spencer y en varias ocasiones la miró para sonreírle. Se mostraba cálido y agradable, como solía hacer en público, pero ella no sabía fingir con la misma devoción.

La señora Baker los interrumpió al dirigirse a su yerno:

—Todavía no conoce a mi sobrina, señor Hambleton. Recuerde que el día de la boda se sintió indispuesta. Venga conmigo, yo se la presentaré, y también a su esposo.

May miró a su madre, aterrorizada al ver cómo agarraba del brazo a Hambleton y comenzaba a atravesar el salón con él.

—Querida, deberías venir tú también —añadió en un momento en el que se giró hacia ella.

May sintió que se ruborizaba y suplicó para que nada delatara la tensión que sentía. Sin embargo, se alegró de poder ser testigo de ese primer encuentro, si es que era su primer encuentro.

—Señor Weaver, Frances, ustedes no conocen aún a mi yerno —comentó la señora Baker dirigiéndose a su objetivo—. Señor Hambleton, tal vez debería organizar una cena en Astonfield para reforzar los lazos familiares. El señor Weaver procede de Londres, igual que usted.

—Creo recordar haberlo visto en alguna ocasión —dijo Weaver al tiempo que le tendía la mano y observaba su rostro marcado—, pero no sabría decir dónde ni cuándo.

—En la fiesta de *lord* Swanston, las pasadas Navidades —respondió Hambleton.

—¡Oh! ¡Qué buena memoria tiene usted! Es un error imperdonable que yo no pueda corresponder con una similar. A la que supongo que no conoce es a mi esposa —dijo al tiempo que señalaba a Frances—, lamentablemente no pudimos acudir a sus esponsales.

—Espero que no haya vuelto a recaer, señora Weaver —dijo Hambleton mientras cogía la mano que ella le tendió para que la besara.

—¿Cómo estás, Frances? —intervino May, poco dispuesta a permitir que su prima continuara sonriendo a su marido del modo en que lo estaba haciendo.

—Con muchas ganas de bailar. Espero que a mi esposo no le importe que comparta baile con otros hombres, ya sabes que él no aguanta más de dos piezas. —Sonrió.

—¡Oh, querida! Seguro que lo consigues —dijo su tía—. Estás preciosa con este vestido.

—Disculpen, veo que ha entrado el señor Dornan —comentó Hambleton y, como enseguida se marchó, no pudo ver la media sonrisa que asomaba en los labios de May.

—Déjeme que aproveche la ocasión para darle mi enhorabuena por su matrimonio, querida prima —aprovechó para decir Weaver.

—Por supuesto, estamos encantados de que solucionaras tu problema —agregó Frances.

Camile, que en esos momentos se incorporaba al grupo para saludar, escuchó estas últimas palabras.

—Se nota que Hambleton está muy enamorado de May —dijo con intención de ayudar a su amiga y luciendo una opulenta sonrisa—. ¿Me acompañas a saludar a los Brenan?

May agradeció doblemente la intervención de Camile. Sonrió a su prima y se sintió dispensada de su compañía.

—Deben de tener mucha confianza con la niñera para dejar a un bebé de tres meses en casa —dijo por el camino Camile, refiriéndose a los Brenan.

—Gracias —le susurró May.

Intercambiaron unas palabras con el matrimonio, pero tuvieron que dejarlos para ocupar sus puestos en la sala de baile, pues la música estaba a punto de empezar. Hambleton se acercó a May en compañía de Dornan, quien, tras ser presentado a Camile, la invitó a bailar. En cuanto sonaron los primeros compases, la hilera de hombres se inclinó a saludar a la hilera de mujeres y luego les tendieron la mano. Como piezas de una caja de música, todos los cuerpos se sincronizaron en el viejo teatro.

Los músicos interpretaban una contradanza y May estrechaba la mano de su marido al tiempo que se cruzaba con él cuando, por la puerta de entrada, hicieron aparición Westbrooke y su esposa.

Capítulo 21

May no los vio entrar, pero la convicción de que estaba siendo observada más de la cuenta le hizo ladear la mirada hacia la entrada. La única sensación que notó fue la del agobio por convertirse en el centro de atención. Sabía que la gente estaría pendiente de ambos y ella procuró sonreír a su marido y fijar sus ojos en él.

Hambleton tuvo que darse cuenta de quiénes habían llegado, pero no se le notó ni en su mirada ni en ningún gesto. Continuó tratando a May con galantería y amabilidad, tal como hacía siempre en público e, incluso, parecía que con cariño. Cualquiera que lo observara desde fuera diría que estaba enamorado de su mujer. May procuraba corresponder a esta fingida felicidad, pero no se consideraba buena actriz y temía que sus miedos se transparentaran.

Aunque le molestaba que la observaran para ver cómo reaccionaba ante la presencia de Westbrooke, su verdadera obsesión se centraba en averiguar si entre su marido y su prima aún existía algún tipo de vínculo. Le había quedado claro que ella mantenía el interés, pero ahora debía averiguar si Frances era el motivo por el que Hambleton le había pedido matrimonio.

Westbrooke se encaminó hacia el lugar opuesto al que se encontraban ellos y May supuso que a él tampoco le apetecía relacionarse con ella o su familia. La señora Baker lo siguió con la mirada y no supo disimular su desprecio.

—¿Tú también estuviste en un internado? —le preguntó de repente su esposo, lo cual la sacó de sus pensamientos.

—Sí. Hasta los catorce años. Después tuve una institutriz —respondió sorprendida por esa pregunta.

—Estaba pensando que a Eve le gustaría estar aquí.

—Gracias por pensar en mi hermana, pero es muy joven todavía para acudir a bailes —comentó ella, al tiempo que se inclinaba para saludar a la pareja de su compañera, y sin entender por qué su marido hablaba ahora de eso.

—Cierto, eso dictan las convenciones. Y, sin embargo, estoy convencido de que los más jóvenes disfrutarían más que los adultos —añadió él cuando May se incorporó y le tendió las manos cruzadas.

—¿No te gustan los bailes?

—No me gusta la hipocresía.

—Nadie lo diría. Tú finges muy bien —dijo ella mientras pegaba los saltitos que exigía esa danza, por lo que su voz sonó distorsionada.

Él, que había comenzado la conversación en tono amable, se sintió atacado ante la observación de su esposa.

—¿Preferirías, acaso, que te repudiara en público? —le preguntó con una expresión tan seductora que cualquiera que los viera diría que estaba piropeando a su mujer.

Ella también se había sorprendido a sí misma con su propia agresividad y, nuevamente, antes de medir las consecuencias de sus palabras, preguntó:

—¿Por qué no has pedido la nulidad? ¿Por qué quieres seguir casado conmigo?

—Aunque te diera la nulidad, Westbrooke seguiría casado con otra. No sé a qué viene tu curiosidad.

—He preguntado por tu interés, Edgard —respondió ella muy seria, pero sin dejar de seguir el ritmo de la música.

—¿En serio crees que este es el mejor lugar para tener esta conversación? —le preguntó él, mientras alzaba la mano para que ella pudiera dar la vuelta.

Ella se arrepintió de haber formulado esa pregunta, y tomó conciencia de que estaba más nerviosa de lo que creía. Él la sujetó con más firmeza y, por un momento, le dedicó una mirada severa, pero enseguida volvió a sonreír.

Finalizada la primera pieza, no se sintió con ánimos como para enfrentar una segunda y, al ver que Dornan dejaba libre a Camile, se dirigió hacia su amiga.

—¡Oh, Camile! ¡Soy un desastre! —le comentó al tiempo que la agarraba del brazo y la llevaba hacia un rincón apartado—. ¡No debería haberle dicho eso!

—¿Decirle qué? ¿A quién?

—A Edgard.

—¿Qué le has dicho, May? —preguntó, preocupada, su amiga.

—Le he preguntado por qué sigue casado conmigo.

—¿A qué ha venido eso? ¿Por qué no debería seguir casado contigo? No creo que nada haya cambiado desde que pidió tu mano...

May recordó que Camile no sabía nada sobre la falta de consumación de su matrimonio y, de nuevo, se arrepintió de haber hablado más de la cuenta. De lejos, distinguió la risa de su prima y se clavó en ella como un aguijón con eco. Sintió un pequeño mareo y se agarró a su amiga.

—¿Qué te ocurre, May? ¿Has tomado mucho vino esta noche?

–No –murmuró casi sin aliento.
–¿Quieres que te acompañe a buscar asiento?
–Sí, por favor. Me siento abrumada.

Mientras la acompañaba hacia una butaca, Camile le preguntó:

–¿Y qué te ha respondido?
–¿Quién?
–Tu esposo, cuando le has formulado la pregunta.
–No ha querido responder. No aquí, al menos.
–Reconoce que no era el lugar.

Hambleton, que no había quitado ojo a May, se acercó inmediatamente hacia ellas.

–¿Qué le ocurre? –preguntó a Camile mientras ayudaba a sentarse a su esposa.

–Un leve desvanecimiento. ¡Oh! Tal vez se deba a... –dijo Camile, con la misma ilusión que ingenuidad–. ¡Eso sería magnífico!

–Camile... –suplicó May mientras la agarraba de una mano–. No digas nada, por favor, no creo que sea eso. –Luego observó a su marido y comentó–: Creo que ya me estoy recuperando.

–Tal vez sea mejor que regresemos a casa y llamemos a un médico.

–No –se negó ella, pensando que la gente especularía sobre los motivos de su marcha.

–¿Puede ser la fatiga del baile? –preguntó Camile.

–¿Por una contradanza? –se extrañó Hambleton–. No quiero correr riesgos, May. Iré a pedir que preparen el carruaje. Mientras, no hagas esfuerzos.

Y, dicho esto, a pesar de que May estuvo a punto de retenerlo de nuevo, él se marchó.

–Si me voy, la gente pensará que es por Westbrooke –comentó mirando lastimosamente a su amiga.

–¡Que piensen lo que quieran, May! Desde que te has

casado, esos rumores ya no tienen importancia. ¿Estás segura de que no se trata de…?

—No. Estoy segura —dijo tratando de sonreír—. Gracias. Pero debería decirle a Edgard que ya me encuentro mejor.

—Me temo que no servirá de nada, querida. Me da la sensación de que es un hombre testarudo y creo que se ha preocupado sinceramente por ti.

—¿Después de lo que le he dicho?

—Pues tal vez ya sepas por qué se casó contigo. Lo he observado desde que habéis entrado y no ha dejado de darte muestras de cariño. Y te aseguro que no le ha dedicado ni una sola mirada furtiva a Frances. Lamento no poder decir lo mismo de ella.

May no se sintió consolada, pues había comprobado el gran actor que era su marido.

—¿Qué ocurre, querida? —preguntó la señora Baker, que se acercó hacia ellas en cuanto vio que a su hija le sucedía algo.

—Un leve mareo, pero ya está mejor —respondió Camile.

—¿Un mareo? —inquirió la señora Baker emocionada.

—No, madre, ha sido solo un pequeño sofoco, pero ya se me ha pasado.

—Dime, hija, ¿tienes náuseas?

—No, madre, no es lo que usted imagina. No le dé más importancia, por favor, o la gente pensará lo mismo que usted.

—¡Oh! ¡Me hace tanta ilusión tener un nietecito! Tu padre estaría encantado. Ojalá te equivoques y sea eso. Solo hace tres semanas que te has casado, pero a veces estas cosas son muy rápidas.

May se levantó de la silla y se acercó a su madre para decirle:

—Por favor...

—Tienes razón, esperaremos a que el médico lo confirme. Pero ahora deberías cuidarte... Por si acaso.

En esos momentos regresó Hambleton y comentó:

—Vamos a recoger tu abrigo, May. Un lacayo ha ido a buscar el coche.

—¡Oh, señor Hambleton! ¡Cuídela, cuídela mucho! Los primeros meses son siempre los más delicados...

Él observó a su suegra un momento, hasta que entendió a qué se refería.

—Por supuesto que la cuidaré. Ahora será mejor que nos vayamos.

—No lo considero oportuno, Edgard, solo me he sentido abrumada por un momento, pero ya ha pasado.

—No, querida, es mejor que te vayas. Un desmayo mientras bailas podría resultar fatal –añadió la señora Baker–. Yo justificaré la ausencia.

May se vio obligada a hacer caso, pero antes de despedirse, le suplicó:

—No vaya a decir cosas que no son, madre. El día que tenga algo que anunciar, le prometo que usted será la primera en saberlo.

—Mandaré a buscar inmediatamente a un médico, señora Baker –respondió Hambleton para tranquilizarla.

—Mañana, después de desayunar, iré a Astonfield yo misma. No quiero que mi hija haga esfuerzos si tiene que anunciarme algo.

Hambleton sonrió a su suegra, aunque esta vez May sí distinguió en su expresión un ápice de amargura.

Luego rodeó a su esposa por la cintura con un brazo y, con el otro, la cogió de la mano para que pudiera caminar con seguridad. Ella estuvo a punto de insistir en quedarse, pero notó que se había ruborizado y eso la hizo enmudecer. Se dejó llevar por Hambleton hasta el guardarropa, donde él la soltó para que pudiera recoger su abrigo y su sombrero.

A pesar de la cortesía que durante todo el rato había mostrado su marido, en cuanto subieron al carruaje dejó de prestarle atención y se quedó mirando con gravedad hacia la ventana, como si la ignorara.

Ella temió que, durante el trayecto, él decidiera reemprender la conversación que antes había considerado inapropiada por el lugar, pero él no dijo nada.

Llegaron a Astonfield y, aunque Hambleton tuvo la deferencia de ayudarla a descender del carruaje, lo hizo sin mirarla a los ojos. Cuando entraron en la casa, Shat acudió a recibirlos y May se agachó a acariciarlo. Tenía intención de subir inmediatamente a su habitación, pero se detuvo en cuanto su marido dijo:

–Señora Hewitt, envíe a alguien a por un médico, la señora Hambleton no se encuentra bien.

–No es necesario. En serio que estoy mejor –protestó ella.

–Es mejor asegurarnos –insistió él y, mientras la ayudaba a subir la escalera que conducía a su habitación, le preguntó–: Y, ahora, ¿puedo saber con qué derecho te atreves a humillarme del modo en que lo has hecho?

Capítulo 22

—¿A qué te refieres? —preguntó ella, realmente sorprendida por su brusco cambio de actitud. Tan dulce en público y, ahora, con tanta agresividad contenida.

Hambleton, en lugar de responder, apresuró el paso en la subida y la condujo hasta la puerta de su habitación, sin ser consciente de que apretaba con más fuerza su brazo ni de la violencia de su mirada.

Abrió la puerta y, más que invitarla a entrar, la empujó hacia el interior. Él también entró y, a continuación, cerró la puerta.

May se asustó y no se atrevió a desviar sus ojos de la alfombra. Con voz débil, preguntó:

—No entiendo de qué me acusas.

—¿En serio no lo entiendes? —le recriminó él, ahora con voz alterada, incapaz de pensar que ella no sabía a lo que se refería.

May entendió que se trataba de una pregunta retórica y prefirió no responder. Se quitó el abrigo, que aún llevaba puesto, y lo dejó caer sobre un sillón al tiempo que aprovechaba para darle la espalda. Eso debió de molestar a su marido, que rebufó antes de volver a hablar.

—¿Crees que soy el único que se ha dado cuenta de que tu vahído ha tenido que ver con la aparición de Westbrooke?

May se sorprendió al escuchar ese reproche y se detuvo para mirarlo con asombro.

—¿En serio piensas que ha tenido algo que ver?

—¿Acaso debo pensar, como tu madre, que estás esperando un hijo mío? —inquirió él con obvia intención de hacer daño.

Ella se sonrojó ante la irónica alusión, pero el sentimiento de ofensa era mayor que el pudor o la prudencia y, sin comedirse, comentó:

—Tal vez tengas todos los derechos legales sobre mí, pero moralmente no te apoya ningún argumento para hacerme este tipo de acusaciones.

Él pareció desconcertado ante el desafío explícito en las palabras de ella. Dudó un momento antes de responder, pero enseguida dio la sensación de que se había envalentonado.

—May —pronunció casi en un gruñido, aunque él no sabía que su actitud era amenazante y rabiosa—, no voy a consentir que me humilles otra vez. Ya lo has hecho de forma implacable en privado. Pero si vuelves a atreverte a hacerlo en público, no sabes de lo que soy capaz.

—¿De qué eres capaz, Edgard? —lo enfrentó sin amedrentarse.

Durante unos momentos, ambos se miraron fijamente con una tensión palpable. No había calidez en ninguna de las miradas y, sin embargo, los ojos de ambos brillaban. Fue ella quien rompió el silencio.

—Mi mareo no ha tenido nada que ver con Westbrooke y, aunque hubiera sido así, tu censura es muy hipócrita. ¿Debo recordarte tu aventura con mi prima? —preguntó con más afán de reprenderlo que de defenderse.

Él, que había avanzado dos pasos hacia ella, se detuvo de golpe.

—¿Desde cuándo lo sabes? —preguntó menos airoso.

—¿Y qué importa eso? ¿Puedes negarlo? —lo desafió.

—No sabes de qué hablas, May.

—¡Oh! ¡Menudo actor! ¿Ahora vas a fingir que no ocurrió?

—No voy a fingir nada, pero lo que ocurrió en un pasado no tiene ninguna relación con nuestro matrimonio.

—¿Matrimonio? ¡Tú no buscabas una esposa, solo un modo de acercarte a Frances! ¿Y ahora tienes la desfachatez de decir que yo te humillo? ¡Eres un cobarde, un aprovechado y un canalla!

—¿Crees que me casé contigo para estar cerca de Frances? —preguntó sin dar crédito a la acusación.

Ella no respondió. Se acercó a la chimenea fingiendo que tenía frío y de nuevo volvió a darle la espalda. Él se acercó y la agarró de un brazo, obligándola a girarse y a enfrentar su mirada. May no lloraba, pero sus ojos brillaban como si una lágrima los atravesara.

—No sé quién te ha metido esa idea en la cabeza, pero no es cierto. No tengo ningún interés en Frances —dijo molesto con ese tema.

—No te creo.

—¿Ha sido ella la que te lo ha contado? —preguntó enfadado.

—¡Qué importa eso! Lo que sé es que la fábrica estaba arruinada y que estás perdiendo dinero en salvarla. ¿Qué otro motivo te habría llevado a casarte con una desconocida desairada por otro si no es el interés de poder frecuentar con ella?

—Eso no es cierto, May. Tu prima es una mujer que no merece que le dediquen ni un solo pensamiento.

Ella vaciló un momento, pero enseguida desconfió de su respuesta.

—¿Y puedes decirme por qué ella está tan convencida de que esa es tu intención? —le reprochó.

—Tu prima es una mujer vanidosa y engreída, no me extraña que esté convencida de que todo gira en torno a ella.

—Mucho debió dolerte que se casara con Weaver para que aún guardes tanto resentimiento.

—Lo único que me inspira Weaver es pena por estar atado a una mujer como ella.

May se soltó, indignada ante lo que consideraba una falsedad por parte de su marido.

—¿Me exiges que te crea cuando tú me acabas de acusar de mentir?

—¿Cuándo te he acusado de mentir? Creo que tu sinceridad ha sido respetuosamente asumida. Me ha quedado muy claro que estás enamorada de otro hombre, pero pensé que también había quedado claro que ibas a respetar mi nombre.

—Esa sinceridad a la que te refieres no ha sido correspondida. Dices que no te has casado conmigo para estar cerca de Frances, pero cuando pediste mi mano no hubo ni una sola alusión a ningún tipo de sentimiento hacia mí.

Él la contempló detenidamente, como si una nueva sorpresa hubiese aflorado en su rostro.

—¡Ah! ¿Es eso lo que te ocurre? ¿Esperabas una arenga sobre el amor y la pasión? ¿Te ofendí al no hablar de ello? ¿Hubieras preferido que te mintiera? ¿Que te dijera que mi corazón estaba inundado de ti y que eras la razón de mi existencia? —le dijo con tono de reproche—. ¡Cuánto exige tu vanidad para lo poco que está dispuesta a dar!

—¡No! —respondió orgullosa—. Te agradezco que no hicieras ninguna mención a unos falsos sentimientos. Al contrario de lo que piensas, eso hizo que me fuera más fácil aceptar tu mano —mintió con la pretensión de agraviarlo.

Él no se quedó indiferente. Se acercó más a ella y le recriminó:

—Entonces, ¿qué te importa que yo hubiera cortejado a tu prima? ¿Por qué aludes a ello como si te ofendiera?

—No me ofende nada de lo que hayas hecho en el pasado, pero en cierta ocasión dijiste que no pondrías mi nombre en boca de todos. ¿No podrías haber escogido otra amante? ¿Crees que Frances es una mujer discreta?

—«En cierta ocasión…» ¡Curiosa forma de llamar a nuestra noche de bodas! —dijo él despectivamente.

May respiró hondamente tratando de no responder y él la contempló sin saber qué pensar de sus palabras.

—Ya te he dicho que no me importa Frances. ¿Puedes asegurarme tú lo mismo de Westbrooke? ¿Crees que no me fijé en cómo te observaba?

May no había sido consciente de que Westbrooke la hubiera observado y le sorprendió ver que su marido sí lo había hecho. Tal vez no había estado tan pendiente de Frances como ella había pensado.

—No me importa que no quieras creerme. Ya te he dicho que mi mareo no ha tenido nada que ver con él, pero no voy a intentar quitártelo de la cabeza. ¡Piensa lo que quieras!

—¿Cómo te encuentras ahora? —preguntó algo más suave tras unos instantes de silencio.

Ella creyó ver en su expresión un atisbo de preocupación.

—¿Cómo quieres que me encuentre, sino insultada?

Él avanzó de nuevo hacia ella y le cogió una mano.

—May —dijo casi con voz suave—, te juro que no me importa Frances. Solo espero que algún día puedas decirme lo mismo respecto a Westbrooke.

May estaba temblando, pero no hizo ningún ademán por zafarse de su mano. Casi hubiera jurado que él la miraba con cierta ternura y eso la turbó. Estuvo tentada de decir que a ella no le importaba Westbrooke, que ni tan siquiera merecía su respeto, pero las palabras se quedaron agarrotadas en su garganta.

Entonces llamaron a la puerta.

—Señor Hambleton, el doctor Morrigan está aquí —dijo la señora Hewitt tras la puerta.

Antes de que ninguno respondiera, May y su marido volvieron a mirarse con intensidad. Ella parpadeó nerviosa y él respiró profundamente. A continuación, se alejó de su esposa para dirigirse a abrir la puerta.

Hambleton tendió la mano al doctor Morrigan y, tras hablar un momento, lo dejó a solas con May.

Bajó al salón y se sirvió una copa, que se tomó de un trago casi sin darse cuenta. Debía reconocer que estaba desconcertado. Por un momento, en la habitación de May, había sentido que ella lo observaba como si compartiera sus sentimientos, pero temía que eso fuera una ilusión que provocara su propio deseo.

Hambleton debía admitir que estaba enamorado de su esposa. No había sido esa su primera intención, pero no sabía cómo había ocurrido que esa joven había ido haciéndose un lugar en su corazón.

Antes de pedir su mano, la había observado sin más interés que el de ser la prima del asesino de su hermano. Y, sin embargo, ya había notado que era muy distinta a él. No le había llamado tanto la atención el hecho de que fuera bonita como el de que tuviera carácter. Amable con los suyos, pero por elección, no por debilidad. Aunque le gustó, no se había enamorado entonces de ella, pero lo sorprendente era que el rechazo ante su petición de matrimonio le había dolido como si efectivamente hubiera dañado algo en su interior. Después notó cierta felicidad que lo sorprendió cuando ella finalmente acabó aceptando.

Durante los días de noviazgo, se dedicó a observarla mejor y no hubo nada en ella que no le hubiera gustado. Incluso se planteó la posibilidad de no utilizarla para acechar a Elliot Carpenter, pero esa objeción no llegó a cuajar.

Llegó al día de su boda sorprendido de sentir cierta emoción desconocida y, aquella noche, la humillación que sufrió fue como una flecha envenenada que lo dejó desconcertado ante la intensidad de su dolor.

A pesar de todo eso, no fue consciente de que se había enamorado de May hasta que volvió a verla en Candish, después de su supuesto viaje de bodas. Los paseos por la playa habían otorgado a sus ojos una expresión tranquila, resignada y digna que le hizo tomar conciencia de lo mucho que le importaba su esposa.

Hambleton se sirvió más whisky en el vaso vacío.

Recordó la insistencia de ella en negar que le había afectado la aparición de Westbrooke y se preguntó si existía algo parecido a los celos en las recriminaciones que había expresado sobre su aventura con Frances. En resumidas cuentas, se preguntó si había esperanza para su matrimonio.

Luego recordó su propia mentira y su optimismo se ahogó en el vaso de whisky.

Capítulo 23

El doctor Morrigan determinó que la salud de la señora Hambleton no era motivo de alegría ni de preocupación. No estaba en estado de buena esperanza ni baja de tensión. La encontró algo nerviosa, pero no consideró que eso fuera razón suficiente para el vahído sufrido. Aun así, determinó que tomara infusiones tranquilizantes y lo avisaran de inmediato si volvía a ocurrir.

Al día siguiente la señora Baker se encontraba en Astonfield a las diez de la mañana. Había llegado caminando, un esfuerzo que no era de su agrado, pero su marido insistía en que, en una localidad pequeña, aunque fuera la capital del condado, no valía la pena tener un carruaje.

La señora Hewitt la hizo pasar al salón, pero en esos momentos May salía del comedor en compañía de Shat y se encontraron en el vestíbulo. La joven se sorprendió ante la presencia de su madre, pero mucho más de su amplia sonrisa.

—¿Ha ocurrido algo? —preguntó nada más verla.

La señora Baker tomó las manos de su hija y le preguntó ansiosa:

—Eso debes decírmelo tú. ¿Voy a ser abuela?

—¡Oh! No, madre, no se entusiasme tan deprisa —respondió la joven al entender el motivo de la visita de su madre—. El doctor Morrigan descartó esa posibilidad.

La señora Baker mostró una expresión de desengaño.

—¡Oh! Bueno, seguro que pronto nos das esa alegría. ¿Por qué vas tan vestida? ¿Pensabas salir?

—Sí... pensaba visitar a Camile.

—¿Pensabas visitar a los Spencer antes de venir a darme noticias a mí? Yo he pasado la noche en vela pensando en qué podía ocurrirte —le recriminó.

—Había escrito una nota para usted a fin de tranquilizarla, madre —mintió nuevamente.

—Aun así, ¿no es muy pronto para que hagas vida normal? ¿No te ha recomendado reposo el médico?

El perro revoloteaba alrededor de ambas, con evidentes ansias de salir.

—Al contrario, madre. El doctor Morrigan cree conveniente que camine.

—¿Caminar? ¿Vas a ir al pueblo caminando con este frío? Deberías aprovechar el hecho de tener carruaje. Siempre da más prestigio.

—Madre, el doctor ha dicho que camine, no que me traslade.

—¿Y no podrías cambiar de opinión, después de que yo he hecho este viaje solo para preocuparme por ti?

—Le diré a Bergson que prepare el carruaje y la acompañaré hasta casa —aceptó al tiempo que miraba a Shat y, a continuación, dirigiéndose al perro, añadió—: Me temo que tú tendrás que quedarte aquí. Ya saldremos a pasear más tarde.

Como si lo hubiera entendido, el perro abandonó el vestíbulo y se dirigió hacia la zona de las cocinas.

Cuando estuvieron instaladas en el carruaje, la señora Baker le dijo a su hija:

—¿Te fijaste en lo poco agraciada que es la señora Westbrooke? Hasta la señora Delaware lo comentó. No creo que Westbrooke esté enamorado de ella.

May, que en todo momento había temido que se iniciara esta conversación, bajó los ojos deseando que pronto terminara.

—No tiene ningún sentido hablar de esto, madre. Westbrooke hizo su elección y yo, la mía.

—Afortunadamente, hija. No sabes cuánto me alegro de que estés casada. Ni siquiera hizo el ademán de venir a saludarnos. Fingió que no nos había visto, ¿quién puede creer que no nos vio en el teatro? Sinceramente, creo que es un maleducado.

—Madre, Westbrooke no merece que usted le dedique tanta atención.

—Eso es lo que yo le respondí a la señora Delaware, y lo pienso sinceramente. Pero me alegró tanto ver que su esposa no te hace ni sombra…

May no pensaba en la señora Westbrooke y poco le importaba la opinión de la señora Delaware. Pero su madre insistía en mantenerla informada de los comentarios realizados al respecto durante el baile.

—Incluso la señora Macgregor dijo que la señora Westbrooke le recordaba a la señorita Brenan. ¿Te acuerdas de la señorita Brenan? ¿La tísica? ¡Pobre muchacha! Afortunadamente, ya hace tiempo que no puede verse en un espejo.

—No creo que eso sea una suerte, madre.

—En su caso, sí. Esa joven sufrió mucho durante toda su vida. Nunca pudo disfrutar de un paseo al aire libre o de un baile como las demás. Siempre estaba en cama. Acababa de cumplir los diecisiete cuando Dios la acogió en su seno.

—La señora Westbrooke tiene mejor color. Y, como pudo comprobar ayer, sí asiste a bailes.

—Esperemos que sea propensa al dolor de pies. Una mujer tan poco agraciada entristece cualquier baile.

—No sea exagerada, madre. La señora Westbrooke no tiene la culpa del comportamiento de su marido.

—¿Acaso crees que ella no sabía que él estaba comprometido contigo?

—Dudo mucho de que lo sepa incluso ahora. Como pudo comprobar, Westbrooke no se sentía tan comprometido como nosotras pensábamos.

—Yo ya no sé si ese hombre tiene sentimientos. Era tan amable con nosotros… ¡Y ayer ni nos saludó! Como si el comportamiento indecoroso hubiera sido nuestro.

—No lo lamente más, madre.

Pero la señora Baker continuó lamentándose hasta que llegaron a su residencia. May sintió alivio cuando se despidió de ella y le prometió que la tendría al corriente de lo que observara el doctor Morrigan.

Luego le dijo al cochero que la esperara allí todo el tiempo que fuera necesario, porque prefería continuar caminando.

May no tenía intención de visitar a Camile, tal como había contado a su madre, sino que tomó la calle que se dirigía hacia el Logan Club.

Una vez allí, entregó una nota al portero del local y se quedó fuera esperando a que esta llegara a su destinatario. Al cabo de cinco minutos, Elliot Carpenter hizo aparición.

—Espero no haber interrumpido ninguna partida interesante —lo saludó ella mientras él se acercaba.

—Tú nunca interrumpes, prima —respondió, sin disimular que se sentía intrigado por la presencia de May—. Sabes que estoy a tu servicio.

—Gracias. Me sorprendió no verte ayer en el teatro —comentó ella como si fuera una pregunta.

—Un dolor de espalda me lo impidió.

—Veo que ya estás mejor.

—Por suerte, sí. ¿No vas a decirme por qué tengo el honor de que hayas venido a buscarme? Eres una recién casada, May, tal vez tu marido no lo vea con buenos ojos.

Ella notó cierta mordacidad en su tono, pero fingió que lo ignoraba.

—Edgard está en la fábrica. Y lo cierto es que, después del día de mi boda, no he vuelto a verte. Pensé que me visitarías.

—Ya sabes que no le soy simpático a tu marido. Ni él a mí, como comprenderás.

—Hay muchas cosas que no sé, Elliot. Me lo contaste todo tan deprisa y en un momento en el que a mí me costaba entender qué estaba ocurriendo que no puedo menos que pedirte que me lo repitas con todo tipo de detalle.

—¡Oh! ¿Problemas en el matrimonio Hambleton?

—Elliot, por favor, es importante para mí. Estoy convencida de que hay una explicación razonable para ello —dijo y, después de hacer una pausa, preguntó—: ¿Por qué Edgard quiso fugarse con Frances en lugar de pedir su mano? ¿Era pobre en aquel momento?

—No, no lo era. Y eso te habla del tipo de hombre que es.

—No parece que estemos hablando de la misma persona. Él se muestra siempre muy caballeroso.

—Si yo quisiera ser el propietario de una fábrica, te aseguro que también podría ser un ejemplo de caballerosidad.

May notó que su primo no era consciente de la situación económica de la fábrica de botones y se preguntó una vez más si ese había sido su interés al pedir su mano y no el hecho de protegerla de una situación humillante. Pero el cariño que la unía a Elliot enseguida la obligó a desechar esa posibilidad.

–¿Vas a contarme qué ocurrió exactamente entre él y Frances o esperas que te lo suplique una y otra vez?

–¿Para qué quieres saberlo ahora? Ya no hay vuelta atrás, May, deberías haberme hecho caso el día de tu boda.

–¡Ya estaba casada!

–Pero el matrimonio no estaba consumado. Se podría haber anulado sin ninguna dificultad.

May calló que el matrimonio seguía sin haberse consumado.

–Elliot, por favor, si Edgard estaba enamorado de Frances, ¿qué impedía que pidiera su mano?

–Frances no tenía tu dote, May, ¿es que no quieres entenderlo?

–¿En serio crees que un hombre de su fortuna necesita una mujer con dote? –le preguntó, al recordar que el hecho de casarse con ella no le había supuesto ningún beneficio a su marido.

–Eres muy ingenua, primita. No sabes de lo que es capaz un hombre por aumentar su patrimonio.

–Debe haber alguna otra razón…

–No la hay. Te has casado con un canalla, admítelo –le dijo con cierta dureza–. Y has despreciado tu oportunidad de abandonarlo. Ahora, aunque decidieras regresar a casa de tus padres, vuestro patrimonio ya es suyo. Te has equivocado, May. La desesperación por la humillación de Westbrooke te llevó a equivocarte. Si yo hubiera estado aquí, lo habría impedido, pero no fue así. Lo lamento.

–¿Es todo lo que tienes que decirme?

–Es todo. Me gustaría poder decirte que tu marido te ha escogido porque una profunda pasión lo empujaba a ello, pero no es cierto. Él quiere a mi hermana. Estando casado contigo, se garantiza ampliar fortuna y estar cerca de ella.

–Parece como si te alegraras de ello.

–Es sarcasmo, primita. Como comprenderás, no me alegro de que Hambleton forme parte de mi familia, y mucho menos de que esté cerca de Frances. No quisiera que mi hermana se viera comprometida nuevamente por su culpa.

–Tal vez deberías hablar también con Frances. Es posible que ella continúe interesada en él –le reprochó May.

Elliot le dedicó una mirada reprobadora y fingió sentirse insultado.

–Frances es una mujer respetable.

–... que estuvo dispuesta a fugarse con mi esposo. No lo olvides.

De pronto, ambos callaron. Unas sombras habían aparecido en la esquina de la misma calle en la que estaban hablando y May sintió un temblor cuando reconoció en una de ellas la figura de su marido. Vio la turbación en los ojos de Elliot y, en aquel momento, el silencio empezó a hacerse cada vez más pesado.

Mientras Hambleton se acercaba acompañado de Dornan, Elliot se despidió de su prima y regresó inmediatamente al club. Ella se quedó quieta, incapaz de moverse en ninguna dirección. Al fin y al cabo, su marido ya la había visto.

–¿Qué haces aquí? –le preguntó Hambleton con tono reprobador en cuanto estuvo enfrente de May.

Capítulo 24

Dornan la saludó con cortesía, pero al notar la expresión asustada de ella y la virulencia de la pregunta de Hambleton, se despidió discretamente y se dirigió al Logan Club.

Ante la mirada inquisitiva de su esposo, May respondió:

—El doctor Morrigan dijo que convenía que hiciera ejercicio.

—El doctor Morrigan habló de paseos cortos y cerca de casa, por si ocurría algo.

—No he caminado tanto. Tengo el carruaje en casa de mis padres. Mi madre ha venido a visitarme esta mañana y me ha parecido oportuno acompañarla de regreso.

—¿Y has decidido venir hasta un club en el que solo admiten hombres? —preguntó, poco convencido de su respuesta.

—Ha sido una casualidad que pasara por aquí. En realidad, me dejaba llevar sin ningún destino —respondió ella mirándolo fijamente a los ojos, como si lo retara a desmentir sus palabras.

—Te acompañaré al carruaje —dijo él al tiempo que le tendía su brazo.

May se resignó a dar por finalizada su aventura. Sabía que su primo no volvería a asomarse y, si su marido y Dornan entraban en el club, ella tampoco se atrevería a mandar que lo llamaran de nuevo. Además, su comportamiento reciente hacía que Elliot empezara a parecerle otro. No le había gustado el cinismo en sus palabras y, ahora, su manera de huir le había parecido cobarde. En realidad, debería ser su marido quien huyera de él, pero había ocurrido al revés.

–¿Una conversación interesante? –le preguntó Hambleton, y con ello la sacó de su abstracción. Ya pensaba que su marido no iba a hacer alusión a su encuentro con Elliot, pero por fin se atrevía a mencionarlo.

May se sintió aturdida por un momento, pero reaccionó deprisa.

–No considero interesante hablar de mi mareo a todas horas. Por lo visto, no hay mejores noticias en Culster.

Él calló. Tampoco le apetecía iniciar una discusión en mitad de la calle, pero resultaba obvio que no le gustaba que su esposa alternara con Carpenter, después de que el día de su boda este hubiera procurado separarlos.

Llegaron hasta la casa de los Baker sin decirse nada más y, cuando Hambleton vio el carruaje, la acompañó hacia él y le abrió la puerta para que subiera.

–Llegaré sobre la hora de cenar –le dijo al despedirse–. Si hay alguna novedad, te ruego que me envíes un recado a la fábrica. No creo que la reunión en el club dure más de una hora.

Luego cerró la puerta y dio media vuelta para regresar por el mismo camino que acababa de recorrer. El cochero subió al carruaje y agarró las riendas de los caballos. Apenas había desaparecido Hambleton por una esquina, se oyó una voz que gritaba: «¡Señora Hambleton!».

May se asomó a la ventana y vio a Molly correr hacia ella.

—Por favor, deténgase —indicó al cochero y, a continuación, abrió la puerta.

Molly llegó hasta el carruaje y, echando un rápido vistazo para asegurarse de que había desaparecido el señor Hambleton, sacó un sobre de su bolsillo y se lo pasó a May.

—Me lo ha entregado Lisa esta mañana. Es para usted —le dijo.

—¿Quién es Lisa? —preguntó ella, desconcertada.

—La ayudante de cocina del señor Westbrooke —respondió casi en un susurro, cautelosa de que el cochero no la oyera.

May quedó boquiabierta por unos segundos y enseguida miró el sobre que su antigua doncella le entregaba.

—¿Mi madre sabe...?

—No —respondió Molly—. Ella ha insistido en que se lo entregara en mano si usted nos visitaba y me ha pedido discreción.

—Está bien, Molly. Pero si vuelve a ocurrir, no aceptes ninguna otra nota. Una persona que respete el decoro no enviaría mensajes a hurtadillas.

—Lo siento, señora Hambleton.

—Ahora, regresa a casa y no digas a nadie lo que ha ocurrido.

—Como usted diga, señora Hambleton.

May indicó al cochero que reanudara la marcha y cerró la puerta. Mantuvo el sobre en sus manos un rato antes de abrirlo. Aunque no estuviera firmado, por la forma en que había llegado hasta ella no tenía ninguna duda de quién se lo enviaba.

Cuando el coche hubo salido de la ciudad y encarriló por el camino campestre, por fin lo abrió y extrajo la nota que había dentro.

Estimada, querida, queridísima May:
Necesito saber que no me guarda rencor. Necesito saber que aún tengo un lugar en su corazón de la misma manera que usted ocupa gran parte del mío. A pesar de mi matrimonio, a pesar del suyo... ¿Hay alguna esperanza para este viejo amigo que la sigue amando en la adversidad?
Por favor, le suplico fervientemente una entrevista. Siento una tremenda necesidad de volver a verla, de explicarle, de saber...
¿Dejará que mi alma muera de pena al saberla tan cerca y tan lejos?
Si esta misiva consigue despertar algún sentimiento en usted, le ruego que use el mismo método que yo he utilizado para hacérsela llegar y me envíe una pronta respuesta.
Entregado a usted,
Thomas Westbrooke

May arrugó la nota inmediatamente, como si le quemara en los dedos. No se sintió conmovida, pero sí insultada. ¿Cómo se atrevía? Por supuesto, en ningún momento pasó por su cabeza corresponder a ese mensaje con otra misiva, pero por un instante estuvo tentada de enfrentarse a Westbrooke y decirle a la cara la opinión que tenía de él. Fantaseó con esa escena durante unos minutos, pero pronto la idea se desvaneció. ¿Para qué rebajarse? Ese hombre ya había demostrado cuál era su interés y, si realmente albergaba algún sentimiento de cariño hacia ella, lo mejor que podía hacer era no comprometerla con estos mensajes. Ambos estaban casados y el simple hecho de que Westbrooke pensara que ella era el tipo de mujer capaz de tener un amante la injuriaba profundamente. ¿Tan poco la conocía?

Estuvo tentada de romper el papel en pedazos y arrojarlo por la ventana, pero no quería correr el riesgo de que alguien lo encontrara y lo reconstruyera. Lo guardó en un bolsillo, convencida de que lo arrojaría a una de las chimeneas de Astonfield en cuanto llegara.

Poco a poco su enfado fue creciendo. ¡Qué engañada había estado respecto a Thomas Westbrooke! El disgusto no era solo contra él, sino también contra sí misma por haber sido tan ingenua. ¿Cómo había podido no apreciar su verdadero carácter? ¿Acaso unos cuantos halagos bastaban para engatusarla?

La confusión fue aumentando a medida que llegaba a Astonfield. De pronto, no pensó en Westbrooke, sino en la actitud cobarde de Elliot. ¿Por qué huía cada vez que veía a su marido? ¿Por qué su conducta se asemejaba más a la del ofensor que a la del ofendido? ¿Por qué Edgard, por el contrario, no se sentía retraído ante él?

Entró en la mansión y los ladridos de Shat vinieron acompañados de las palabras de la señora Hewitt:

—La señora Weaver la está esperando en el salón.

Esta noticia fue tan inesperada para May que le hizo olvidar de golpe el resto de sus pensamientos. Se sintió turbada y tuvo la sensación de que su espacio había sido invadido. Su espacio. La casa de Edgard Hambleton.

Acarició a Shat y permitió que la acompañara hasta el salón.

—Buenos días —saludó May—. ¿A qué debo el honor? —preguntó con un aire de insolencia que no reprimió.

—¿Honor? Es mi deber preocuparme por mi prima cuando ella abandona un baile por motivos de salud —ironizó Frances–. Me ha sorprendido mucho saber que no estabas en casa. Eso significa que ya te has recuperado.

–Efectivamente, ya me he recuperado –respondió con sequedad.

–Me alegro. ¿Puedo decirlo? ¿O hubieras preferido que las sospechas de tu madre se confirmaran?

–No tengo prisa por esa confirmación. Edgard y yo lo celebraremos el día que llegue, pero nuestro matrimonio no necesita terceras personas.

Frances la miró de arriba abajo, sorprendida por lo desafiante que se mostraba su prima últimamente, pero también divertida al comprender que su presencia le molestaba.

–Supongo que agradeces que haya venido hasta aquí solo para preocuparme por tu salud.

–¿Seguro que es eso lo que te ha traído hasta aquí?

–¡Oh! ¡Me ofendes, May! No sé por qué estás tan suspicaz conmigo últimamente. Yo no tuve la culpa de aquello, ¿sabes? Pero tu marido es un hombre tan insistente...

–La única insistencia que noto es tu ansia de revivir aquel momento.

–Si no te tuviera tanto cariño, me sentiría profundamente molesta con tu actitud.

–¿No será que lo que realmente te molesta es no haber encontrado aquí a Edgard?

Frances se levantó de su asiento y cogió su chal, notablemente airada.

–¿Sabes que te digo, May? ¡Ojalá ese hombre nunca hubiera aparecido en nuestras vidas! Porque si, a mí, el hecho de haberlo conocido me obligó a casarme con Weaver, a ti te ha cambiado completamente. Antes eras una persona amable y benevolente, era muy fácil tenerte cariño. Pero ahora estás irreconocible.

—En cambio yo, por primera vez, empiezo a saber qué tipo de mujer eres.

—Te arrepentirás de esto, May, te juro que te arrepentirás. Si estaba dispuesta a portarme bien contigo, has perdido toda mi estima. No tolero estas ofensas, lo sabes, y tú eres una ingenua que se siente muy crecidita... Pero ya me encargaré yo de bajarte los humos.

—Empieza por encargarte de abrir la puerta y cerrarla al salir. No eres bienvenida en esta casa.

Frances, que había empezado a dirigirse hacia la salida del salón, se detuvo en seco y se giró hacia su prima.

—No soy bienvenida por tu parte, querida, pero ¿estás segura de que puedes decir lo mismo de tu marido?

—Te sorprendería saber lo que piensa él de ti —comentó May sin dejarse amedrentar por las amenazas.

—¡Oh! ¿Te has atrevido a mencionarle mi nombre? —preguntó sorprendida—. ¡Qué valiente! ¡Y qué estúpida! ¿En serio crees que él ha sido igual de sincero contigo? —La retó con la mirada.

—¿No te ibas?

—¡Qué poco conoces a los hombres, primita! —respondió Frances y, a continuación, desapareció.

May estaba sorprendida de su propia conducta y de que los nervios que se habían apoderado de ella le hicieran perder las buenas maneras. Más que victoriosa, se sintió derrotada y se dejó caer sobre un sofá.

En esos momentos no fue consciente de que la nota que guardaba en el bolsillo se deslizaba debajo de un cojín.

Capítulo 25

Thomas Westbrooke no se arrepentía de haberse casado con una joven insulsa y con tendencia al lamento, pues su economía había mejorado notablemente tras ese enlace y ahora se sentía un hombre solvente y que podía permitirse una vida ociosa.

Hubiera deseado casarse con May, cierto, pero cuando supo que la fábrica de botones del señor Baker tenía los días contados, cambió de opinión. Tal vez su conducta no había sido del todo decorosa, ya que no se atrevió a romper su compromiso directamente con ella, pero la conversación con el que pudo haber sido su suegro no dejaba lugar a dudas sobre su pérdida de interés.

Prefirió emprender un viaje largo para que May se desacostumbrara a su cortejo con intención de hablar directamente con ella sobre el tema a su regreso. No esperaba, durante su visita a los Lagos, conocer a la señorita Curtis, pero oportunidades como aquella no aparecían cada día y cuando conoció su dote, supo que no debía desperdiciarla. Y no lo hizo.

La joven casadera no estaba acostumbrada a los halagos. Tal vez por el color amarillento de su tez, la verruga debajo de la oreja izquierda, que trataba de disimular con un mechón, unos ojos que no siempre miraban hacia el mismo lugar o el poco espesor de un cabello lacio y deslucido, las lisonjas hacia sí misma no eran algo que soliera escuchar. Así que a Westbrooke le bastaron tres palabras bonitas para que el corazón de la señorita Curtis quedara obnubilado y entregado ante un pretendiente que sabía lo que ella deseaba escuchar.

Al principio, el señor Curtis fue reacio a entregar su mano, pero su única hija se negó a comer durante varios días y, cuando ella ya no pudo salir de la cama por su estado de languidez, no tuvo más remedio que acceder.

Lo que no esperaba Westbrooke era que, a su regreso a Culster, May Baker hubiera cambiado su apellido. Esperaba que la situación de la fábrica espantara a otros pretendientes del mismo modo que lo había ahuyentado a él y que, con el tiempo, la soledad de una solterona la hubiera empujado a sus brazos. May era bonita, agradable y modesta, mientras su esposa solo poseía, y porque no tenía más remedio, la última de esas características. Y la belleza no debe dejarse marchitar. Westbrooke conocía poemas que usaban el tópico del *carpe diem* con tal pericia que no dudaba de que, si hacía buen empleo de ellos, acabaría mermando la idea de decoro de la señorita Baker.

Solo a su regreso, cuando supo que ahora era la señora Hambleton, tomó conciencia de lo importante que era para él. Resultó inevitable que, aparte de ambas dotes, comparara también a ambas mujeres, a la señora Westbrooke y a la señora Hambleton, y durante el baile del día anterior no había podido dejar de observar a esta última.

Esta mañana, mientras caminaba por las calles de Culster durante su primer habitual paseo matutino, no hacía más que pensar en ella. Y entonces se encontró a la señora Weaver.

—¡Buenos días, señor Westbrooke! —le había saludado ella con sonrisa complaciente–. ¿A la señora Westbrooke no le gusta pasear?

–Mi esposa tiene miedo de resfriarse, ha preferido quedarse en casa –fue la respuesta de él.

–¡Qué confiada! –había exclamado Frances.

–¿Por qué dice eso? –Sus palabras habían despertado en él cierta suspicacia.

–Supongo que su esposa debe saber que en Culster tiene otras admiradoras.

–¡Oh! Supongo que, ahora que no estoy soltero, las habré perdido.

–No creo que la admiración y el afecto puedan desvanecerse de un día para otro. Tal vez disimularse, pero no desaparecer.

–No entiendo qué quiere decir.

–Fue lamentable todo lo que comentaron acerca de mi prima, señor Westbrooke. Ya sabe cómo son ciertas lenguas. Supongo que, si me hubiera encontrado en su lugar, yo también habría aceptado la mano del primero que me la hubiera ofrecido.

Westbrooke se quedó contemplando a la señora Weaver con sorpresa, más por su falta de prudencia al hablar así que por lo que estaba diciendo.

–Hambleton tiene una horrible cicatriz que le atraviesa la cara –insistió Frances, añadiendo a sus palabras un gesto de repulsión.

Lo cierto era que en el teatro solo lo había visto de espaldas, así que Westbrooke se había quedado sorprendido ante esta declaración.

–¿Cree que la señora Hambleton es desdichada?

–Nunca lo reconocerá, ya sabe usted que es muy orgullosa. Pero debo admitir que estoy enfadada con usted, señor Westbrooke, no debería haberse portado del modo en que lo hizo.

—Uno no puede oponerse al destino —había respondido él dramatizando.

—Quiero mucho a May y no me gusta verla sufrir. Parecía tan feliz cuando estaba a su lado…

—Yo también le tengo un gran afecto, lamento ser el responsable de su desdicha... si es así como usted dice —le había dicho tratando de fingir cierta aflicción, pero no lo logró, porque la señora Weaver adivinó que la idea era de su agrado.

—Si le hubiera dado alguna explicación…

—¿Piensa que me hubiera comprendido?

—May es muy benevolente, señor Westbrooke, y muy ingenua. Estoy segura de que usted habría sabido convencerla de que no actuó mal. ¡Se expresa usted tan bien…!

—Es cierto que he oído alabar mis discursos, pero no sé si en este tema bastará con buenas palabras. Durante el escaso tiempo que permaneció en el baile, ni siquiera me miró.

—Ya le he dicho que está obligada a disimular. No solo por su orgullo, recuerde que ahora también es una mujer casada. Pero la vida de una mujer casada puede ser tan aburrida… ¿Le he dicho que el señor Hambleton se pasa todo el día en la fábrica de botones? Creo que eso no puede ser tomado precisamente como una adulación.

—¡Oh! No sabía que su esposo fuese tan descuidado con ella —había comentado él, como si de pronto hubiera olvidado las pocas atenciones que la señora Westbrooke recibía de su parte.

—En un rato iré a visitarla. Ya sabe, estoy preocupada por su mareo de ayer.

—¿Y es cierto lo que decía la señora Baker? —había aprovechado para preguntar, pues la conversación logró despertar su inquietud.

—¡Por supuesto que no! Mi tía desearía que así fuera, pero le aseguro que no hay nada de ello. Aunque tal vez usted sea la última persona a la que yo deba contarle la verdad...

—¿Por qué dice eso?

—Porque usted es el responsable de que ayer se marchara del teatro.

—No la entiendo.

—No debería decírselo, sé que no debería decírselo, mi prima me ha hecho prometer silencio al respecto, así que no lo haré partícipe de mis sospechas —respondió Frances haciendo un mohín.

—¡Oh!

—Pero sí le puedo hacer una observación. Esto no es lo mismo que decir algo. ¿No se fijó en que mi prima sufrió el mareo precisamente poco después de que usted y su esposa entraran en el teatro?

—¿Por eso ha dicho que soy el responsable de que se marchara? —había inquirido fingiendo sorpresa.

—Yo no he dicho tanto. ¡Oh! Al menos, espero no haberlo dicho, pero Hambleton no tenía cara de muchos amigos cuando salió con ella.

—Es normal que estuviera preocupado, ya que su esposa se encontraba mal.

—Yo creo que estaba más enfadado que preocupado —fue la observación de Frances—. Y le aseguro que el señor Weaver también estaría enfadado si supiera que suspiro por otro hombre.

—¿Cree usted que su prima suspira por otro hombre? —había preguntado, cada vez más emocionado.

—¡Oh, señor Westbrooke! ¡No debería estar contándole todo esto!

—No se preocupe. Bien mirado, usted no me está contando ninguna indiscreción sobre su prima, solo está expresando su pesar por el sufrimiento de ella –había respondido con intención de que Frances continuara hablando.

—Sí, me pesa mucho.

—Y ese pesar es algo que ambos compartimos.

—Me alegro de saber que no estoy sola.

—No, no lo está, señora Weaver. Si hubiera algo que yo pudiera hacer por aliviar el dolor de su prima...

—¡Qué poco sabe usted de mujeres, señor Westbrooke!

—¿Por qué dice eso? ¿Acaso hay algo que esté en mi mano y yo no sea consciente?

—¿Y quién, si no usted, podría hacer algo por aliviar a mi prima?

—¿Y sería usted tan amable de orientarme al respecto?

—Ya se lo he dicho antes, señor Westbrooke, pero usted ha fingido no entenderme. Si al menos le hubiera dado alguna explicación...

—¿Cree que ella aceptaría hablar conmigo?

—Si es usted capaz de ser lo suficientemente insistente...

—Lo soy.

—Pero, por supuesto, Hambleton no tiene que estar al corriente de sus intenciones.

—Y no lo estará.

La señora Weaver se había cerciorado, en aquel momento, de que no hubiese nadie en la calle que estuviera interesado en su conversación y, a continuación, acercando sus labios a la oreja de su compañero, le había susurrado algo.

Ante este gesto, Westbrooke había sonreído complacido, tal vez porque pensó que, si seguía el consejo que acababan de darle, pronto sus acciones obtendrían frutos. Además, ahora sabía que contaba con un apoyo.

—Es usted una buena amiga, señora Weaver.

—No se equivoque, señor Westbrooke, no lo hago por usted. Es el amor por mi prima lo que me induce a convertirme en su aliada.

—¿Me permite hacerle una pregunta?

—Estoy a su disposición.

—¿A la señora Hambleton le gusta la poesía?

—Nunca la he visto leer un libro de poesía, pero estoy segura de que nunca ha encontrado una dedicada a ella. ¿Qué mujer se resistiría a exhalar un suspiro ante un poema que ha inspirado ella misma?

—Dice usted cosas muy inteligentes, señora Weaver.

—Solo le pido una cosa.

—¿Discreción?

—Además de discreción —había respondido—. Me gustaría que me mantuviera informada de sus avances.

—Eso haré.

—¡Oh! No vaya a pensar que es con la intención de inmiscuirme en asuntos que no me son propios —había sentido la necesidad de justificarse—, pero me gustaría tanto ver que mi prima recupera su sonrisa...

—Pondré todo mi empeño en ello, señora Weaver.

—Es usted un buen hombre, señor Westbrooke.

Y, en cuanto se hubieron despedido, Westbrooke se había dirigido a su casa y había escrito una nota. Luego, con discreción, se la había entregado a su ayudante de cocina, acompañada de instrucciones sobre a quién debía hacérsela llegar.

Capítulo 26

Hacía un rato que se había marchado su prima y May seguía en el sofá. Solo cuando se sintió más tranquila, subió a su habitación a cambiarse y se puso el vestido de amazona, pues no había saciado sus ansias de aire libre. Ahora, más que antes, notaba que debía despejarse. La sonrisa punzante de su prima continuaba clavada en ella.

Fue casi veinte minutos después, mientras cabalgaba, que recordó que no había quemado la carta de Westbrooke. Pensó que estaba a resguardo en su bolsillo, ya que encontró la habitación arreglada cuando subió. Imaginó que Allegra no tenía ningún motivo para entrar, a pesar de que ella había dejado el vestido que llevaba antes sobre una butaca. Su intención era la de volver a ponérselo en cuanto regresara. Así que no detuvo su paseo y Shat la seguía contento, corriendo cerca del caballo.

Sin embargo, Allegra sí encontró la nota arrugada en una bola, pero no fue en ningún bolsillo, sino en un sofá del salón. Iba a tirarla a la chimenea cuando un impulso la llevó a abrirla y vio que estaba escrita. Ella no sabía leer y trató de plancharla con una mano para dejarla después sobre la mesa. Pensó que debía tratarse de un olvido.

Si May hubiera entrado en el salón antes de almorzar, la habría visto, pero decidió subir a cambiarse para comer. Cuando volvió a ponerse el vestido, su corazón se encogió, pues notó que el bolsillo estaba vacío. Buscó debajo de la butaca, de la cama, de las alfombras y no encontró ningún papel. Estuvo más de diez minutos revolviéndolo todo, hasta que Allegra la avisó de que la comida ya estaba servida. Intrigada y algo nerviosa, comió deprisa y luego se dirigió a las cocheras.

Una vez allí, le dijo a Casper que pensaba que se le había perdido una sortija en el carruaje y que le gustaría buscarla.

Casper se ofreció a hacerlo él, pero May insistió en que era su preferencia encargarse ella misma. Después de rebuscar un buen rato, continuó sin encontrar nada.

Salió exasperada y el cochero, notando su preocupación, le prometió que volvería a registrarlo todo y que, si la sortija se encontraba en el carruaje, él la encontraría. Pero eso no consoló a May, que regresó a su habitación y esta vez miró incluso en los cajones, por si acaso lo había guardado sin ser consciente de ello cuando había subido tras el encuentro con su prima.

Después de tanta búsqueda infructuosa, recordó que, al finalizar de leer la nota, la había mantenido en la mano durante un rato en el carruaje y que en esos momentos, aturdida por su contenido, había abierto la ventana. Lo más probable era que hubiera volado por el camino, posiblemente en el campo y, con suerte, nadie la encontraría. A lo sumo, acabaría en el buche de una oveja.

Tratando de convencerse de que había ocurrido así, tras descansar un rato, se dirigió a la sala de música y tocó el piano con más intención de calmar su ansiedad que por devoción.

Allegra la peinó antes de cenar y, cuando May bajó

al comedor, sabiendo que ya había llegado su marido, su única preocupación era saber si él nuevamente le reprocharía su conversación con Elliot.

Pero Edgard no hizo mención a ello. Tampoco le preguntó cómo se encontraba, a pesar de la preocupación que había mostrado el día anterior.

—Mañana vendrán a cenar los señores Glover —se limitó a decir en cuanto se sentó a la mesa.

—¿Están en Culster?

Hambleton asintió con un gesto de cabeza. May hubiera deseado preguntar algo más sobre ellos, pero se limitó a ejercer de anfitriona.

—¿Deseas que le encargue a la cocinera algún menú especial?

—Los Glover son de confianza. Cualquier cosa que decidas estará bien.

May reprimió el deseo de saber más. A continuación ambos se sumieron en un silencio que ella no se atrevía a romper. De vez en cuando, y con disimulo, observaba a su marido y notaba que él comía de forma voraz, pero sin saborear la comida, como si su mente estuviera en otro lugar.

Solo cuando una criada trajo el postre, él preguntó:

—¿Qué has hecho hoy?

—¿Hoy? —se extrañó May—. Ya lo sabes, he acompañado a mi madre a su casa y después he regresado. Tú mismo me has acompañado al carruaje.

—¿Y no has vuelto a salir?

May se preguntó si alguna criada le habría contado la visita de Frances y, como supuso que sí, decidió no ocultárselo.

—Cuando he llegado aquí me he encontrado a Frances, pero se ha ido enseguida. Solo quería saber si estaba bien.

—Muy amable por su parte —respondió él con voz severa, pero sin demostrar el desdén hacia su prima que ella esperaba notar.

De nuevo se hizo un silencio entre ambos y May pensó que ya no volvería a hablar cuando él añadió:

—¿Y qué más has hecho?

—Antes de almorzar, he salido a montar —respondió levantando la mirada y, por si acaso notaba su reprobación, añadió—: El doctor Morrigan no me prohibió que montara si lo hacía a paso lento.

—¿Y por dónde has ido?

—No muy lejos, no he llegado hasta el río.

—¿Cuánto tiempo has estado? —insistió él.

—No más de una hora, pero ya te he dicho que he ido despacio, no he corrido ningún riesgo.

—¿Has ido sola?

—Me ha acompañado Shat.

—No quiero que vuelvas a salir sola. A partir de ahora, Allegra irá siempre contigo cuando vayas a Culster y, si quieres montar, te acompañará Matt.

—No lo veo necesario, me encuentro totalmente recuperada.

—No admito discusión.

Ella lo contempló algo asustada por el tono de voz con que lo dijo. Él bajó los ojos, pero resultaba evidente que no pensaba cambiar de opinión.

—No entiendo por qué. La libertad de montar es precisamente la de alejarme de todo y gozar de un poco de soledad, mientras que para pasear no necesito dama de compañía como si fuera una mujer soltera.

—No me importa que no te guste la idea. Obedecerás mis órdenes aunque no sean de tu agrado.

Era la primera vez que su marido le hablaba así, y eso le generó una ligera conmoción. Sintió un escalofrío por dentro y se preguntó si todo se debía al hecho de haberla sorprendido con Elliot.

—Ya te dije que me encontré a mi primo por casualidad —le recordó, con el fin de intentar defenderse de cualquier idea que pasara por su cabeza.

—¿En serio? El portero del Logan Club no opina lo mismo.

En un primer momento, May se quedó callada y se sonrojó al ser descubierta en su mentira. Mientras dejaba el tenedor al lado de su plato, después de comer la manzana, volvió a alzar la mirada y se enfrentó a él.

—Es mi primo. ¿Acaso no puedo hablar con mi familia?

—Si tan honorable era tu intención, ¿por qué me has mentido?

—¿No es tu reacción ahora un buen motivo para que te haya mentido?

—Mi reacción no se debe a tu conversación con Carpenter, sino a tu falta de confianza. ¿O no es así? ¿Acaso ahora me dirás que solo has ido a informarlo de que ya te encontrabas bien? ¿Crees que soy tan imbécil?

El ruido de los pasos de una criada hizo que ambos callaran. May se levantó de su asiento aprovechando la interrupción y, tras una leve reverencia, salió del comedor y subió a su habitación.

Sentía el corazón agitado y le faltaba el aliento cuando llegó al primer piso. No oyó que su marido la seguía y, cuando abrió su habitación, él la empujó hacia dentro y cerró la puerta tras entrar.

Ella se sintió pequeña y asustada y él la agarró por el brazo y la zarandeó.

—¿Vas a darme una explicación razonable?

—¡Suéltame!

—¿Eso es lo que quieres? ¿Que te suelte, que te deje, que te dé la libertad?

May bufó como si fuera imposible que él la entendiera.

—Tal vez sea yo la que necesite una explicación —le gritó cuando se sintió más recompuesta—. Tal vez sea eso lo que fui a buscar cuando hice salir a mi primo. ¡Todavía no sé lo que te une a Frances!

Él se quedó mudo un instante y soltó su brazo sin darse cuenta. Luego, avanzó hacia un lado y después hacia el otro y, cuando de nuevo se detuvo, comentó:

—No quiero un numerito, May, no tienes ningún derecho.

—¡Es cierto! ¡No tengo derecho a exigirte nada! ¡Lo dejaste bien claro! ¿Y ahora tampoco tengo derecho a pasear sola? ¿Qué soy? ¿Tu prisionera?

—Eres mi esposa y, ya que no sabes comportarte como tal en privado, al menos espero que lo hagas en público.

—¡No creo que tu honor se vea afectado porque la gente me encuentre hablando con un familiar!

—¿Y por esto? —dijo él, metiendo la mano en un bolsillo de su chaqué para después extraer un papel arrugado y mostrárselo con rabia.

May enrojeció al reconocer la nota de Westbrooke en su mano y sintió un nudo en la garganta.

—¿Te has visto con él? —preguntó Hambleton sin disimular que estaba furioso.

—¡No! Yo no...

—Eso espero, May, porque como nuevamente me estés mintiendo...

—¡Te juro que me he sorprendido tanto como tú cuando he leído esa nota! —dijo ella con los ojos humedecidos y, de algún modo debieron conmoverlo, porque él relajó su gesto y le preguntó:

—¿Cómo ha llegado esto hasta ti? ¿Te lo ha traído Frances?

—Me la ha entregado Molly —decidió no mentir—, la doncella que tenía cuando vivía en casa de mis padres. Por lo visto, una criada de Westbrooke se la ha entregado a ella y le ha pedido que me la hiciera llegar sin que lo supieran mis padres.

Él la contempló como si la creyese.

—Ya la he regañado y me ha prometido que no volverá a hacerlo —añadió mirándolo directamente a los ojos. Luego exhaló el aire que mantenía retenido y prosiguió—: ¿Por qué crees que está arrugada? ¿No ves que es un insulto? ¿Acaso tú también piensas que soy una mujer capaz de eso?

—Yo no sé qué pensar, May, pero no voy a consentir que entregues a otro lo que a mí se me ha negado.

Ella se estremeció al oír estas palabras, no por la amenaza implícita, sino por el dolor oculto.

—No es cierto —dijo de pronto May, casi en un susurro.

—¿El qué no es cierto? —inquirió él, nuevamente con sombras en su voz.

—No es cierto que esté enamorada de Westbrooke —respondió bajando los ojos—. Lo dije... lo dije para alejarte de mí, para que te fueras... —Y no pudo seguir hablando porque un sollozo sustituyó a las palabras.

May se dejó caer sobre la cama y permaneció sentada con la cabeza baja mientras cogía un pañuelo de un cajón.

Él quedó perplejo ante esta confesión, pero las dudas sobre su veracidad le impidieron festejarlo.

Se acercó hasta ella despacio y se agachó para ponerse a su altura. Con suavidad, le tocó el mentón y la obligó a alzar la mirada.

–May –dijo con cierta ternura–, es muy importante que seamos sinceros el uno con el otro.

–¿Tú lo eres? –preguntó ella, con voz entrecortada.

Esta vez fue él quien bajó los ojos y, al tiempo que se levantaba y comenzaba a marcharse, dijo:

–No.

Capítulo 27

El matrimonio Glover había llegado la tarde anterior y se había instalado en una pequeña casa en las afueras de Culster. Las negociaciones para alquilarla las había llevado a cabo el señor Glover cuando estuvo allí para la boda de Hambleton, pero todo había sido tan repentino que había necesitado regresar a Londres para preparar la mudanza.

La señora Glover estaba ilusionada con el cambio. La capital le resultaba cada vez más agobiante, sobre todo desde que la nube volcánica se mezclaba con el humo de las chimeneas de las fábricas. Aquí, a pesar de que también existía esa extraña neblina, al menos el aire era más limpio y pensaba comprar patos, ovejas, gallinas, faisanes y crear una pequeña granja. Y producir miel, al igual que hicieron sus abuelos.

–Pasa, Edgard –comentó la señora Glover en cuanto abrió la puerta y vio a Hambleton allí–. ¿Has desayunado?

–Buenos días, Edwina. Sí, ya he desayunado, gracias. Pero venía para saber si puedo ayudaros en algo. No me cuesta nada enviaros a unos hombres para que os ayuden a instalaros. Veo que estáis ajetreados –dijo, señalando unos fardos apilados tanto en la entrada como en la sala principal.

–¿No deberías estar salvando una fábrica? –le preguntó el señor Glover, que se levantó de su asiento en cuanto lo vio aparecer.

–Dornan me está ayudando y el señor Baker colabora encantado –respondió al tiempo que ambos se daban un apretón de manos.

–No me extraña. Has evitado su ruina.

–¡Tú no le hables como si estuviera actuando bien! –reprochó la señora Glover a su marido. Las miradas de los dos hombres se posaron en ella y su esposo volvió a sentarse ante la mesa como si con ello lograra esquivar su objeción–. Ya sabes que no apruebo tu conducta.

–Esta vez no estoy actuando impulsivamente, Edwina, sé bien lo que hago. Y te juro que voy a arruinar la vida de ese maldito. Tú también querías a Ralph –le recordó.

–Sí, he querido mucho a tu hermano y lamento su muerte, pero...

–Asesinato –rectificó Hambleton.

–De acuerdo, asesinato, pero eso no te da derecho a utilizar a una joven que no tiene ninguna culpa. Tu esposa me pareció una buena muchacha. ¡No como esa otra que andaba pavoneándose por todo Londres!

–No tengo ninguna intención de dañar a May.

–Querida –intervino el señor Glover–, esa joven ya estaba arruinada. Edgard la ha ayudado a que su nombre no esté en boca de todos.

–Yo no quisiera tener hijos de un hombre que solo se ha casado conmigo para vengar a su hermano –le reprochó.

–Tengo esperanzas de arreglar las cosas con May cuando todo esto acabe –le dijo Hambleton, mirándola fijamente.

—¿Arreglar? —preguntó con sarcasmo—. ¿Crees que ella podrá perdonarte?

A continuación cogió un cuchillo y cortó una de las cuerdas que amarraban un cofre de madera.

—No tiene por qué saberlo —respondió incómodo.

—No confíes en el silencio de Carpenter. Un gato herido es capaz de cualquier cosa para defenderse —dijo la señora Glover mientras extraía una palangana de la caja.

—May sabe lo de Frances —dijo al tiempo que tomaba asiento.

—¡Oh! —exclamó la mujer—. Y supongo que tú no se lo has dicho.

—No. Creo que ha sido la misma Frances. No es una buena mujer.

—Deberías haberlo previsto. Después de lo ocurrido, seguro que te odia. No es tan descabellado pensar que quiera dañarte. ¿Qué le ha contado exactamente?

—No lo sé.

—¿No habéis hablado?

—Sí y no. May me preguntó si me había casado con ella para estar cerca de su prima.

—¿Y dices que no piensas dañarla? Creo que ya lo has hecho —comentó sin ocultar su reproche mientras regresaba a su labor de sacar objetos del cofre.

—Edwina, no deberías entrometerte así —la regañó su marido.

—Edgard y Ralph han sido unos hijos para mí. ¿Acaso eso no me da derecho?

—Tienes todo el derecho del mundo, Edwina, pero también debes comprenderme. Es cierto que me equivoqué cuando ocurrió lo de Frances. Todo era muy reciente, yo acababa de averiguar lo ocurrido y me precipité. Quería arruinar a la hermana de Carpenter, de la misma manera que Carpenter arruinó la vida de mi hermano...

Y te aseguro que, antes de hacerlo, me aseguré de que no dañaba a una inocente. Frances no es digna de respeto. Pero May es distinta... –hizo una pausa y, luego, prosiguió–: ¡Me he casado con ella, diantres! ¿No crees que antes de empeñar mi futuro he meditado sobre ello?

–Yo solo sé que las ansias de venganza son capaces de cegar a cualquier hombre. Y si tu esposa piensa que la estás utilizando para acercarte a otra mujer, ya has ido demasiado lejos.

–Le he dado mi palabra de que ese no es el motivo de nuestro matrimonio.

–¿Y le has explicado cuál es el motivo real? ¿Le has dicho que tu intención era la de frustrar que Carpenter consiguiera la fábrica? ¿Le has confesado que, al convertirte en familiar de Carpenter, puedes acecharlo y arruinar cualquier proyecto que se proponga?

–¡Edwina! –exclamó su marido.

–¡Claro que no! –negó Hambleton–. Pero te aseguro que eso no es del todo cierto. Si no me hubiera gustado lo que vi cuando observé a May, no me habría casado con ella.

–¿Te gusta tu esposa? –preguntó la señora Glover, sorprendida por esa declaración.

–Más de lo que esperaba.

–¿Quieres decir que te has enamorado?

–Llámalo así si quieres.

–¿Llámalo así? –preguntó al tiempo que lo observaba detenidamente–. ¡Oh! ¡Estás enamorado, Edgard!

–Ahora sí que estás metido en un lío, amigo –añadió el señor Glover.

–Lo principal es vengar a mi hermano –sentenció Hambleton al ver cómo lo observaban sus dos amigos–. Stroud ya está aquí... Además, yo no he venido a hablar de mi matrimonio, sino a invitaros a cenar esta noche.

—¿Ella sabe que la amas? —insistió la señora Glover.

—¿Stroud ha conseguido avances? —preguntó al mismo tiempo el señor Glover.

—Visita cada mañana el Logan Club y ha hablado un par de veces con Carpenter. Incluso coincidieron en una partida, pero antes de actuar quiere ganarse su confianza —respondió Hambleton a su amigo.

—No me has contestado —le reprochó la señora Glover.

—Te agradecería que cambiaras de tema, Edwina. Y, a ser posible, esta noche no menciones demasiado a Ralph.

—Agradece que hoy tengo muchas cosas que hacer, pero te aseguro que, en cuanto tenga la casa arreglada, te voy a sentar en una silla y no te voy a dejar escapar hasta que aclaremos cuatro cosas.

—Espero que seas muy minuciosa con todos los detalles de la casa —ironizó Hambleton.

—¿Crees que alguien ha reconocido a Stroud? —preguntó el señor Glover.

—Se ha afeitado y lleva un nuevo corte de pelo. Además, no creo que en Londres haya coincidido con nadie de aquí.

—A no ser que haya sido con una mujer. Entonces, te aseguro que tu Stroud será descubierto —añadió la mujer mientras desplegaba una alfombra.

—¡Odio esa alfombra! —exclamó su marido—. No sabía que nos la habíamos traído.

Hambleton se apresuró a ayudarla.

—Querido, por ese motivo y otros, hace mucho que no te consulto en cuestiones domésticas.

—¿Qué más has traído? —preguntó el señor Glover, demostrando más preocupación ahora que durante la conversación con su amigo.

—Me temo que puedas arrepentirte de lo que estás haciendo, Edgard —dijo la mujer al joven, ignorando la queja de su esposo.

—Tengo que hacerlo, Edwina. Lo juré sobre el cuerpo sin vida de Ralph.

—Yo creo que si insistieras en encontrar pruebas judiciales...

—Lo he intentado durante meses, pero nada resulta lo suficientemente contundente para un tribunal. Sin embargo, no tengo ninguna duda de que fue Carpenter quien mató a mi hermano. Llevaba su reloj.

—Sí, sí, de todo eso ya hemos hablado. No es que dude de que te equivocas de persona, sino en la forma de atacarlo implicando a otras.

—Ya te he dicho que quiero a May y deseo apartarla de todo esto.

—Pero es su primo...

—¡Y Ralph era mi hermano! —exclamó con tal contundencia que no dejó lugar a réplica.

Una vez desplegada la alfombra, se incorporó y echó un vistazo alrededor.

—¿En serio no quieres que te mande a alguna muchacha que te ayude a arreglar todo esto?

—Edgard Hambleton, ¿me estás diciendo que no soy capaz de ocuparme de mi propia casa?

—Edwina Glover, sois capaz de esto y de mucho más, pero me sentiría bien si me dejaras ayudarte.

—¿Por qué no convences a tu amigo de que me eche un cable en lugar de permanecer ahí sentado mientras yo trabajo? —dijo señalando a su marido.

—Ni se te ocurra involucrarte en matrimonios ajenos o yo me posicionaré del lado de mi mujer a la hora de juzgar el tuyo —le advirtió este bromeando.

—Tú tienes más experiencia que yo a la hora de discutir con una mujer –respondió Hambleton, ya más relajado.

–¿En serio que no quieres tomar nada? –insistió la señora Glover.

–No. Si no me permites brindarte mi ayuda, me voy a la fábrica. Tenemos que probar una máquina para pulir que llegó ayer.

–Espero que también sepa pulir las desavenencias de un matrimonio reciente –dijo con sarcasmo la mujer.

–Os espero esta noche. A ti a y a tu marido. La mordacidad no está incluida en la invitación.

–Descuida, sabré comportarme delante de esa pobrecilla.

Hambleton, que ya se dirigía hacia la puerta de salida, se detuvo de pronto y se giró.

–No estoy seguro de que sea ninguna pobrecilla, Edwina. Creo que aún le importa Westbrooke, aunque lo niegue.

–¿Lo niega?

–Bueno, siempre resulta conveniente mentir a un marido sobre ese asunto.

–Creo que deberíais comunicaros mejor. Eso es lo que necesitas, Edgard: confiar en tu mujer.

Mientras su esposa hablaba, detrás de ella el señor Glover hizo una seña de despedida a su amigo al tiempo que abandonaba la estancia antes de que a su mujer se le ocurriera volver a reclamar su ayuda.

Capítulo 28

Tras la discusión de la noche anterior, May no tuvo ánimos de visitar a nadie. Aunque la acusación de su marido era injusta, reconocía que tenía motivos para sospechar de su conducta. Había sido una incauta al no desprenderse de esa nota en su momento. Sin embargo, en lo que no podía dejar de pensar era en el final de su conversación. El hecho de que Hambleton reconociera que no había sido sincero justo cuando ella había confesado que no amaba a Westbrooke había generado en May tantas dudas como dolor.

Cierto que pudo notar que él también sufría. Lo vio marcharse en ese momento como si temiera añadir algo más, como si luchara por no explicarle lo que en aquel instante pasaba por su cabeza... ¿Significaría eso que su marido sentía cierto afecto por ella y estaba comenzando a arrepentirse de algo?

Sabía que debía forzar una nueva conversación con él, que tenía que encontrar algún momento de debilidad para que confiara en ella, pero solo se relacionaban durante la cena y precisamente esa noche tenían invitados. Aunque le apetecía volver a ver a los Glover, sobre todo a la mujer, ya era mala suerte que fuera justo ese día.

Para tratar de despejarse se dirigió a los establos y montó a Gipsy. Paseó a caballo durante casi dos horas, en las que notó que de lejos alguien la seguía. Matt no disimuló que la vigilaba, había escogido una yegua blanca que se veía en la distancia, pero May no se detuvo a reprocharle nada porque sabía que cumplía órdenes de su marido.

Nunca había habido confianza entre ellos, pero ahora la posibilidad de que naciera estaba aún más lejos. Sin embargo, por un instante la había sentido tan cerca...

A lo largo del día los sentimientos se fueron alternando. A mediodía estaba enfadada con su marido. Solo podía pensar en que él ocultaba algo que ella no aceptaría. Cierto que esa sospecha la acompañaba desde que Elliot apareció en su boda para pedirle que huyera con él, pero ahora su marido lo había reconocido.

Por la tarde, mientras cosía un tapete para la mesita de su habitación, se sentía más triste que enfadada. Se preguntaba si el resto de su vida se mantendría atrapada en un falso matrimonio y si, con el paso del tiempo, ella y Edgard llegarían incluso a negarse el saludo. Había oído decir que el amor tenía momentos de fuego y momentos de hielo, pero ella empezaba a temer que su matrimonio no fuera, como el clima de aquel año, más que un largo invierno.

Si al principio había sentido que precisamente esa noche vinieran los Glover, en estos momentos se alegraba. La presencia de extraños obligaría a su marido a hablar y a dedicarle atenciones. Así que le pidió a Allegra que le preparara un baño y subió a su habitación para decidir qué vestido ponerse.

Cuando llegó Hambleton, ella aguardaba en el salón. Él la saludó con un gesto de cabeza y, si se dio cuenta de que estaba radiante, no lo demostró. Enseguida subió a asearse y a vestirse él también para la ocasión.

Aún no había bajado cuando llamaron a la puerta. La señora Hewitt hizo pasar a los Glover y entonces May sí recibió los halagos que hacía unos minutos había echado de menos.

—Espero que venga dispuesta a cantar —le dijo a su vez a la señora Glover—. Creo que ya se lo dije, pero considero que usted tiene una de las voces más bonitas que he escuchado nunca —comentó, mientras hacía una pequeña reverencia.

—Si la oyera cuando me regaña, no opinaría lo mismo —añadió el señor Glover.

May sonrió y los invitó a sentarse.

—Mi marido bajará enseguida. ¿Desean una copita de jerez?

—No, gracias.

—Sí.

May se acercó al aparador y cogió la botella de jerez. Sirvió una copa para el señor Glover y se la ofreció con amabilidad mientras la señora Glover hacía un gesto de desaprobación.

—El médico dijo que nada de alcohol —le recordó a su esposo.

—Dijo que no abusara, no que no lo tomara. Y te aseguro que no encuentro ningún abuso en una copita.

—¿El médico? ¿Te ocurre algo, amigo? —preguntó Hambleton, que en esos momentos se asomaba al salón.

—Me ocurren sesenta y dos años, Edgard, nada más. Si exceptuamos una esposa exageradamente protectora...

—Entonces, nada que lamentar. Son dos cosas que todos los hombres desean tener algún día –respondió Hambleton.

–No creo que puedas envidiar mi esposa, Edgard. Has tenido mucha suerte con la tuya.

–Yo pienso lo mismo –dijo él mientras miraba, ahora sí, a May detalladamente.

Ella, lejos de sonreír, no pudo disimular que una leve desazón la acariciaba. La señora Glover se olvidó de su marido y sintió cierta lástima por ella.

Como si Hambleton se supiera culpable de algo, se acercó a su esposa y cogió su mano para besarla.

–Estás preciosa –le dijo, pero ella se limitó a agradecérselo con un gesto educado sin dedicarle ninguna sonrisa.

–Me ha dicho Edgard que piensan instalarse en Culster definitivamente –comentó May a sus invitados con la intención de dejar de ser el centro de atención.

–En ello estamos –comentó el señor Glover.

–Llegamos ayer –añadió su esposa–. Siempre he deseado vivir en el campo.

–Que no la oiga decir eso nadie de Culster, señora Glover –le aconsejó May–. Los de aquí se consideran muy civilizados. Incluso diría que alguno equipara Culster a Londres.

–Quien diga eso no puede haber estado nunca en Londres.

–Probablemente –convino May–. Pero, sin duda, conocen localidades como Horston, Candish o Sunday Creek y le aseguro que, si se compara con ellas, Culster es una gran ciudad. Se especula que tendrá cerca de cincuenta mil habitantes.

–A lo que se refiere mi esposa –añadió el señor Glover– es a que hemos alquilado una casita en el campo. Ella siempre ha soñado con tener una granja, al igual que tuvieron sus abuelos.

—¿Y no continuaron en ella sus padres? —preguntó extrañada.

—Mis abuelos tuvieron once hijos, de los que sobrevivieron nueve —le explicó—. Mi madre fue enviada a trabajar para la familia Hambleton.

—Su madre fue una gran cocinera, al igual que la hija —añadió Hambleton mirando a la señora Glover.

—¿Su madre era cocinera? ¿Y dónde aprendió usted a cantar tan bien?

—A la señora Hambleton, la abuela de su esposo, le gustaba tanto mi voz que decidió enseñarme. Más adelante, llegó a contratar a un profesor particular solo para mí. Como comprenderá, siempre le he estado muy agradecida.

—En realidad ese profesor era su hermano pequeño —añadió Hambleton—. Con ese pretexto, podía vigilarlo mejor. Y no fue solo para ti, Edwina, Jeremy también educó la voz de Henrietta. Henrietta era mi tía —le explicó a May.

—En cierta ocasión en que la señora Hambleton ofrecía una fiesta, me prestó un vestido, pidió a la doncella que me arreglara y me hizo salir a cantar con ella, pero luego me pidieron que interpretara un solo. Jeremy tocaba el piano. Pasé mucha vergüenza, pero también fue el día más feliz de mi vida. Imagínese, yo solo tenía dieciséis años.

—¿El día más feliz de mi vida? —objetó su marido—. Eso me dijiste también el día de nuestra boda.

—Eso solo fue porque supuse que te gustaría escucharlo, querido.

—Hablaremos de ese asunto en casa.

—Sí, estos asuntos siempre deben arreglarse. Para que un matrimonio funcione, no conviene acostarse con algo por decir —añadió la señora Glover mirando fijamente a Hambleton.

—¿Pasamos al comedor? —dijo el aludido algo incómodo.

May sospechó en ese momento que Edwina Glover era conocedora de ese algo que a ella se le ocultaba, pero que, además, estaba a su favor. Sin duda, había habido una advertencia en el consejo que había expresado en voz alta.

No fue ese el único aviso de la noche, pero los otros fueron dirigidos al señor Glover cuando estuvo a punto de servirse la segunda copa de vino.

Durante la cena el peso de la conversación lo llevaron los Glover. Ambos eran habladores, sobre todo, si se sentían en confianza. Relataron su viaje hasta Culster con tal gracia que consiguieron que sus interlocutores sonrieran continuamente. También contaron anécdotas referidas al pasado y May supo que los Hambleton habían ayudado a la señora Glover a relacionarse con gente de clase superior. Así había conocido a su esposo, que por entonces ya era capitán del ejército y, tras conocerlos, enseguida había hecho amistad con los Hambleton.

May se fijó en que, curiosamente, no hubo ninguna mención a Ralph, el hermano menor de su marido, y supuso que ninguno había querido tocar el tema para no remover tristezas.

Tal como ella había solicitado, tras la cena pasaron al salón y la señora Glover cantó. May la acompañó al piano y, nuevamente, quedó conmovida con la belleza de su expresión vocal.

Y así terminó la velada del sábado, cuando a una hora aún prudente el señor Glover hizo mención a que debían descansar.

—Todavía nos queda mucho por arreglar. Las de la casa están bien, pero creo que no hay ninguna ventana en el cobertizo que no necesite reparación.

—Mañana es día de descanso, amigo, no deberías hacer esfuerzos.

—Ten algo por seguro: no tendré resaca —dijo mientras miraba a su mujer de forma sarcástica.

La señora Glover se despidió con cumplidos hacia la cocinera de los Hambleton y agradeció la invitación a sus amigos.

—Espero que nos veamos a menudo —dijo a May mientras tomaba sus manos.

—Estaré encantada de recibirla, y no dude de que le devolveré la visita —la despidió ella.

—¿Queréis que os acompañe en el carruaje? —se ofreció Hambleton.

—Hemos traído la carreta. No es el mismo lujo, pero nos traslada igual —añadió el señor Glover.

Cuando los invitados abandonaron Astonfield, la casa quedó repentinamente en silencio y May sintió un escalofrío.

De pronto olvidó todas las sensaciones encontradas que durante el día la habían acechado y solo deseó que Hambleton, ahora que estaban solos, continuara siendo igual de amable y atento que durante la cena.

Él la miró un momento, como si estuviera a punto de decirle algo, pero, tras ese instante de vacilación, calló.

Ella sintió que su esperanza se deshinchaba y, también durante unos segundos, dudó de si provocar la conversación pendiente, tal como había aconsejado la señora Glover. Pero enseguida recordó que el día siguiente era domingo y que su marido no iría a la fábrica, así que, seguramente, encontraría mejores ocasiones para hacerlo.

—Estoy cansada —se limitó a decir al ver que él cogía un libro de la estantería y luego se dirigía hacia un sillón.

Hambleton la contempló solo un instante, como si diera su conformidad para que ella se retirara.

May, decepcionada, pues había esperado que él hiciera algún gesto para retenerla, abandonó el salón.

Capítulo 29

El domingo por la mañana el matrimonio Hambleton desayunó junto, pero no en la intimidad, puesto que siempre había alguien del servicio en el comedor. Aun así, May no se conformaba con el silencio que continuaba guardando su marido, aparte del saludo de buenos días, y se decidió a entablar conversación.

–Me gustan mucho los Glover, sobre todo ella.

–Les tengo mucho aprecio –respondió Hambleton mientras se untaba un trozo de pan con mantequilla.

–Me sorprendió conocer el comportamiento de tu abuela con ella. No es lo habitual; no me extraña que la señora Glover sienta tanto cariño por tu familia.

–Mi abuela, como mi madre, ha sido una mujer sin prejuicios.

–Supongo que esperas lo mismo de mí.

Él la contempló un momento, pero no expresó en voz alta lo que esperaba de ella. Tal vez, si no hubiera habido una criada sirviendo una jarra de leche caliente, habría dicho algo, pero no fue así. Por su reacción, May lo entendió y finalmente hubo de aceptar el silencio, pero se sintió muy insatisfecha consigo misma. Su frase había cerrado de algún modo el inicio de la conversación.

No había sido la adecuada ni tampoco el lugar era el apropiado para ella.

Cuando al cabo de un rato subieron al carruaje para acudir a la iglesia, pensó que se encontraba ante una nueva oportunidad. Sin embargo, esta vez no debía decir algo amable, sino intentar provocarlo, pues había comprobado que existían más posibilidades de que respondiera cuando estaba enfadado.

–Supongo que hoy Matt podrá descansar. Tu compañía hace inútil su labor de vigilancia –le dijo mordazmente, observando su reacción.

–No entiendo tu comentario –respondió él como si hubiera despertado de un sueño profundo.

–Es muy fácil de entender –respondió ella, ahora con más sequedad.

–Lo que no entiendo es que saques el tema precisamente ahora. En menos de diez minutos estaremos en la iglesia.

–Diez minutos son suficientes para aclarar algunos asuntos, pocas veces los tenemos.

Él se giró a mirarla sin ocultar que sus palabras lo habían confundido.

–¿Ahora echas de menos que pase más tiempo contigo? –le preguntó con cierto sarcasmo mientras mostraba media sonrisa burlona.

–Hace dos noches dejamos una conversación inconclusa. –Se revolvió ella procurando mostrarse enfadada–. Tú reconociste que me habías mentido y…

–Cada noche dejamos algo inconcluso –la interrumpió él y, con estas palabras, consiguió que se callara.

May sintió un escalofrío no solo por el comentario, sino por el modo en que la miró. De arriba abajo, deteniéndose en cada detalle de su cuerpo sin ningún pudor.

—Me rechazaste con el pretexto de que estabas enamorada de Westbrooke y la otra noche negaste que eso fuera cierto —comentó y, sin previo aviso, se acercó a ella y bajó la voz para preguntarle—: ¿Era una invitación y yo no me di cuenta?

May se sintió asustada tanto por su cercanía como por la insinuación. Bajó los ojos y notó que le ardían las mejillas. Aunque sabía que la intención de él era incomodarla, una corriente de calidez desconocida la atravesó. Él se retiró con un gesto de satisfacción.

Ella tardó unos minutos en recuperarse de la sensación y, para entonces, él había regresado al silencio y miraba por la ventana. Como ya estaban cerca de la catedral, decidió no volver a hablar.

A la entrada del recinto religioso saludaron a varios conocidos y a familiares y May se sorprendió al no encontrar allí a su primo. Los Weaver solían acudir a otra iglesia más cercana a su residencia, pero Elliot cada domingo acudía a la catedral. May pensó que ya eran demasiadas las ocasiones en que su primo estaba ausente si sabía que iba a aparecer Hambleton.

Durante ese pequeño lapso de tiempo en el que pasó de una conversación a otra, tuvo que escuchar varios comentarios felices de su rápida recuperación y otros de halago a la diligencia del doctor Morrigan. La señora Delaware, aprovechando la confusión, la abordó para invitarla a ella y a su marido a cenar el próximo viernes en su residencia.

—Es mi aniversario —le explicó—, aunque, como comprenderá, no voy a decirle cuántos años cumplo.

—Estaremos encantados de acudir, señora Delaware —aceptó Hambleton, que había escuchado la invitación.

—También vendrán los Spencer y la señora Macgregor —añadió la mujer.

May pensó que su marido acababa de caer en una trampa. Sin duda, la señora Macgregor lo abordaría y lo interrogaría sobre lo humano y lo divino. Tal vez, incluso hiciera algún comentario mordaz a propósito de Westbrooke y eso no ayudaría a su relación.

A continuación se unieron los Baker y, mientras May aseguraba a su madre que no había vuelto a sentir ningún mareo, pudo observar que Westbrooke la miraba desde lejos. En sus ojos creyó ver un interrogante, como si tratara de averiguar si había recibido su nota, pero May evitó enseguida su mirada.

Se sintió incómoda por ello y, por momentos, se fue enfadando. No conocía el descaro de ese hombre y agradeció su suerte al no haberse casado con él. Pero, por desgracia, la idea de que su esposo pudiera estar haciendo lo mismo con otra mujer apareció en esos momentos en su mente.

—Si no estás ocupada esta tarde, Ruth y yo te visitaremos. Tengo ganas de practicar con el arco y en Astonfield hay un parque muy extenso —le comentó Camile, sacándola de su abstracción.

Ruth era la segunda hermana de Camile.

May miró a su marido antes de responder, pero Hambleton se anticipó.

—Pueden visitarnos cuando gusten, señorita Spencer.

Veinte minutos después de que acabara el oficio, los Hambleton regresaron a su carruaje y esta vez May sí celebró el silencio. La mirada furtiva de Westbrooke la había puesto de malhumor y no le apetecía cruzar ninguna palabra con su marido. También consideraba una contrariedad que Camile la visitara con su hermana. Hubiera deseado que lo hiciera sola para poder hablar con ella sin necesidad de disimular que era feliz. Sentía necesidad de una amiga, no de relaciones sociales.

Con estos pensamientos que le disgustaban, decidió callar.

Por lo visto, Hambleton llevaba mejor que ella el silencio. Por lo que observaba, podría pasarse horas en su compañía y no pronunciar palabra, mientras que para May esta situación en ocasiones suponía una lucha interna. Pero el viaje de regreso no fue el caso, ahora tampoco le apetecía entablar una conversación que lo más probable era que acabara en una discusión que no llevara a ninguna parte.

En cuanto llegaron a Astonfield, Hambleton se encerró en su despacho y no volvieron a verse hasta el momento del almuerzo.

Nuevamente los criados evitaron que estuvieran solos y, tras la comida, él se dirigió a la biblioteca y ella subió a su habitación a descansar.

Al cabo de un rato llegaron las Spencer y pasó la tarde con ellas practicando el tiro con arco. Aparte de atender a sus invitadas, tuvo que ocuparse de que Shat no se cruzara en el camino de ninguna flecha, pues el animal no era consciente del peligro que corría al revolotear sin rumbo cerca de ellas.

Aunque a lo largo del día se fue nublando, no llegó a llover y pudieron aprovechar todas las horas de luz.

Solo en un momento en que Ruth las dejó solas para ir a recoger unas flechas caídas, Camile aprovechó para preguntar a su amiga:

—¿Tu matrimonio va mejor?

May negó con un gesto y se limitó a responder:

—No tengo muchas esperanzas, Camile. Mi marido me ignora cuando estamos en privado.

La tristeza con que lo dijo llamó la atención de su amiga.

—¿Te ignora en todos los sentidos? —preguntó extrañada.

—Es culpa mía. Te lo explicaré en cuanto tenga ocasión.

La mayor de las Spencer quedó tan intrigada como preocupada, pero no insistió, porque su hermana estaba a punto de volver a unirse a ellas.

Durante un rato, May vio desmejorada su puntería. En un momento, le pareció ver a su marido asomado a una ventana, tras unas cortinas, como si estuviera observándolas, y eso la desconcentró. Miró disimuladamente en varias ocasiones hacia la casa para asegurarse de que así era, pero no lo pudo confirmar.

Cuando se despidieron, May le prometió que al día siguiente iría a buscarla para visitar la sombrerería y Camile le agradeció que así fuera.

Por la noche, la cena fue una repetición de otras veladas. Esta vez no le molestó a May que el servicio no les dejara intimidad, porque pensó que no tenía ningún sentido hablar sin antes aclarar sus ideas. Seguramente Camile tendría algún buen consejo que darle y decidió esperar antes de formular las preguntas que la atormentaban.

Aunque en realidad comprendía que todo se centraba en una sola cuestión: averiguar qué sentía su marido por ella.

Había momentos en los que pensaba que no le resultaba indiferente, sobre todo cuando creía detectar cierto sufrimiento en las palabras de él, o en algunas miradas, pero no podía asegurarlo.

Cuando se acostó esa noche, la imagen de Hambleton acercándose a ella y preguntándole si sus palabras eran una invitación volvió a su cabeza una y otra vez. Sin darse cuenta, pegó su mejilla a la almohada y cerró los ojos. Entonces sintió un profundo vacío en las sábanas.

Capítulo 30

El lunes por la mañana Hambleton no fue directamente a la fábrica de botones, sino que antes deseaba resolver un asunto que sentía pendiente. Montó en su caballo y se dirigió a Culster. Allí buscó una residencia en concreto y, tras amarrar al animal, llamó a la puerta.

Una criada le informó de que, en esos momentos, su señor se encontraba desayunando, pero Hambleton insistió en que le resultaba urgente hablar con él.

–Dígale mi nombre –dijo con autoridad.

La criada lo hizo pasar a la sala de recibir y luego se dirigió al comedor. Regresó inmediatamente para decirle:

–Haga el favor de seguirme y esperar en el despacho. El señor Westbrooke lo atenderá enseguida.

Hambleton la siguió y esperó tal como le había indicado. Como suponía, antes de un minuto, Westbrooke estaba allí.

–¡Buenos días! –lo saludó–. Debo decirle que su visita me ha sorprendido mucho.

–Yo no puedo desearle buenos días –respondió Hambleton–, pero sí compartir su estado de sorpresa cuando leí esto –dijo al tiempo que dejaba un papel arrugado sobre su mesa.

Sin mirarlo, Westbrooke comprendió de qué se trataba y sintió la mirada amenazante que su visita le estaba dedicando.

–Yo... yo... –trató de decir algo, pero solo consiguió tartamudear.

–May es mi esposa, señor Westbrooke, comprenderá que no voy a dejar pasar algo así –añadió Hambleton con ferocidad.

–Le juro que no ha ocurrido nada –respondió asustado el dueño de la casa. La cicatriz que ese hombre tenía en la cara lo intimidaba–. Solo es que... solo es que yo nunca le expliqué a su esposa por qué decidí casarme con otra mujer. Supuse que necesitaba una explicación.

–No es ese el único deseo que se deduce de esta misiva.

Hambleton notó la expresión atemorizada del hombre. Supo que no tenía ninguna intención de enfrentarse a él y que no encontraba las palabras adecuadas para defenderse. Lejos de parecerle una amenaza, le dio la sensación de encontrarse ante un imbécil, un cobarde e, incluso, de no tener relación el asunto con May, lo hubiera compadecido.

–Supongo que no desea que lo rete a un duelo –dijo al fin, viendo que Westbrooke continuaba sin saber cómo reaccionar. Ni siquiera sentía el deseo de agarrarlo de las solapas.

–No es necesario –respondió asustado–. Su esposa nunca me contestó... Le juro que no tiene nada que reparar. Y le juro que me doy por avisado.

Hambleton se alegró al oír que May no había respondido al mensaje.

—Mi próxima reacción no será tan pacífica como esta —le dijo.

—No tiene que preocuparse por una próxima vez, le juro que no la habrá. Por favor, señor Hambleton, no quisiera que mi esposa supiera que usted ha estado aquí.

—Entonces, ocúpese de ella, no de las esposas ajenas.

—Le aseguro que seguiré su consejo —dijo al tiempo que agarraba la nota que aún estaba sobre la mesa—. ¿Me permite romperla?

—Por mí, puede comérsela. De hecho, me gustaría ver cómo lo hace. —Se le ocurrió, aunque no mostró ninguna expresión divertida, sino que se mantuvo impasible con el cejo arrugado.

Westbrooke abrió los ojos de par en par y, sin dudarlo, partió el papel en trocitos y comenzó a llevárselos a la boca.

Cuando abandonó la casa, Hambleton habría soltado una carcajada si no fuera porque Frances Weaver pasaba en esos momentos por allí.

Ella se quedó sorprendida al verlo, sobre todo, al tomar conciencia de que salía de la residencia de los Westbrooke, pero pronto abandonó su expresión de aturdida y procuró mostrar una radiante sonrisa.

—¡Edgard! ¡Qué alegría verte!

—Buenos días, señora Weaver —se limitó a responder él mientras se dirigía a su caballo.

—«¡Señora Weaver!» ¡Qué formal te has vuelto desde que te has casado! ¡Y qué sorpresa que te casaras justo con mi prima! ¡Hay tantas cosas que aún no nos hemos dicho!

—Ya no hay nada que decir. Aquello quedó atrás.

—Siempre lamenté que mi hermano nos encontrara. Y ya sabes que por tu culpa me tuve que casar con Weaver –dijo ella al tiempo que lo cogía de un brazo para retenerlo.

–Siento mucho que no le guste su matrimonio.

–Espero que la vida compense mi sacrificio –dijo al tiempo que mostraba una expresión caprichosa–. Y creo que ya lo ha hecho. –Le sonrió–. Pero no veo necesario que tuvieses que casarte con mi prima. Con establecerte en Culster, me habría conformado.

–¿Eso es lo que le ha hecho creer a May? ¿Que me he casado con ella para estar cerca de usted?

Frances fingió sorpresa por el reproche.

–Si lo piensa, es culpa tuya. No deberías haberle contado lo nuestro. Ahora nos vigila y no resultará tan fácil poder tener encuentros.

–Señora Weaver –dijo él al tiempo que la obligaba a soltar su brazo–, ¿de qué encuentros habla? No creo haberle hecho ninguna insinuación.

–¡Oh! Entonces, ¿por qué te has casado con ella?

–Mis asuntos son de mi incumbencia. Le ruego que no se inmiscuya en ellos.

–¿Ya has olvidado lo que sentías por mí? –le preguntó por primera vez con cierta inseguridad, pero no esperó a que contestara. Al ver la mirada inexorable de Hambleton, supo la respuesta–. ¿Por qué no pediste mi mano? –le reclamó, ahora enfadada–. ¿Por qué a mí solo me propusiste que me fugara contigo y arruinaste mi futuro y ahora te has casado con mi prima?

–Su prima es muy distinta a usted, señora Weaver.

–¿Te atreves a ofenderme?

–Espero que no sea usted misma la que se ofenda al tratar de mantener una conducta indecorosa.

–¡Edgard! ¡No tienes derecho a hablar de conducta indecorosa después de lo que me hiciste!

–No hice nada a lo que usted se opusiera. Y, como

bien recordará, su honor se mantuvo intacto. No creo que el señor Weaver tuviera nada que reprocharle durante su noche de bodas. Al menos, en lo que a mí respecta.

—Pero... ¡no puedes estar hablando en serio! ¡Jugaste con mis sentimientos!

—Nunca he hablado tan en serio. Le ruego que no se entrometa entre May y yo.

—Me estás rompiendo el corazón, Edgard... —sollozó—. Mis sentimientos siguen intactos. No sabes cuántas veces he soñado con que aquella noche Elliot no nos descubría —dijo cambiando de actitud. Ahora, su voz sonaba más dulce—. ¿Te imaginas cómo sería hoy nuestra vida si lo hubiéramos logrado?

Al decir esto cogió su mano y él dudó un momento antes de soltarla.

—Las cosas son hoy de otra manera. Es mejor que lo acepte cuanto antes. No se exponga al ridículo.

Frances asumió su derrota y lo dejó ir. Hambleton montó en su caballo y desapareció al doblar una esquina de la calle, mientras ella lo observaba disgustada.

Sin embargo, el carácter de Frances no era el de una persona que se rendía fácilmente y, aprovechando el lugar en el que se encontraba, golpeó la aldaba del portal de los Westbrooke.

La misma criada que había atendido a Hambleton la recibió ahora a ella y también le pidió que pasara a la sala de recibir y la hizo esperar mientras avisaba al dueño de la casa.

Westbrooke entró con cautela, con miedo a que Hambleton hubiera regresado con la señora Weaver, pero se sintió aliviado al verla sola y confirmar que su rival no la había acompañado.

—Mi esposa se está arreglando —le dijo al entrar—. No

me gustaría que la viera aquí, señora Weaver. No sé qué podría pensar.

—Las mujeres tardamos mucho en arreglarnos y yo me iré enseguida —respondió Frances, haciendo caso omiso de la advertencia—. Solo he venido para saber si mi prima respondió a su nota. Me tiene usted sin noticias.

—Por favor, baje la voz, no quiero que el servicio se entere de esta conversación —le suplicó—. Y no sé si su prima recibió la nota, pero, sin duda, el señor Hambleton, sí.

Frances se quedó perpleja ante esta noticia y entendió por qué lo había visto salir de esa casa.

—¿No me diga que ha venido hasta aquí a reclamarle?

—¿Cómo lo sabe?

—Me lo he encontrado hace un momento cuando él salía. ¡Oh, qué mala suerte! —se lamentó.

—Sí, muy mala suerte. Y le aseguro que no me han gustado las amenazas de ese hombre. Creo que me voy a olvidar de la señora Hambleton.

—¡No puede usted hacer eso!

—¿No puedo? ¿Quiere que mi integridad corra peligro?

—Con más motivo debe insistir. Ahora ya conoce el carácter de Hambleton, ¿va a permitir que May continúe al lado de alguien así?

—Yo no tenía ninguna intención de que May abandonara a su marido porque yo no deseo abandonar a mi esposa —le recordó—. Solo esperaba... algún encuentro furtivo con ella.

—¿Y esa es toda la intensidad de su amor?

—Hay otras cosas que un hombre debe valorar, aparte del amor.

—Se rinde usted muy fácilmente. Estoy convencida

de que ella no le ha contestado porque él la vigila, pero conozco bien a mi prima y está deseando encontrarse con usted. No puede abandonarla otra vez.

—No quiero arriesgarme a ser retado a duelo. El sábado por la tarde me acerqué a su propiedad y la vi montar, pero en todo momento un criado la vigilaba. Estoy seguro de que su marido estará alerta.

—Yo lo ayudaría —insistió ella—. Puedo entrar y salir de Astonfield cuando quiera, soy su familiar, y Hambleton no sospecharía de mí si yo hiciera de mensajera entre ambos. —Y como no lo vio muy convencido, añadió—: ¿No hablaba usted de unos poemas?

Él se giró y se quedó observando la ventana mientras dudaba qué hacer. Frances aprovechó ese momento para coger un papel escrito y esconderlo dentro de su bolsillo.

—Señora Weaver —dijo por fin Westbrooke cuando volvió a mirarla—, deseo verdaderamente volver a ver a May, pero no tengo ninguna intención de enemistarme con su marido.

—Me decepciona, señor Westbrooke. Y me consta que mi prima también se va a sentir decepcionada. Ella sigue tan enamorada de usted...

—No me lo ponga más difícil, señora Weaver, he dicho la última palabra.

A pesar de esta contrariedad, Frances no salió frustrada de esa casa, pues en su bolso tenía un papel con la letra de Westbrooke y comprobó que no resultaba difícil de imitar.

Capítulo 31

Hacía años que Elliot Carpenter había dilapidado la herencia de su padre, pero, gracias a su habilidad social y manipuladora, era algo que no se conocía. Había hipotecado la casa familiar y continuaba con su modo de vida ocioso, de tal manera que mantenía las mismas amistades que cuando gozaba de prosperidad. Era una de esas personas especialistas en amagar que pagaba, pero que nunca lo hacía, siempre se le atascaba la mano en el bolsillo, con lo que normalmente alguien se le anticipaba. También había conseguido que lo invitaran a cacerías o a jornadas de descanso personas influyentes y durante esos días no gastaba nada y hacía nuevas relaciones que le resultaban beneficiosas. Nunca organizaba cenas en su residencia, aunque lo justificaba con las continuas quejas sobre lo mal que cocinaba la señora Mirrow.

Le gustaba viajar a Londres y durante unos años lo hizo con mucha frecuencia. Por entonces se rumoreaba que visitaba con asiduidad a la señora Whinship, una viuda adinerada que se esforzaba hasta el ridículo en parecer más joven. Nunca se supo lo que había ocurrido entre ambos, pero lo cierto era que cuando, meses después, la señora Whinship murió de un ataque al corazón, dejó toda su herencia a Elliot Carpenter y, si él había estado enamorado de ella, pronto la olvidó.

Sin embargo, a día de hoy nada quedaba de esa herencia. La afición al juego se había encargado de dilapidarla en rachas de mala suerte, al igual que había sucedido con el patrimonio familiar.

Ese mismo motivo era el que ahora lo había llevado a abandonar mucho más pronto de lo habitual el Logan Club. Desde hacía un par de semanas, había observado jugar a un recién llegado a la sociedad, el señor Stroud, que se mostraba torpe e imprudente en el juego. Los últimos días había perdido una suma considerable de dinero y eso hizo que muchos quisieran compartir partidas con él. Elliot Carpenter fue uno de los afortunados que lo consiguió, o eso pensó, porque, casi sin darse cuenta, empezó a perder de forma inesperada. El señor Stroud tuvo una racha de buena suerte y, al cabo de una hora, tenía en su poder una importante cantidad de dinero que poco antes pertenecía a Carpenter. Desesperado, y confiando en que la suerte de su rival no podría durar, cometió la imprudencia de apostar a todo o nada. Cruzó los dedos y se concentró para que la jugada le saliera bien. Del mismo modo que podía recuperar todo lo perdido, también podía quedarse endeudado con aquel desconocido, puesto que no poseía el dinero que acababa de apostar.

El día era de un gris intenso y durante toda la mañana había amenazado con romper a llover. La luz del local tenía un aspecto lúgubre y, como si se tratara de un conjuro siniestro, cuando le tocó a Elliot tirar los dados, después de que su compañero sacara un nueve, se oyó un trueno en la distancia. Vino acompañado de un relámpago, unos segundos después, cuando uno de sus dados marcaba un cinco y el otro, un tres.

En esos momentos, Stroud no le pareció tan ingenuo ni tan torpe. Notó en sus ojos un brillo de satisfacción y eso hizo que su enojo aumentara. Además, como dijo que en breve había de emprender un viaje, Stroud tenía prisa en cobrar. Carpenter, que no disponía de la cantidad que debía, le rogó que le concediera tiempo para saldar su deuda, pero su acreedor no mostró ninguna consideración por su apuro.

—Hipoteque su casa —le dijo de un modo implacable que no había descubierto en él durante los días anteriores.

Pero Carpenter ya tenía su casa hipotecada y si ese recién llegado lo denunciaba, no solo podía perderla, sino que también podía significar que él acabara residiendo en una cárcel de deudores.

Finalmente, Stroud, tras consultarlo con el señor Albinson, al que presentó como su abogado, le concedió dos días, un tiempo irrisorio para conseguir de la nada una suma de cinco mil libras.

Carpenter regresó a casa y se dejó caer en un sillón junto a una botella de coñac. Pensó a quién podía acudir para conseguir un préstamo, porque sabía que el banco se lo negaría, pero lo cierto es que no solo tenía una imagen social que mantener y el primero a quien imaginó compartiendo intereses fue su tío, el señor Baker.

Por la tarde, a pesar de la intensidad de la lluvia, se dirigió a su casa con esa intención. Tras saludar a su tía y verse obligado a poner un pretexto por sus escasas visitas, consiguió que el señor Baker lo hiciera pasar a su despacho.

Con tacto y gran oratoria, pero sin contarle por qué lo necesitaba, le pidió el dinero con la promesa de que en breve se lo devolvería. El señor Baker se negó. Como sentía aprecio por su sobrino y ya había rechazado su mano cuando la ofreció para salvaguardar la reputación de May, se vio obligado a explicarle el motivo de su negativa. Le confesó que no disponía de ese dinero y que últimamente había pasado tantos apuros que incluso se había planteado subastar la fábrica. Por suerte, el matrimonio de Hambleton con su hija vino acompañado de una generosa inversión, pero eso también había implicado que su yerno fuera ahora el socio mayoritario de la fábrica.

—Hambleton está comprando maquinaria y Dornan se encarga de comercializar los nuevos botones. Esperamos que en breve nos dé beneficios, pero este es un mal momento para poder realizar algún préstamo.

—Es urgente, tío —le dijo.

—No es que no desee ayudarte, Elliot, es que no puedo. Yo no llevo la administración de la fábrica y, ahora mismo, aún no hemos tenido ninguna ganancia. Llevo dos meses de retraso en la cuota del internado de Eve… Mi esposa no conoce nuestra situación y continúa comprándose vestidos y sombreros.

—¿Y no puede empeñar algo?

—¿Y no puedes empeñarlo tú? —preguntó el señor Baker, asombrado por la desvergüenza de la petición.

Indignado por la escasa comprensión que había demostrado su tío, Elliot Carpenter abandonó la casa y salió a la calle mojada. En dos minutos, a pesar del paraguas, su capa quedó acorde a su estado de ánimo, pero la necesidad lo llevó hasta la residencia de los Weaver. Confiaba en que su cuñado fuera más comprensivo y generoso.

Una criada le informó de que los señores no se encontraban allí en esos momentos porque habían sido invitados por los Brenan a una partida de cartas, pero habían asegurado que regresarían antes de la hora de cenar.

Después de dudar un momento, Elliot decidió esperarlos. No tenía otra opción y aspiraba a que su hermana se posicionara de su parte y Weaver accediera a concederle el préstamo.

Cuando la criada lo dejó solo en el salón, se acercó a la chimenea para entrar en calor. Junto con el crepitar de la hoguera, se oían las implacables manecillas del reloj y el caer de la lluvia de fondo, y eso era algo que cada vez le ponía más nervioso. Recordaba a Stroud y se preguntaba si lo suyo había sido un golpe de suerte o si había estado fingiendo torpeza para prepararse el terreno para esa estocada. Y la sospecha de lo segundo empezaba a cobrar fuerzas en su pensamiento.

El enojo lo hizo incapaz de estarse quieto ante la chimenea y comenzó a pasear de un lado a otro del salón. Observó los ridículos bibelots que había sobre una repisa y hojeó un periódico olvidado sobre la mesa. Inquieto, empezó a sentir cierta inseguridad sobre la generosidad de su cuñado y continuaba caminando por toda la estancia mientras toqueteaba todo lo que encontraba. Abrió una caja de puros de Weaver y cogió uno. Tras cerciorarse de que ninguna criada lo observaba, lo guardó en uno de sus bolsillos para cuando le apeteciera fumar.

Después observó los licores que se guardaban en un aparador y estuvo tentado de servirse una copa. Sin embargo, no lo hizo. Más que el afán de fisgonear, los nervios o el exceso de confianza lo llevaron incluso a abrir un par de cajones y a rebuscar sin ninguna finalidad. Abrió un pañuelo que estaba doblado en uno de ellos, como si guardara algo, y el asombro hizo mella en su expresión.

Eran cartas dirigidas a May y ahora sí que se despertó en él una terrible curiosidad. Las cogió y leyó despacio, intrigado por lo que pudiera haber en ellas antes de saber quién las firmaba.

En realidad solo había dos cartas completas y la tercera estaba inconclusa, pero lo que se revelaba en ellas era de un cariz realmente comprometedor.

Las dos completas las firmaba Westbrooke, y Carpenter no dudó en ningún momento de que él fuera el autor. No entendía qué hacían en esa casa, aunque supuso que las había interceptado su hermana, y tampoco se preguntó por qué una de ellas estaba incompleta. Pero lo que se deducía tras su lectura era que Westbrooke había tenido más de un encuentro furtivo con May y que Hambleton lo ignoraba. Sin duda, eran cartas de amor que agradecían la pasión y el ardor con que los sentimientos de Westbrooke eran correspondidos.

Elliot Carpenter guardaba las cartas en el pañuelo para volver a colocarlas en el cajón cuando, de pronto, le asaltó una idea y no las devolvió a su lugar, sino que las colocó en un bolsillo interior de su chaqueta. Si bien no le importaba que el puro se humedeciera, deseaba que las cartas se mantuvieran intactas. No en vano, eran la prueba de la infidelidad de May.

Luego salió del salón y le dijo a la criada que había cambiado de opinión, que lo que le había llevado a visitar a su hermana no era tan urgente y que le transmitiera sus saludos tanto a ella como a su cuñado. Y tras ponerse su capa y coger su paraguas, abandonó el lugar.

De nuevo se dirigió a la residencia de los Baker, esta vez con el convencimiento de que su tío sí estaría más dispuesto a prestarle el dinero.

La señora Baker se sorprendió mucho de volver a ver a su sobrino y lo invitó a cenar, pero él declinó la oferta.

—He olvidado comentarle algo a su esposo que seguramente deseará saber —se justificó y, a continuación, se dirigió al despacho de su tío sin ser invitado.

Con la misma falta de cortesía, abrió la puerta sin

llamar y contempló al señor Baker con una sonrisa socarrona.

–¡Elliot! –exclamó este al verlo de nuevo–. ¿Has olvidado algo?

–Más que olvidar, he recordado algo, tío –dijo al tiempo que cerraba la puerta tras haber entrado.

–¡Oh! Espero que sean buenas noticias para ti –respondió el señor Baker algo aturdido.

–No lo dude: lo son –comentó al tiempo que se acercaba hacia su mesa.

Si no se hubiera tratado de su sobrino, el señor Baker habría pensado que había cierta actitud amenazante en su gesto, pero olvidó su primera impresión y lo invitó a sentarse.

–Me alegro mucho por ti. No sabes lo preocupado que me has dejado.

–No estoy seguro de que vaya a alegrarse, tío, pero sí estoy convencido de que tiene motivos para preocuparse si no me presta el dinero que le he pedido.

El señor Baker enmudeció ante la desfachatez de su sobrino y lo miró como si no lo conociera.

Carpenter, sonriente, extrajo las cartas envueltas de su bolsillo y escogió una para entregársela.

–Supongo que no le apetece que estas cartas sean divulgadas. Ya sabe que soy amigo del señor Manley, del *Culster Mirrow*. Estoy convencido de que le gustaría publicar algo así.

El señor Baker, asombrado, leyó el papel que acababa de entregarle su sobrino y su perplejidad creció a medida que fue comprendiendo de qué se trataba.

–No es posible –dijo con voz entrecortada–. May nunca haría algo así.

–Creo que se equivoca al juzgar a su querida hija, tío.

Y, sin embargo, aunque le costara dar crédito a la conducta de su hija, la evidencia de que aquellas eran la letra y la firma de Westbrooke y el contenido de la misiva hicieron que tuviera que abortar cualquier defensa de su reputación. Y se sintió culpable, pues sabía que, de haber sido más diligente en la fábrica y no haberla llevado al borde de la ruina, May habría podido casarse con Westbrooke y, sin embargo, tal como habían ido las cosas, la había abocado a aceptar a Hambleton. Sí, él la había empujado a un matrimonio sin amor y el corazón es indómito en la juventud. Ella había pecado, pero él la había empujado.

Tal vez, de no haberse sentido responsable del adulterio de May, habría dado más crédito a la moral de su hija, pero los remordimientos lo cegaron.

—No. Yo solo me he equivocado al juzgarte a ti. Nunca pensé que serías capaz de un chantaje como este. ¿Acaso a ti no te importa la reputación de May?

—Mucho. Casi tanto como cinco mil libras. Desafortunadamente, mis desvelos no llegan a esa cantidad. Pero supongo que la preocupación de usted sí la supera, así que, si no quiere ver divulgadas estas cartas, espero que me entregue esa suma.

—¿Dónde las has conseguido? —inquirió levantándose de la silla sin disimular su enojo.

—Por supuesto, en Astonfield. Lo cierto es que May ha sido muy imprudente al olvidárselas en una mesita —respondió con sarcasmo el sobrino, y sin dejarse amedrentar por la actitud de su tío.

—¡No serás capaz de revelar su contenido!

—No solo eso. Se las entregaré personalmente al señor Manley. Creo que incluso se planteará aumentar la tirada del periódico ese día.

—¡Sabes que no tengo ese dinero! —dijo ahora el señor Baker con más aire de súplica que de amenaza.

—No creo que su yerno se oponga a prestarle esa suma. Al fin y al cabo, él será el primer beneficiado, aunque probablemente usted no le explique la finalidad del dinero —añadió con sarcasmo—. Supondría un escándalo que Hambleton abandonara a May y creo que su familia no está para escándalos, tío.

—Mi familia es la tuya, Elliot. No me puedo creer que vayas a hacernos esto. No puedo creer que… —Calló en cuanto observó la mirada decidida de su sobrino y, rápidamente, antes de que él reaccionara, cogió la carta que había dejado sobre la mesa.

—Aunque la rompa, tengo otras —le advirtió Carpenter, mostrando el pañuelo en que estaban envueltas las otras dos.

El señor Baker soltó la carta y se dejó caer sobre su asiento, como si en esos momentos tomara conciencia de la gravedad de su situación.

—No puedo conseguir ese dinero…

—Sí puede. Ya le he dicho que recurra a su yerno.

El señor Baker miró a su sobrino con odio y, a continuación, preguntó con voz rendida:

—Si te doy cinco mil libras, ¿me entregarás esas cartas?

Capítulo 32

Debido a la lluvia, May había tenido que cancelar el encuentro del día anterior con Camile, pero como el martes amaneció con más neblina que nubes, encargó al cochero que preparase el carruaje y se arregló para salir.

Tal como había dispuesto su marido, hubo de aceptar que Allegra la acompañara. Por eso, nada más encontrarse con Camile, se limitó a cruzar los saludos de rigor y a hacer algún comentario sobre el tiempo.

—Cuando regresemos de la sombrerería, te agradeceré que me invites a un refrigerio —le comentó a su amiga para indicarle que después ya tendría tiempo para hablar con mayor intimidad.

—Por supuesto —aceptó Camile, que tardó unos instantes en entender el motivo de su petición—. Por cierto, me gustaría encontrar un sombrero como el que el otro día llevaba la señora Brenan. Creo que es muy favorecedor.

—La señora Brenan tiene unos ojos tan hermosos que resulta difícil que no esté bonita.

—Y desde que ha sido mamá, tienen más brillo.

—Cierto.

Caminaron hacia el establecimiento mientras hacían comentarios sobre los sombreros de otras vecinas y Allegra las escuchaba con el mismo entusiasmo con el que lo haría si fuera ella quien tuviera que comprarse uno.

Tras dos minutos esperando turno y otros diez probándose varios de ellos, finalmente Camile se decidió por el sombrero de color verde y un discreto lazo para acordonarlo bajo el cuello.

—Creo que has acertado —respondió May cuando le hizo saber que escogía ese.

—Me combina con pocos vestidos, pero es tan bonito...

Allegra fantaseaba mirando todo lo que había en la tienda y Camile se dispuso a pagar. Cuando volvieron a salir del establecimiento, se encontraron a la señora Macgregor, que miró a May de arriba abajo, como si la estuviera estudiando.

—Sí, es usted. Esta vez no me he equivocado —le dijo.

—¿Esta vez? —preguntó May, mientras sonreía a la mujer.

—Sí, ayer creí verla, pero me equivoqué.

—Yo confundo muchas veces a la señora Winter con la señorita Farrell —intervino Camile—. Sobre todo de perfil.

—¡Oh! No es que May se parezca a Frances —negó la señora Macgregor—, pero como la vi de espaldas y agarrada al brazo del señor Hambleton... bueno, me confundí. Supongo que es normal.

May palideció al oír que aquella mujer había sorprendido a su prima del brazo de su marido y, si hubiera sido ella la que hubiera llevado la caja de sombreros en lugar de Camile, seguro que se le habría resbalado y caído al suelo.

—La señora Weaver ahora es la prima del señor Hambleton, supongo que no hay nada malo en ello —añadió la mujer, que ya no tenía nada de entrañable.

Cuando la dejaron atrás, Camile se dio cuenta de cómo se encontraba su amiga.

—No deberías darle importancia —le susurró sin que las oyera Allegra, que caminaba detrás de ellas—. Seguro que fue un encuentro fortuito.

—¿Tú crees? —le preguntó con ironía—. Ayer, durante la cena, me dijo que había pasado todo el día en la fábrica.

Camile no contestó, pero entendió que se sentía traicionada.

—¿No es ese tu padre? —le preguntó su amiga, agradecida por poder cambiar de tema y mientras señalaba con la cabeza a un hombre que cruzaba la calle de forma apresurada.

—Sí, es mi padre —respondió sorprendida y, por un momento, dejó de pensar en Hambleton y en su prima—. Creo que no nos ha visto.

—¿Y él no debería estar en la fábrica?

—Seguramente habrá venido a hacer alguna gestión.

—Es posible que ayer ocurriera lo mismo con tu esposo.

—No creo en las casualidades, Camile.

Como en aquel momento Allegra, que se había quedado entretenida mirando un escaparate de muñecas, llegó hasta ellas, May decidió no continuar con el tema. Camile notó que su gesto había cambiado y decidió no volver a mencionar el asunto hasta que se encontraran en la intimidad de su casa.

El señor Baker se dirigía al banco mientras recordaba la delicada conversación que hacía más de una hora había mantenido con su yerno. Incómodo por lo que iba a pedirle, se había dirigido a su despacho cuando vio que Dornan lo dejaba solo. Después de comprobar que llevaba el chaleco bien abrochado, entró y cerró la puerta.

–Señor Hambleton, hay un asunto del que me gustaría hablar con usted, si no tiene inconveniente.

–Usted dirá –había respondido él con amabilidad.

–Se trata de un apuro económico. Necesito dinero, algo así como un anticipo, ya sabe.

Ante el gesto interrogante de su yerno, había aclarado:

–Cinco mil libras.

Hambleton sabía que esa era la cantidad que Carpenter adeudaba a Stroud y, con suavidad para no ofenderlo, respondió:

–Pensé que ya había saldado todas sus deudas antes del matrimonio, pero si hay alguna dispensa que deba cubrir, gustosamente lo haré yo en su lugar. ¿De qué se trata?

–Es un asunto familiar, señor Hambleton, y no puedo contárselo. Necesito que confíe en mí –le dijo con mirada suplicante.

–Estoy dispuesto a ayudarlo, pero no le voy a dar cinco mil libras. Prefiero ser yo quien pague lo que debe o compre lo que necesite.

El señor Baker se revolvió en su asiento y, finalmente, confesó:

–No son para mí. Es para un familiar que está en apuros y ha pedido mi ayuda. Confío en que lo devuelva y, si no lo hiciera, estoy dispuesto a regalarle otro paquete importante de acciones para compensarlo, Hambleton.

–En ese caso, creo que no puedo ayudarlo –respondió muy serio su yerno–. La fábrica aún no ha dado beneficios.

—Eso ya lo sé, pero había pensado que... tal vez usted pudiera ayudarme.

—Hoy he traído mil libras más, pero son para pagar a proveedores. Mañana el señor Harris vendrá a cobrar. Podría hacer un esfuerzo si se tratara de usted, pero si me dice que es para un familiar y no quiere contarme de qué asunto se trata, comprenderá que no voy a arriesgar mi patrimonio. No tengo ningún banco ni soy parte de la beneficencia.

—No, no, claro. Le entiendo —había aceptado el señor Baker avergonzado antes de salir de su despacho.

Le dolía lo que estaba haciendo, pero sentía que no le quedaba otra opción. Con los papeles de banco en el bolsillo que había cogido de la caja fuerte a escondidas, se dirigía ahora a cambiarlos por dinero para comprar el silencio de su sobrino. Sabía que estaba actuando igual que un ladrón, pero se prometía a sí mismo que repondría ese dinero. Además, el cariz del asunto no le permitía otra conducta. Se sentía decepcionado con su hija, pero la responsabilidad que sentía por haberla empujado a un matrimonio por interés hacía que se sintiera abocado a salvar su honor. La conducta de May no solo demostraba una debilidad moral y de carácter que le era desconocida, sino que también afectaba a la reputación de Eve. No entendía cómo su hija mayor había sido capaz de enamorarse de alguien como Westbrooke, Hambleton era mil veces mejor, pero ella no parecía haberle dado ninguna oportunidad a su marido.

Cuando salió del banco, se dirigió hacia la casa de su sobrino. Solo llevaba una parte del dinero, pero esperaba que comprendiera que, por el momento, no había podido conseguir más. La noche anterior había valorado empeñar algunas joyas de su esposa o vender alguna de las esculturas que decoraban la casa, pero acabó desechando la idea porque sería un modo de que sus problemas se hicieran públicos.

Le abrió la puerta el propio Elliot, en bata, con los ojos brillantes y el cabello despeinado. El señor Baker dedujo que o bien se había despertado tarde o bien, como comprobó enseguida, había desayunado en compañía de la botella de coñac.

—Querido tío, qué alegría verlo —lo saludó—. Sabía que no me fallaría.

—No es necesario que seas irónico. ¿Podemos hablar en privado?

—Por supuesto. Ya sabe dónde está el gabinete. Le aseguro que Linda no entra a limpiar demasiado, dudo de que se le ocurra interrumpirnos precisamente esta mañana.

El señor Baker ignoró el sarcasmo de su sobrino y se dirigió hacia el lugar señalado. Una vez allí, extrajo las monedas de oro de su bolsillo y las depositó sobre la mesa.

—Es todo lo que he podido reunir.

Elliot Carpenter se apresuró a contarlas.

—¿Solo? —preguntó—. Quedamos en que me entregaría cinco mil libras.

—Eso es mucho dinero para conseguir en tan corto plazo. Tu acreedor se conformará con esto como primer pago. Después... después ya trataré de conseguir el resto.

—¿Se está usted burlando de mí?

—Creo que, en este caso, soy yo el burlado. ¿Vas a entregarme las cartas?

—¡Por supuesto que no!

—¡No puedes exigirme tanto! ¡Estoy haciendo todo lo posible!

—¿Todo lo posible? Querido tío, está usted dándome

limosna. Es una lástima que juegue con la reputación de May.

—¡No menciones a May! ¡No la mereces ni como prima!

—¿Por qué no puedo mencionarla? ¿Acaso apoya su conducta? —le recriminó—. Por supuesto, la cicatriz de Hambleton no resulta muy atractiva para una mujer, pero eso no quita que mi prima sea una adúltera. Y eso, querido tío, tiene un nombre.

—¡No te atrevas a…!

—¡No me amenace! —lo interrumpió con un grito—. No está en disposición de amenazarme, darme consejos o comportarse como un ejemplo moral. Me mira como si me estuviera juzgando y condenando, pero se enternece ante una hija que lo ha deshonrado —le respondió con rabia.

—Te estoy pidiendo algo de tiempo, Elliot —respondió el señor Baker, relajando el tono de voz—. La cifra es muy elevada y no es fácil reunirla en un día.

—Entonces, no me queda más remedio que entregar las cartas al señor Manley. Por supuesto, una de ellas llegará antes a manos de Hambleton.

—Por favor, Elliot… —suplicó de nuevo, pero la mirada inexorable de su sobrino le hizo comprender que no se compadecería de su situación—. ¿Cuándo tienes que entregar las cinco mil libras?

—Mañana a mediodía. Si no las tengo antes, ya sabe lo que ocurrirá.

El señor Baker quedó en silencio, como si calculara sus posibilidades para lograr ese dinero y, mientras, su sobrino aprovechó para coger una copa y llenarla de coñac.

—¿Quiere brindar por un acuerdo, tío? —preguntó, ofreciéndosela a su interlocutor.

—Está bien. Creo que sé cómo conseguir ese dinero —declaró finalmente el señor Baker, y haciendo caso omiso del coñac.

Elliot sonrió satisfecho, miró a su tío de arriba abajo y comentó:

—Sabía que no me fallaría. ¿Cuándo me dará las cuatro mil libras que faltan?

—Quiero llevar este asunto con discreción. Lo mejor será que nos veamos mañana en el puente que está en el camino que va hacia los molinos. Por allí no suele haber nadie.

—Un lugar muy ocurrente —se burló el sobrino—. ¿A qué hora?

—Sobre las diez. Antes, me resultará imposible haber reunido el dinero.

—¡Hecho! —aceptó Elliot y, a continuación, se bebió el coñac de un solo trago.

Capítulo 33

Hambleton estaba satisfecho con el desarrollo de los últimos acontecimientos. Todo empezaba a suceder tal como había esperado. El hecho de haberse introducido en la familia de Carpenter le había permitido conocer mejor a su enemigo y, ahora, el estudio de su carácter comenzaba a dar sus frutos.

Si bien no se habían tratado, a través del señor Baker había ido conociendo sus hábitos y sus vicios, de tal manera que enseguida había comprendido su aspecto más vulnerable. El señor Glover había sido el encargado, a su regreso a Londres, de contactar con Stroud, un conocido jugador que siempre tenía la suerte de su parte o, como especulaban otros, era un redomado tahúr. Lo había contratado con la única finalidad de arruinar a Carpenter. Ese era el motivo por el que Stroud, nada más llegar al Logan Club, había fingido ser un jugador torpe e imprudente, aunque nadie sabía que sus pérdidas las pagaba Hambleton, y había llamado la atención de algunos de los habituales, entre ellos, Carpenter.

La estrategia había dado resultado y ahora Carpenter estaba a punto de arruinarse. Su carácter ruin lo había llevado incluso a suplicar ayuda al señor Baker, pero

Hambleton se había encargado de que la economía de su suegro en esos momentos dependiera de él. Así que todo era cuestión de esperar. Sabía que Carpenter no conseguiría el dinero para saldar la deuda contraída y deseaba que en cuestión de semanas un juez lo condenara a pasar el resto de sus días en una cárcel de deudores.

Y todo había ocurrido mucho más rápido de lo que al principio había esperado. Pero quedaba un asunto por resolver y que ahora se había convertido en el más importante de todos. Uno no previsto y que lo había arrollado con un ímpetu desconocido. Durante este tiempo, se había enamorado de May y, aunque se había casado con ella, no había logrado ni su confianza ni su amor.

Hambleton no estaba seguro de que su esposa no hubiera respondido a la nota que Westbrooke le había hecho llegar, aunque sí sabía que resultaba imposible que hubieran tenido algún encuentro. La vigilancia constante de Matt y de Allegra se lo garantizaba.

Ahora que la fábrica había sido remodelada y ya empezaban a vislumbrarse beneficios, pues Dornan había conseguido varios contratos muy suculentos, y que Ralph estaba a punto de ser vengado, solo le quedaba arreglar las cosas con May. Tal como le aconsejaba la señora Glover, debía esforzarse si quería enamorarla.

Y, con ese propósito, regresó ese día a casa un par de horas antes de la cena.

May, por el contrario, si en algún momento había deseado salvar su matrimonio, ahora no se encontraba predispuesta a ello. Desilusionada, estaba convencida de que su marido y Frances tenían una relación a sus espaldas. Aunque era consciente de que la señora Macgregor pretendía hacer daño con sus palabras, no podía negar su contenido. Una vez más, pensaba que Hambleton era un gran actor y lo despreciaba por eso. Si al menos hubiese sido sincero y le hubiera confesado su interés... Pero no solo se había dedicado a negarlo, sino que se portaba de tal modo que ella siempre descubría en él algún gesto o alguna palabra que le daba esperanzas. Ahora sabía que eso formaba parte de una actuación, pero ¡cuánto daño le había hecho...!

Había cometido una imprudencia al enamorarse de él y, aunque lo más inteligente tampoco hubiera sido huir con Elliot porque eso habría terminado para siempre con su reputación, sí habría podido plantearse su matrimonio tal como habían acordado durante su noche de bodas: vidas separadas en privado y apariencias mantenidas en público.

Era ella la que se había fallado a sí misma por dejarse engañar. Desde el primer momento, había sabido que Frances no iba a respetar su matrimonio y, con lo que iba averiguando de Hambleton, debería haber comprendido que él tampoco. Si en algún momento se sintió culpable por haberle negado sus derechos conyugales durante la noche de bodas, ahora se alegraba de ello. De este modo, podía pedir la nulidad. Había estado pensando en esa posibilidad durante todo el día y estaba dispuesta a dirigirse, a la mañana siguiente, a la capilla de San Lorenzo, donde se había casado, para hablar con el señor Gilliam e informarse de los trámites.

Lo había hablado con Camile y su amiga, después de insistir en que tal vez estuviera equivocada, acabó por entenderla, aunque la idea le parecía escandalosa y le rogaba que no actuara de forma impulsiva. Estar casada con el hombre al que amaba y saber que él era amante de su prima suponía una condena a la infelicidad. Y May aún era joven para asumir un futuro como ese.

Para llevar a cabo sus planes, le faltaba averiguar en qué situación quedaría la fábrica. No sabía si su decisión implicaría que se disolviese la sociedad y Hambleton, en consecuencia, retirara todo el dinero invertido o si definitivamente ahora él era el dueño de la empresa. De todos modos, eso no suponía el fin del mundo. Sus padres bien podían alquilar la lujosa casa y trasladarse a vivir a un lugar más modesto. Tal vez no se pudieran permitir pagar el internado de Eve y su hermana tuviera que regresar a casa, pero pensó que en enero cumpliría los trece años y ella misma podía ayudarla a completar su educación.

Fuera como fuera, sus padres deberían entender su decisión cuando supieran cómo se sentía. Tal vez, aunque la entendieran, no le darían su apoyo, pero May, después de mucho pensarlo, prefería los reproches transitorios de su familia a la promesa de ser una persona desdichada. Todo el fuego que había sentido no era más que el preámbulo del infierno.

Con esta decisión tomada, sintió una alteración de su cuerpo al escuchar la voz de su marido saludar a la señora Hewitt. Se sorprendió de que llegara antes de lo normal y se lamentó de encontrarse expuesta en la sala mientras se dedicaba a su labor de bordar.

Hambleton entró y la saludó con educación, a lo que ella correspondió de igual modo. Debía disimular hasta tener atados los papeles de la anulación matrimonial y confiaba en que el silencio en que solía sumirse su marido la ayudara a ello.

—Me gustaría consultarte algo —le dijo él para su sorpresa, pues era la primera vez que deseaba su opinión.

—No entiendo de según qué asuntos —respondió ella sin abandonar su mirada del tapete que bordaba.

—Creo que no es este el caso. ¿Te importaría acompañarme al jardín?

—¿Tenemos que hablar en el jardín? Hay barro —objetó ella.

—El asunto que quiero consultarte tiene que ver con el jardín. Estoy pensando en cultivar flores nuevas cuando acabe esta temperatura extraordinaria... y quiero hacerlo a tu gusto.

May sintió que una corriente cálida la atravesaba, pero enseguida se convirtió en un escalofrío.

—¿Y ha de ser ahora?

—Ese es el motivo por el que he regresado antes —respondió él con una sonrisa, como si no estuviera dispuesto a aplazarlo.

May recogió su labor de bordado sin demostrar prisa y, cuando por fin levantó los ojos para mirar a su marido, lo notó radiante. Supuso que esa felicidad estaba vinculada a su relación con Frances y sintió que algo se le rompía por dentro.

Se levantó del sillón y se dirigió hacia la puerta donde se encontraba él, lo esquivó y avanzó por el pasillo sin esperarlo.

Él no se sintió ofendido por su altivez y, a continuación, la siguió. Ella se quedó quieta en el borde de la terraza, contemplando las plantas secas y sin flores a su alrededor y, antes de que él hablara, le preguntó:

—¿Qué deseas cambiar?

—¿Cuál es tu flor favorita?

—Prefiero las silvestres a las de jardín.

Él la miró para averiguar si pretendía contrariarlo o estaba siendo sincera, pero lo único que advirtió en sus ojos fue una profunda tristeza. Conmovido, la cogió de la mano y la indujo a acompañarle.

—Ven, decidiremos mientras paseamos.

Ella se sorprendió y bajó las escaleras sintiendo el contacto de su piel en la palma de su mano. Procuró no estrechársela, pero él sí lo hizo y May deseó que no notara su temblor.

Hambleton no la soltó cuando se encontraron abajo, sino que la mantuvo apretada y cerca de sí. Ella pensó en retirarla, pero eso hubiera supuesto demostrar su importancia y decidió que lo mejor era fingir indiferencia.

Estaba atardeciendo y la luz del sol, que ejercía una extraña fascinación tras la capa de nubes, doraba el horizonte al tiempo que la zona este del jardín se llenaba de sombras.

–¿Te gustan los gladiolos? –preguntó él.

–No creo que haya ninguna flor que no me guste –comentó, como si no le diera importancia a su interés.

–Si quieres, podemos quitar el jardín y convertirlo en parte de la pradera, para que puedan nacer flores silvestres.

–Como desees.

–No, May, no estoy hablando de mis deseos, sino de los tuyos. ¿No vas a ayudarme a complacerte? –dijo él, quedándose quieto y observándola fijamente.

Ella miró hacia unos parterres y, con voz entrecortada, comentó:

–¿Qué flor dan esos arbustos?

–No lo sé. Tendremos que esperar hasta que renazcan para averiguarlo.

May pensó que por entonces, si alguna vez llegaba la primavera, ya no estaría allí y aprovechó que él se había relajado para soltar su mano. Sin responder, continuó avanzando, incapaz de permanecer quieta un segundo más. Sentía el corazón agitado y deseaba moverse.

Él la siguió, como si esperase que ella lo condujese a algún lugar sobre el que tuviera algo que comentarle.

–La abuela cultivaba unas azaleas blancas preciosas –suspiró ella sin saber que él la estaba oyendo, pues había acelerado el paso y se dirigía hacia unos robles.

Hambleton notó su vulnerabilidad y procuró no atosigarla con más preguntas, pero siguió sus pasos. May continuó avanzando hasta llegar a una zona de robles y solo allí se detuvo, como si comprendiera que no podía escapar de su compañía. Tenía ganas de llorar, pero no pensaba hacerlo en su presencia.

—May —dijo él en cuanto se colocó a su lado—, solo estoy intentando que sientas esto como tu hogar.

Ella continuó con la vista al horizonte, apretando los labios para no desvelar ningún gesto de aflicción y continuó sin decir palabra.

—Si quieres, llenaremos todo esto de árboles. Robles, sauces, abedules, castaños... los que tú desees. Y haremos un espacio frondoso para que puedan perderse dos amantes sin ser vistos desde la casa.

Hambleton pronunció estas palabras con dulzura, muy cerca de su oído, y May, lejos de recibirlas como una amenaza, las sintió como un sueño prohibido para ella.

Él notó que tenía los ojos vidriosos y aún se acercó más.

—May, ¿qué te ocurre? —dijo en un susurro sin poder resistir la tentación de abrazarla y apretarla contra sí.

Ella no protestó. Se dejó llevar como si tuviera anulada su voluntad y se vio sumida en unos instantes de confusión hasta que le cogió el mentón y acercó su boca para besarla. Entonces sintió que algo la quemaba por dentro y dejó fluir sus lágrimas retenidas.

Él se separó cuando notó la cálida humedad también en su rostro y se sintió culpable de su llanto.

—Lo siento —se disculpó—. Ya sé que prometí... Lo siento —repitió—, pero me duele no poder acercarme a ti...

May ya no luchó contra sus lágrimas y dejó escapar unos sollozos desesperados al tiempo que le daba la espalda. Luego, sin previo aviso, echó a correr hacia la casa y Hambleton se quedó parado bajo el roble, con los ojos perdidos en la escarcha, sin saber qué hacer.

Capítulo 34

El señor Baker madrugó más de lo habitual. Aún quedaban dos horas para que se abriera la fábrica, pero ya no soportaba seguir dando vueltas y más vueltas entre las sábanas. Había dormido mal. Más bien, había dormido poco. Se acostó desvelado por la preocupación que lo asolaba, pero también por las decepciones que implicaba el asunto. Por supuesto, se había sorprendido con el comportamiento de Elliot y comprendía cuán desorientado había estado respecto a su sobrino. Ahora lo veía con otros ojos, aunque por momentos aún pensaba que no sería capaz de cumplir su amenaza.

Pero, sobre todo, se sentía dolido con May. Recordó que al principio había rechazado a Hambleton y que él le había reprochado su negativa. Pero, por muy enamorada que estuviera su hija de Westbrooke, no justificaba su conducta. Reprobaba la inmoralidad que se le atribuía en aquellas cartas y se sentía fracasado como padre. ¿Tan débil había resultado? ¿No era consciente de lo mucho que afectaban sus actos a la reputación de su hermana o a la respetabilidad de toda su familia? ¿Era aquello lo que les enseñaban en un internado? ¿O ese era el verdadero carácter de May y había estado tan engañado respecto a ella al igual que con su sobrino? Aunque le costara, una vez resuelto el asunto con Elliot debería enfrentarse a ella y reprocharle su conducta. Tenía que poner fin a esa relación extramatrimonial antes de que su yerno la descubriera y, por supuesto, deshacerse de cualquier prueba escrita. Asumía su responsabilidad en la desdicha de May, pero no estaba dispuesto a tolerar su comportamiento.

Estaba decepcionado con su hija, pero también desesperado por la situación. No sabía cómo conseguir cuatro mil libras antes de que apareciera Hambleton, había tenido problemas con el banco y ningún prestamista le entregaría ningún dinero si antes no conseguía avales.

A primera hora de la mañana se dirigió a la tienda de empeños y le entregó al señor Hibbert una lista de esculturas y muebles de los que había decidido desprenderse. Le dijeron que antes tendrían que enviar a un tasador para valorar el precio de aquellos objetos y, como pronto, eso no ocurriría hasta el día siguiente. El señor Baker insistió en su prisa, pero el dueño del local lo miró como si siempre ocurriera igual.

Su desesperación lo llevó, incluso, a plantearse acudir al Logan Club y probar suerte en el juego, pero la prudencia o el miedo a empeorar su situación lo hicieron desistir.

A las nueve y cuarto había regresado a casa y subió a su habitación para cambiarse de chaqueta. Su esposa se extrañó al verlo regresar tan pronto y él se limitó a decirle que se había dejado unos papeles. Antes de volver a salir, pasó por la sala de los trofeos de caza y se dirigió al armario en el que guardaba las armas. Abrió la puerta y sacó una pistola que había heredado de su padre mucho tiempo atrás. La tomó en sus manos y notó que le temblaban con el contacto. Luego, la colocó en uno de sus bolsillos. La nueva chaqueta ocultaba el bulto que delataba el arma y, cuando sintió que no se dejaba nada, salió sin despedirse.

La señora Baker lo notaba extraño desde el día anterior, pero pensó que tal vez estuviera resfriado y tuviera los oídos taponados, ya que no había respondido a su saludo de despedida.

El hombre, absorto en sus pensamientos, avanzó por las calles de Culster sin ser consciente de con quién se cruzaba o con quién no. Llegó a las lindes de la ciudad, donde las casas comenzaban a tener un aspecto rural, y luego tomó el camino que se dirigía hacia la zona de los molinos.

Una ligera neblina agudizaba la sensación de frío y el señor Baker se abrazó a su abrigo para amortiguar sus temblores. Mientras caminaba, comenzó a rezar, implorando que su sobrino se compadeciera de él y no perjudicara a May.

Eran casi las diez cuando divisó el río y el pequeño puente de madera que lo atravesaba, pero no vio a nadie en sus inmediaciones. Disminuyó su velocidad a medida que se acercaba y, ahora sí, estaba atento por si aparecía alguien. Llegó hasta el inicio del puente y subió a él, expectante de lo que ocurría alrededor.

No pasó demasiado tiempo hasta que vio una figura a lo lejos y pronto distinguió que se trataba de Elliot. A pesar del frío, notó algo parecido al sudor y sacó un pañuelo para pasárselo por la frente.

—¿Tiene el dinero? —preguntó Carpenter, sin ni siquiera saludar cuando llegó hasta la orilla del río.

—Antes deberíamos hablar un poco, ¿no crees? —comentó el señor Baker, procurando no tartamudear.

—Ya dijimos ayer todo lo que teníamos que decir, tío.

—Me refiero a cómo puedo saber que las cartas que

vas a entregarme son todas las que están en tu poder. ¿Quién me garantiza que no hay más?

—Puede que haya más si su hija sigue revolcándose con ese tipo, pero estas son todas las que tengo —comentó al tiempo que sacaba las tres cartas de un bolsillo y se las mostraba. Luego las volvió a esconder.

El señor Baker había quedado como hipnotizado ante esos papeles y, como tardaba en reaccionar, Carpenter preguntó con sarcasmo.

—Vamos, tío, no me va a decir ahora que no confía en mí…

—No mereces ninguna confianza, Elliot. Te prometo que nunca pensé que fueras capaz de algo así. Somos tu familia… ¿Ese es el gran afecto que sientes por May?

—Hay otro modo de verlo, tío —lo interrumpió—. Le recuerdo que yo también soy su familia y le he pedido una ayuda que no ha estado dispuesto a concederme. Pero supongo que a ninguno de los dos le interesa entrar ahora en debates morales. ¿Dónde está el dinero?

El señor Baker notó que su sobrino se estaba impacientando y cerró los ojos antes de decir:

—Es una cantidad muy elevada, Elliot, deberías darme más tiempo.

—¿Me está diciendo que no tiene el dinero? —preguntó su sobrino enojado.

—Pero si esperas una semana, tal vez logre reunirlo. Solo una semana. La fábrica ha firmado un contrato y recibirá un suculento anticipo el próximo lunes. Eso junto con algún objeto que empeñe…

—¡Maldita sea! ¡Teníamos un acuerdo! —le reprochó Carpenter—. ¿Para esto me ha hecho venir? ¡Ha tratado de engañarme, viejo traidor!

Mientras gritaba, se abalanzó sobre su tío y lo agarró de las solapas del abrigo.

—¿Y tú hablas de traición? –preguntó atónito el señor Baker al ver la violenta reacción de su sobrino.

—¡No voy a perder ni un minuto más con usted! ¡Y sepa que disfrutaré con el escándalo! –le advirtió al tiempo que se daba la vuelta tras empujarlo.

—¡En el periódico no te darán más de dos guineas por esas cartas! –le advirtió el señor Baker, mientras trataba de no perder el equilibrio tras el zarandeo recibido.

Carpenter se detuvo y nuevamente se giró para observar a su tío.

—Estoy convencido de que Hambleton las sabrá valorar mejor.

—¿Hambleton? –preguntó con rostro de preocupación–. ¿Sabes la tragedia que puedes desencadenar si mi yerno conoce esa información?

—Él es el primer interesado en que su reputación se mantenga a salvo. Seguro que está dispuesto a entregarme cuatro mil libras por estas cartas. Incluso creo que podría subir el precio –dijo complacido ante su propia idea.

Cuando nuevamente se disponía a marcharse, Carpenter escuchó el sonido de una pistola al cargarse y volvió a detenerse. Esta vez se giró despacio, mientras escuchaba la amenaza de su tío.

—Dame esas cartas, Elliot. Yo no quería llegar a esto, pero no me has dejado otra opción.

La pistola temblaba en sus manos y mostraba una mirada desolada y avinagrada mientras trataba de apuntar a su pierna.

Carpenter lo miró atónito, como si al principio no comprendiera lo que estaba ocurriendo, hasta que asumió que su tío se encontraba en una situación desesperada.

—Dámelas –insistió el señor Baker, tendiendo la otra mano como si pidiera limosna.

—No será capaz de disparar… —comentó Carpenter al notar que sudaba.

—Procuraré apuntar bien para solo herirte y poder recuperar las cartas por mí mismo, pero espero que me evites el apuro.

Carpenter comprendió que su tío estaba tan aterrorizado como él y extrajo las cartas de su bolsillo. Con la mano alargada mientras las sujetaba, dio varios pasos hacia él para entregárselas. El señor Baker sintió alivio al ver que su amenaza funcionaba y relajó su atención cuando sintió el contacto del papel sobre la palma de su mano. En esos momentos, Carpenter golpeó su brazo y el arma voló hasta al río y se hundió en el agua. El señor Baker quedó estupefacto y su sobrino aprovechó la ocasión para empujarlo contra la baranda, que cedió de inmediato y se partió.

Mientras el señor Baker perdía el equilibrio, a Carpenter aún le dio tiempo de agarrar las cartas. El hombre cayó al agua, donde la profundidad era escasa, pero el golpe contra las piedras le produjo contusiones en el cuerpo y una herida en la cabeza que enseguida comenzó a sangrar. Con una sonrisa de satisfacción, desde el puente, su sobrino exclamó:

—No debería haber confiado tanto en sus posibilidades, tío. Ya es viejo, muy viejo, la hora de su muerte está cerca.

A continuación descendió, se acercó a la orilla y, una vez allí, lo empujó de una patada a fin de que se adentrara en el agua.

Impertérrito ante la lucha que su tío libraba por mantenerse con vida, abandonó el lugar a toda prisa. Maldecía lo ocurrido, no porque sintiera algún tipo de compasión, sino porque ahora se vería obligado a negociar con Hambleton y cada vez quedaba menos para que el reloj marcara las doce del mediodía.

May montaba a Gipsy sabiendo que Matt la seguía a lo lejos cuando le llamó la atención un sonido que procedía del río. Al principio le pareció el graznido de un pato, pero pronto adquirió impronta humana.

A medida que se acercaba al puente de madera que conducía a la zona de los molinos y a la capilla de San Lorenzo la intensidad aumentaba, aunque cada vez con mayor intermitencia. Ahora semejaba un grito de auxilio.

Solo cuando estuvo bastante cerca, distinguió a un hombre que se estaba ahogando y bajó del caballo para correr a ayudarlo. La impresión aumentó cuando descubrió que se trataba de su padre y no dudó en echarse al agua a pesar del frío y el riesgo que corría.

La corriente había arrastrado al señor Baker lejos de la orilla y ella nadó hasta él para tratar de agarrarlo, pero sus propias ropas la empujaban hacia abajo y enseguida comenzó a jadear ella también y a luchar por no perecer bajo las gélidas aguas. Aun así, logró mantener a flote a su padre, aunque cuanto más braceaba, más cansada y sin fuerzas se sentía. Sabía que debía mantenerse calmada, pero el color rojo con el que empezaba a teñirse el agua aumentó su ansiedad.

Esa fue la primera y única ocasión en la que agradeció que su marido le hubiese puesto un escolta, porque si no hubiera sido por la intervención de Matt, tanto ella como el señor Baker habrían muerto ahogados.

Cuando Matt logró sacarlos a la orilla, el sofoco y la fatiga no impidieron a May dedicarse de inmediato a su padre y pronto notó que sus ropas comenzaban a mancharse de sangre. Buscó el origen y vio que provenía de la zona cabelluda. Tanteó su cabeza y, cuando encontró la herida, se arrancó un trozo del bajo de su vestido y procuró mantenerlo apretado contra ella al tiempo que ordenaba a Matt:

—¡Vaya a por un médico! ¡Corra! ¡Es urgente!

El mozo, que al principio dudó, dedujo que, aunque entre ambos lograran subirlo a un caballo, el hombre se encontraba tan grave que no aguantaría un viaje y, a continuación, obedeció.

May quedó tiritando sobre su padre, suplicando que no se muriera y procurando hablarle para que se mantuviera consciente.

—Ahora viene un médico. Aguante, por favor, aguante —rogaba—. Dígame algo, hábleme. Cuénteme qué ha ocurrido.

—Tienes que impedirlo —logró balbucear, aunque May no lo entendió bien—. Elliot... tienes que detenerlo.

—¿Elliot? ¿Qué tiene que ver Elliot con esto? —preguntó asombrada, repitiéndolo como si no lo hubiera entendido bien.

—Después de empujarme ha ido a buscar a tu marido. Quiere entregárselas —continuó murmurando mientras resollaba.

May abrió los ojos, estupefacta e incapaz de concebir que su primo fuera el autor de lo ocurrido.

—¿Entregar qué? ¿Acaso le ha hecho esto Elliot?

El señor Baker asintió.

—Yo quería impedir que las difundiera, pero me pedía demasiado dinero —trató de justificarse con esforzados balbuceos.

—No lo entiendo, padre, no entiendo nada —exclamó ella, tratando de no llorar al ver que a él se le agotaban las fuerzas.

—Lo siento, no he podido ayudarte. —Volvió a resoplar—. No deberías haberlo hecho.

—¿Hacer el qué, padre?

Pero el señor Baker no aclaró a qué se refería. Todavía dejó más desconcertada a su hija cuando añadió:

—Yo quería recuperar las cartas...

Fue su último intento de decir algo. Enseguida perdió la conciencia en brazos de su hija, que aún continuaba sin entender nada de lo ocurrido. Al notar que su padre ya no luchaba por añadir nada más, se echó a llorar desconsoladamente sobre su pecho pensando lo peor.

—No se vaya, padre, no se vaya. Aguante —decía al tiempo que las lágrimas se mezclaban con el agua que caía de su cabello mojado.

Pero el señor Baker no contestó.

Capítulo 35

Elliot Carpenter regresaba a Culster a toda prisa, pero también cuidando de no ser visto. No había conseguido el dinero y, ahora además podía recaer sobre él la acusación de asesinato, pues estaba convencido de que su tío había muerto.

Afortunadamente, no había contado a nadie que pensaba encontrarse con él y esperaba, por el contenido de las cartas, que su tío también hubiera mantenido silencio al respecto. Sí, eso era, seguramente nadie conocía su cita. Aun así, pensó que le convenía conseguir una falsa coartada. Ese día no había acudido al Logan Club y su mayordomo sabía que había salido de casa sobre las nueve de la mañana. Debía encontrar algo con lo que rellenar oficialmente ese lapso de tiempo, pero, además, tenía que conseguir cuatro mil libras si no quería que Stroud lo denunciara.

Sabía que no podía ir a la fábrica de botones de Hambleton para someterlo al mismo chantaje que a su tío. Hambleton era más fuerte que él y le hubiera bastado con zarandearlo un poco para conseguir las cartas. Además, dudaba mucho de que se hubiera conformado con arrebatárselas.

Mientras corría, se le ocurrió la idea de personarse en casa de Westbrooke. Él también era parte interesada en que no se revelara el contenido de esas cartas, aunque dudaba de que tuviera cuatro mil libras disponibles en casa. Sin embargo, teniendo en cuenta lo beneficioso de su matrimonio, posiblemente aún le daba tiempo de acompañarlo al banco y conseguir esa suma. Buena idea. Lo mejor que podía hacer era dirigirse a casa de Westbrooke y entrevistarse con él.

No eran las once cuando se personó en su residencia y, aunque la criada le informó de que los señores estaban ocupados con los preparativos de su inminente viaje y habían dado órdenes de no recibir visitas, tuvo la suerte de que, justo en esos momentos, el matrimonio Westbrooke pasaba por el vestíbulo discutiendo sobre el exceso de equipaje.

Carpenter los saludó con grandes reverencias y, a continuación, solicitó a Westbrooke una entrevista en su despacho.

La señora Westbrooke, que a estas alturas y gracias a la señora Macgregor ya sabía que ese hombre era familiar de la antigua prometida de su esposo, lo miró con malos ojos. Sin embargo, su marido, aunque vaciló, acabó accediendo y sonrió a su mujer para tranquilizarla.

–Seré breve –le dijo.

Cuando los dos hombres se encontraron en la intimidad, Carpenter no se anduvo con rodeos y le enseñó una de las cartas.

–No he venido a reclamarle por las indecencias que mi prima y usted hacen a escondidas de sus respectivos matrimonios, sino a conocer el grado de interés que usted tiene en que esas relaciones no sean conocidas, no solo por sus cónyuges, sino por toda la vecindad. Como supondrá, si quiere que estas cartas regresen a sus manos, eso tiene un precio.

Westbrooke leyó la primera carta con cierto escepticismo hasta que reconoció su firma. O la imitación de su firma porque, por supuesto, eso no lo había escrito él. Dejó el papel de golpe sobre la mesa y miró enojado a Carpenter.

–¿Cree que soy tonto? ¿Qué pretende con esto? ¡Estas cartas no son mías!

Carpenter sonrió.

–Es su letra, señor Westbrooke, y el garabato de abajo es su firma.

–Esto es una vulgar imitación de mi letra y la falsificación de una firma es delito. ¡Cómo se atreve! –le reprochó.

Carpenter recordó que había encontrado esas cartas en casa de su hermana y, por primera vez, se preguntó si no sería Frances la que trataba de tender una trampa a Hambleton. Ante él, no había sabido disimular que su interés por ese hombre seguía vigente y la creía capaz de algo así. Mientras dudaba del origen de los papeles que tenía en su poder, Westbrooke le recriminó:

–¿Acaso ha pensado que podía caer en este engaño? ¿Cree que no recuerdo lo que escribo o con quién me relaciono? May Hambleton es una mujer casada, al igual que yo, y jamás se me ocurriría traicionar este sacramento.

–¿Y piensa que Hambleton le creería? –preguntó Carpenter, tratando de agarrarse a algo para conseguir el dinero.

Westbrooke se estremeció un momento al recordar las amenazas de Hambleton, pero se repuso enseguida y se dirigió a la puerta del despacho. Abrió y llamó a su mayordomo.

—Dígale a mi esposa que venga inmediatamente —le ordenó— y, por favor, entre usted en mi despacho con ella. Necesito testigos de esta aberración.

Carpenter, sintiéndose ridículo y, sobre todo, viendo que no iba a conseguir ni un penique de Westbrooke, también se dirigió a la puerta y se marchó sin despedirse.

No solo estaba nervioso por la urgencia de conseguir el dinero, sino que a cada instante se iba convenciendo más de que las cartas eran falsas. Lamentó que su tío no hubiera podido reunir las cuatro mil libras porque él no había sospechado de esa impostura, pero no se compadeció de su suerte.

Comenzó a atar cabos sobre lo ocurrido los dos últimos días. En la residencia de los Baker sabían que había visitado a su tío y se había entrevistado con él de forma confidencial, al igual que había ocurrido con Westbrooke. En cuanto fuera encontrado el cadáver de su tío, pues estaba convencido de que en esos momentos ya estaría muerto, la policía no tardaría en averiguarlo y tanto sus entrevistas como su conducta le resultarían sospechosas. El hecho de que hubiera tratado de chantajear a Westbrooke poco después de que el señor Baker hubiese sido asesinado daría lugar a muchas conjeturas que no le favorecían.

Elliot Carpenter comenzó a temblar ante el futuro que se avecinaba. Ya no temía tanto acabar en una cárcel de deudores como en un cadalso y de repente comprendió que tenía que huir. A esa hora ya se había disipado la neblina, pero él sentía el acoso de una terrible tormenta en su interior.

Corrió hacia su casa y, al llegar, ordenó de inmediato que prepararan su caballo. Luego subió a su habitación y preparó un pequeño hatillo con lo que consideró ne-

cesario. Cuando lo tuvo listo, pasó por su despacho a recoger las mil libras que guardaba para saldar la deuda. Con ello, podría pagar el pasaje que lo llevara hasta Calais y garantizarse una vida cómoda durante los primeros meses. No es que pudiera pensar demasiado sobre sus planes de futuro, pero sabía que debía abandonar Inglaterra.

Sin embargo, antes de partir, aún tuvo tiempo para entregar las falsas cartas a un criado y ordenar que se las hiciera llegar a Hambleton. Necesitaba vengarse por lo que le había ocurrido y sabía que si él no se hubiera casado con May, la desgracia que se avecinaba no habría tenido lugar.

Sin responder cuando el ama de llaves le preguntó si almorzaría en casa, la ignoró, montó al caballo y comenzó su huida.

May, aunque ya no lloraba, todavía estaba agachada sobre el cuerpo de su padre cuando Matt regresó con el doctor Morrigan y otro hombre al que no conocía. Estos dos venían en una carreta y, en cuanto se detuvieron, corrieron hacia ella y le preguntaron cómo se encontraba el señor Baker.

Ella no respondió. El doctor Morrigan comprobó el pulso y el aliento del señor Baker y, para sorpresa de May, dijo:

—Está vivo. Pero su situación es de extrema gravedad. Debemos llevarlo urgentemente al hospital.

—¿Se salvará? —preguntó May, cuyos ojos habían recuperado la luz.

El médico quitó el pañuelo que aún sujetaba su hija sobre su cabeza y comprobó la gravedad de la herida. May se mantuvo expectante hasta que escuchó:

–Afortunadamente, no se ha ahogado, pero ha tragado mucha agua. El golpe ha sido duro y está muy débil.

Luego, con delicadeza, el médico indicó a su acompañante que lo ayudara y, junto a Matt, los tres subieron al señor Baker a la carreta, le quitaron las ropas mojadas y lo arroparon con una manta para hacerlo entrar en calor. May los siguió, como si le costara alejarse de él, y el doctor Morrigan se quitó el sombrero en consideración hacia su rostro preocupado.

–Entiendo sus nervios, señora Hambleton, pero necesitamos su ayuda. Convendría que subiera a la carreta y no dejara de dar calor a su padre. Una neumonía, ahora, sería fatal. Usted también debería quitarse esa ropa, pero lamentablemente no tenemos más mantas.

Ella asintió en silencio. A continuación cerró los ojos, como si dudara en hablar, hasta que por fin dijo:

–Ha sido mi primo, Elliot Carpenter –comentó, levantando los ojos y mirándolo fijamente, con tanto dolor como severidad.

–¿Su padre ha estado consciente antes? –se sorprendió el médico.

–Sí. Ha dicho algo referente a unas cartas, pero eso no lo he entendido muy bien. De lo que no me cabe ninguna duda es de que el culpable de esto es mi primo, aunque no entiendo el motivo –respondió con mirada afligida–. ¡Nuestra propia familia! –exclamó y, a continuación, volvió a romper a llorar.

El doctor Morrigan le tendió un pañuelo, pues el de ella estaba hecho un desastre, y luego miró a su compañero y le indicó:

–Será mejor que usted regrese con el caballo de la señora Hambleton. Ella vendrá conmigo y con su padre.

El doctor Morrigan la ayudó a subir porque ella también se sentía débil y tiritaba.

cesario. Cuando lo tuvo listo, pasó por su despacho a recoger las mil libras que guardaba para saldar la deuda. Con ello, podría pagar el pasaje que lo llevara hasta Calais y garantizarse una vida cómoda durante los primeros meses. No es que pudiera pensar demasiado sobre sus planes de futuro, pero sabía que debía abandonar Inglaterra.

Sin embargo, antes de partir, aún tuvo tiempo para entregar las falsas cartas a un criado y ordenar que se las hiciera llegar a Hambleton. Necesitaba vengarse por lo que le había ocurrido y sabía que si él no se hubiera casado con May, la desgracia que se avecinaba no habría tenido lugar.

Sin responder cuando el ama de llaves le preguntó si almorzaría en casa, la ignoró, montó al caballo y comenzó su huida.

May, aunque ya no lloraba, todavía estaba agachada sobre el cuerpo de su padre cuando Matt regresó con el doctor Morrigan y otro hombre al que no conocía. Estos dos venían en una carreta y, en cuanto se detuvieron, corrieron hacia ella y le preguntaron cómo se encontraba el señor Baker.

Ella no respondió. El doctor Morrigan comprobó el pulso y el aliento del señor Baker y, para sorpresa de May, dijo:

—Está vivo. Pero su situación es de extrema gravedad. Debemos llevarlo urgentemente al hospital.

—¿Se salvará? —preguntó May, cuyos ojos habían recuperado la luz.

El médico quitó el pañuelo que aún sujetaba su hija sobre su cabeza y comprobó la gravedad de la herida. May se mantuvo expectante hasta que escuchó:

—Afortunadamente, no se ha ahogado, pero ha tragado mucha agua. El golpe ha sido duro y está muy débil.

Luego, con delicadeza, el médico indicó a su acompañante que lo ayudara y, junto a Matt, los tres subieron al señor Baker a la carreta, le quitaron las ropas mojadas y lo arroparon con una manta para hacerlo entrar en calor. May los siguió, como si le costara alejarse de él, y el doctor Morrigan se quitó el sombrero en consideración hacia su rostro preocupado.

—Entiendo sus nervios, señora Hambleton, pero necesitamos su ayuda. Convendría que subiera a la carreta y no dejara de dar calor a su padre. Una neumonía, ahora, sería fatal. Usted también debería quitarse esa ropa, pero lamentablemente no tenemos más mantas.

Ella asintió en silencio. A continuación cerró los ojos, como si dudara en hablar, hasta que por fin dijo:

—Ha sido mi primo, Elliot Carpenter —comentó, levantando los ojos y mirándolo fijamente, con tanto dolor como severidad.

—¿Su padre ha estado consciente antes? —se sorprendió el médico.

—Sí. Ha dicho algo referente a unas cartas, pero eso no lo he entendido muy bien. De lo que no me cabe ninguna duda es de que el culpable de esto es mi primo, aunque no entiendo el motivo —respondió con mirada afligida—. ¡Nuestra propia familia! —exclamó y, a continuación, volvió a romper a llorar.

El doctor Morrigan le tendió un pañuelo, pues el de ella estaba hecho un desastre, y luego miró a su compañero y le indicó:

—Será mejor que usted regrese con el caballo de la señora Hambleton. Ella vendrá conmigo y con su padre.

El doctor Morrigan la ayudó a subir porque ella también se sentía débil y tiritaba.

cesario. Cuando lo tuvo listo, pasó por su despacho a recoger las mil libras que guardaba para saldar la deuda. Con ello, podría pagar el pasaje que lo llevara hasta Calais y garantizarse una vida cómoda durante los primeros meses. No es que pudiera pensar demasiado sobre sus planes de futuro, pero sabía que debía abandonar Inglaterra.

Sin embargo, antes de partir, aún tuvo tiempo para entregar las falsas cartas a un criado y ordenar que se las hiciera llegar a Hambleton. Necesitaba vengarse por lo que le había ocurrido y sabía que si él no se hubiera casado con May, la desgracia que se avecinaba no habría tenido lugar.

Sin responder cuando el ama de llaves le preguntó si almorzaría en casa, la ignoró, montó al caballo y comenzó su huida.

May, aunque ya no lloraba, todavía estaba agachada sobre el cuerpo de su padre cuando Matt regresó con el doctor Morrigan y otro hombre al que no conocía. Estos dos venían en una carreta y, en cuanto se detuvieron, corrieron hacia ella y le preguntaron cómo se encontraba el señor Baker.

Ella no respondió. El doctor Morrigan comprobó el pulso y el aliento del señor Baker y, para sorpresa de May, dijo:

—Está vivo. Pero su situación es de extrema gravedad. Debemos llevarlo urgentemente al hospital.

—¿Se salvará? —preguntó May, cuyos ojos habían recuperado la luz.

El médico quitó el pañuelo que aún sujetaba su hija sobre su cabeza y comprobó la gravedad de la herida. May se mantuvo expectante hasta que escuchó:

—Afortunadamente, no se ha ahogado, pero ha tragado mucha agua. El golpe ha sido duro y está muy débil.

Luego, con delicadeza, el médico indicó a su acompañante que lo ayudara y, junto a Matt, los tres subieron al señor Baker a la carreta, le quitaron las ropas mojadas y lo arroparon con una manta para hacerlo entrar en calor. May los siguió, como si le costara alejarse de él, y el doctor Morrigan se quitó el sombrero en consideración hacia su rostro preocupado.

—Entiendo sus nervios, señora Hambleton, pero necesitamos su ayuda. Convendría que subiera a la carreta y no dejara de dar calor a su padre. Una neumonía, ahora, sería fatal. Usted también debería quitarse esa ropa, pero lamentablemente no tenemos más mantas.

Ella asintió en silencio. A continuación cerró los ojos, como si dudara en hablar, hasta que por fin dijo:

—Ha sido mi primo, Elliot Carpenter —comentó, levantando los ojos y mirándolo fijamente, con tanto dolor como severidad.

—¿Su padre ha estado consciente antes? —se sorprendió el médico.

—Sí. Ha dicho algo referente a unas cartas, pero eso no lo he entendido muy bien. De lo que no me cabe ninguna duda es de que el culpable de esto es mi primo, aunque no entiendo el motivo —respondió con mirada afligida—. ¡Nuestra propia familia! —exclamó y, a continuación, volvió a romper a llorar.

El doctor Morrigan le tendió un pañuelo, pues el de ella estaba hecho un desastre, y luego miró a su compañero y le indicó:

—Será mejor que usted regrese con el caballo de la señora Hambleton. Ella vendrá conmigo y con su padre.

El doctor Morrigan la ayudó a subir porque ella también se sentía débil y tiritaba.

Partieron deprisa, en un silencio expectante que nadie se atrevía a romper y, en cuanto llegaron a Culster, se dirigieron de inmediato al hospital. Una vez allí, May también se cambió las ropas y se puso las de una enfermera y, cuando su padre estuvo acomodado en una cama y al cuidado del personal médico, el doctor Morrigan le comentó que debería ir a casa de los Baker para avisar a su madre.

Le devolvieron el caballo y ella subió apenada por dejar a su padre y nerviosa por lo que pudiera ocurrir.

—Es posible que la policía o el magistrado quieran hablar con usted —le dijo el doctor Morrigan al despedirse, y May bajó la cabeza como si asumiera todo el escándalo familiar que a partir de ese hecho iba a producirse.

El doctor Morrigan la vio marcharse y, a continuación, volvió a entrar para recoger un abrigo seco. Tras dar instrucciones a las enfermeras y a otro médico, también salió del hospital para dirigirse a la oficina de policía. Allí dio parte de todo lo ocurrido e hizo hincapié en la información que el señor Baker había dado a su hija antes de quedar inconsciente.

El comisario que estaba tomando nota dejó un momento la pluma y el papel y pidió a un subordinado que mandara enseguida a dos de los suyos a casa del señor Carpenter.

—Deténganlo bajo la acusación de intento de asesinato. O de asesinato, si por desgracia el señor Baker fallece. Quiero oír su declaración y averiguar si tiene coartada.

Tras acabar de escribir el informe, el comisario le pidió al doctor Morrigan que lo acompañara a dar parte ante el magistrado, pero justo en el momento en que salían, otro hombre entraba en su oficina.

—Me llamo Albinson —les dijo al tiempo que se quitaba el sombrero para saludarlos—, soy el abogado del señor Stroud y me gustaría poner una denuncia en nombre de mi cliente como acreedor de cinco mil libras.

El comisario le indicó que se dirigiera al mostrador de la izquierda y allí realizara todas las denuncias que quisiera. Pero mientras recogía su abrigo del perchero y se cubría con él, oyó que el señor Albinson mencionaba el nombre de Elliot Carpenter. En lugar de salir, se detuvo a escuchar lo que decía e hizo un gesto al doctor Morrigan señalándole el motivo de su atención.

El médico había escuchado lo mismo que él, y también estaba pendiente del hombre que acababa de entrar. De algún modo, ambos intuyeron que existía alguna relación entre el intento de asesinato del señor Baker y esa deuda que estaba siendo denunciada.

—¡Cinco mil libras! —exclamó el médico en un murmullo al escuchar lo que ese hombre decía.

—Señor Albinson, ¿le importaría darme la dirección de su cliente? —le preguntó el comisario, que a continuación se acercó hacia él, interrumpiendo su narración—. Es posible que el asunto sea más grave de lo que parece y nos gustaría poder localizarlo si en algún momento necesitamos su declaración. En calidad de testigo, por supuesto.

El señor Albinson asintió y escribió en un papel los datos del señor Stroud. Se los entregó de inmediato.

Luego el comisario y el doctor Morrigan se dirigieron a la magistratura para declarar los hechos.

Una hora después, cuando el comisario había regresado a la oficina de policía, dos subordinados le informaron de que no habían podido encontrar a Elliot Carpenter.

–Su mayordomo afirma que, cuando montó en su caballo, no dijo cuándo pensaba regresar y que, además, había cogido un pequeño hato con ropas. La señora Topham ha contado que sus cajones estaban revueltos. Uno de sus vecinos ha referido que lo vio cabalgar a toda prisa, como si estuviera huyendo de alguien.

Capítulo 36

Hambleton sabía que el señor Baker era el responsable de las mil libras que habían desaparecido de un cajón de su despacho. La desesperación que lo había llevado a suplicarle dinero para su sobrino reforzaba su sospecha. Pero no entendía por qué aquel día no se había personado en la fábrica.

Se preguntó si también estaría ocupado tratando de ayudar a Carpenter de alguna manera y le molestó su indulgencia con un sobrino que no merecía ningún esfuerzo. Y, mucho menos, haber llegado al hurto para salvarlo de sus negligencias. No podía consentirlo.

Por supuesto, al tratarse de su suegro, no pensaba denunciarlo. Pero sí estaba dispuesto a mantener una incómoda y comprometedora charla con él en cuanto llegara. Si llegaba, porque ya era mediodía y el señor Baker solía aparecer mucho antes de esa hora.

Hambleton pensaba en esto mientras estudiaba varias muestras de color para los botones de una serie de trajes que les habían encargado, pero, de repente, uno de sus empleados lo interrumpió.

—Señor, acaban de dejar esto para usted —le dijo al tiempo que le entregaba un sobre.

—¿De parte de quién?

—En el sobre pone «Para Hambleton, con mis mejores deseos», y lo firma el señor Carpenter.

—¿Carpenter? —Se extrañó Hambleton—. De acuerdo, gracias.

El operario se marchó y él se apresuró a abrir el sobre, muy intrigado por averiguar qué pretendía Carpenter con ese mensaje.

Pero no encontró ningún mensaje, al menos, ninguno dirigido a él. A medida que empezó a leer, lo que en un principio había sido asombro se convirtió en un sobrecogimiento y, un minuto después, supuso una gran conmoción. Cuando terminó la primera carta, se sintió tan inundado de rabia como de dolor y se acercó en dos zancadas a la puerta de su despacho para cerrarla inmediatamente. No quería que nadie viera su expresión en esos momentos.

Luego se sentó en la silla de su mesa y leyó las dos siguientes. Le sorprendió que la última estuviera incompleta, pero la información que contenían le hizo olvidar enseguida el detalle.

Se encontraba ante la confirmación de que May estaba enredada con Westbrooke y la sensación que lo embargaba era similar a la de un desmoronamiento de todo su mundo. La satisfacción que había sentido poco antes por la ruina de Carpenter se convirtió en una tristeza ante la suya propia, aunque en su caso no fuera económica. Tuvo la impresión de que ahora nada tenía sentido. Había confiado demasiado en la posibilidad de arreglar más adelante su situación con May y ahora comprendía su error.

Volvió a leer las cartas nuevamente, como si al hacerlo descubriera que se había engañado a sí mismo y era falso lo que contaban, pero de nuevo sintió que se retorcía de dolor. Estuvo a punto de romperlas y las arrugó con furia, pero algo le impidió ir más allá.

Permaneció más de media hora improductivo y fuera de sí, derrumbado sobre su silla y mirando de vez en cuando hacia la ventana sin ser capaz de ver nada. Luego, se levantó. Necesitaba canalizar toda la rabia que recorría su interior, metió las cartas arrugadas en su bolsillo y se dirigió hacia la puerta en el mismo momento en el que Dornan entraba.

–Edgard –le dijo este antes de ser consciente de que su amigo estaba fuera de sí–. Me temo que ha ocurrido algo terrible.

Hambleton se quedó quieto y lo observó desencajado, temeroso de que la infidelidad de su esposa hubiese trascendido.

–Se trata de tu suegro, el señor Baker –le dijo Dornan–. Acaban de comunicarnos que está malherido y su vida corre peligro.

–¿Malherido? ¿Qué ha ocurrido? –preguntó nuevamente sorprendido.

Dornan asintió con un gesto de cabeza.

–Han intentado asesinarlo.

Ahora el asombro de Hambleton fue mayor.

–La policía está buscando a Carpenter, creen que ha sido él.

Hambleton fue comprendiendo la noticia poco a poco, aunque su mente aún estaba nublada por la infidelidad de su esposa.

–¿Están seguros? –preguntó desencajado.

–Es lo que me ha comentado el criado de los Baker. Acaba de irse, pero dice que requieren tu presencia en su casa.

Hambleton lo observó aún aturdido y, a continuación, cogió su sombrero y buscó su abrigo mientras decía:

—Encárgate tú de escoger un color para la firma Morris & Clyde. Y vigila las máquinas, sobre todo la de los botones de latón porque...

—Edgard, sé lo que tengo que hacer —lo interrumpió—. Vete, seguro que tu esposa necesita tu apoyo.

Hambleton pensó en May y supo que no se encontraba en el mejor momento para hacerle ningún reproche. Maldijo la coincidencia de los dos sucesos y supo que tenía que esperar a tomar una decisión sobre el primer asunto hasta que pasaran unos días. Ni siquiera se alegró al saber que la policía buscaba a Carpenter por intento de asesinato, algo que le hubiera hecho sonreír de satisfacción días atrás.

—Apresúrate y deja de preocuparte por la fábrica —le reclamó Dornan, que malinterpretó su ensimismamiento.

—¿Cómo ha ocurrido? —le preguntó antes de abandonar la estancia.

—Lo que te he dicho es todo cuanto sé.

Se despidieron de inmediato y Hambleton se apresuró a coger su caballo para dirigirse a la residencia de los Baker.

Durante el camino fue asimilando la noticia del intento de asesinato de su suegro y, de forma inevitable, lo relacionó con el hecho de que solo hubiera logrado robar mil libras. ¿Habría sido capaz Carpenter de matar a su tío en un acceso de furia al ver que no había conseguido reunir toda la cantidad que necesitaba? A medida que avanzaba, esa posibilidad se iba haciendo fuerte en su pensamiento, aunque deseaba que no fuera así. Porque de ser ese el caso, no podría evitar sentirse culpable. Apreciaba al señor Baker por sí mismo, además de por tratarse del padre de May. Era un hombre más torpe que despreocupado y la situación a la que había llevado la fábrica se debía más a la limitación de su punto de vista que a una negligencia.

Si él no hubiera llevado a Carpenter ante esa encrucijada, seguramente el señor Baker ahora no estaría malherido. Por eso deseaba que el motivo de ese ataque fuera otro, aunque se temía que no lograría averiguarlo y, si su suegro fallecía, la duda sobre su responsabilidad lo perseguiría noche tras noche. Y May nunca se lo perdonaría.

Ahora sabía que May amaba a otro, que le había mentido y que le era infiel. Sin duda, algo se había roto en su interior respecto a ella y en esos momentos la hubiera abofeteado con todo su dolor, pero eso no le hacía sentirse orgulloso del estado en que se hallaba su padre. Ni tampoco lograba dejar de amarla.

Le había advertido de que no toleraría ninguna conducta que ensuciara su nombre y no solo ella lo había ignorado, sino que además había dejado pruebas escritas de una traición que comenzaba a estar en boca de todos. A pesar de la rabia que sentía, reconocía que no era el mejor momento para enfrentarse a ella y reprocharle su infidelidad. ¿De verdad deseaba dar el último empujón que acabara de romper su matrimonio? ¿O en realidad deseaba zarandearla hasta extirparle unos sentimientos que deseaba para sí mismo? ¡Qué más daba! No era tiempo para pensar en todo eso, porque en el fondo respetaba el dolor que debía apresar a May ante la incertidumbre de la vida de su padre. Solo por eso, ya se sentía obligado a fingir que no sabía nada de su aventura extramatrimonial. Además, no había ninguna esperanza a la que agarrarse: ella misma había confesado que continuaba enamorada de Westbrooke. Si él se había hecho ilusiones de que su matrimonio funcionara a pesar del modo en que había empezado, solo había sido por ingenuidad, puesto que ningún dato objetivo podía avalar esa idea.

Cuando desmontó de su caballo frente a la residencia de los Baker, procuró tranquilizarse y mostrar un rostro compasivo, pero supo que debería hacer un gran esfuerzo para no delatar sus otras preocupaciones.

Le abrió Molly, que lo hizo pasar al salón, donde se encontraban la señora Baker y May preocupadas en el sofá, pero también la señora Winter, que se hallaba de visita y ocupaba otro asiento a su lado, y un hombre al que no conocía y que se mantenía de pie frente a la chimenea.

—¿Qué ha ocurrido? —preguntó, procurando que su voz pareciera suave.

May levantó los ojos y, al ver que él la ignoraba, se sintió aún más desesperada en lugar de consolada. El desconocido avanzó dos pasos hacia él y se presentó.

—Soy el teniente Hunt, de la oficina de policía. Supongo que usted es el señor Hambleton.

El recién llegado asintió.

—¿Le importa que hablemos en privado?

La señora Baker los miró e indicó a Molly:

—Condúcelos al despacho de mi marido.

Así lo hicieron y, una vez allí, el teniente Hunt le explicó todo cuanto sabían.

—¿May sacó a su padre del río? —se preocupó Hambleton.

—Debió de ser una experiencia horrible verlo en aquel estado, pero al menos tendrá el consuelo de haber intentado salvarle la vida.

—¿Tendrá el consuelo…? ¿Tan mal está? ¿Cree que no sobrevivirá?

—Tenemos que estar preparados para todo —le dijo con frialdad—. Por suerte, al menos podremos hacerle justicia porque sabemos quien lo atacó.

—Sí, supongo que esto último es lo que les importa a ustedes —le reprochó Hambleton.

—Es nuestro trabajo —respondió el teniente Hunt con una mirada desafiante—. Lo que no nos explicamos es qué hacían en ese puente. No sabemos si se trató de un encuentro fortuito o si se habían citado. La cuestión es que el señor Baker insistía en unas cartas del señor Carpenter.

—¿Las cartas? —preguntó Hambleton, sorprendido.

—¿Sabe usted de qué cartas se trata?

—No. —Dudó unos momentos antes de añadir—: Pensé que se refería a un juego de cartas. He oído que el señor Carpenter ha perdido mucho dinero últimamente.

—No, no se trata de eso, aunque sabemos que tiene una deuda importante con el señor Stroud —le comunicó—. Su esposa entendió que se refería a algún tipo de correspondencia que el señor Baker quería evitar que fuera enviada a su destinatario.

Hambleton sintió cierto alivio por dentro. Si las cartas que guardaba en el bolsillo eran el motivo por el que su suegro había sido atacado, él no era directamente el responsable, aunque no podía negar que el asunto le afectaba.

—Si pudiésemos recuperar esas cartas, tendríamos mucho adelantado.

—De todas formas, no les son necesarias para inculpar a Carpenter. Espero que la palabra de mi esposa sea suficiente en caso de que el señor Baker no sobreviva.

—Todo ayudaría.

—¿Saben adónde puede haber huido Carpenter?

—Hemos descartado que haya ido a Londres o a Escocia. Varias personas lo han visto por el camino del nordeste y pensamos que su destino pueda ser Europa. Si es así, esperamos detenerle antes de que embarque en Dover.

Hambleton lo escuchaba con atención, pero ahora no decía nada. El policía continuó:

—Cualquier información que usted pueda darnos sobre el señor Carpenter será bien recibida. Si recuerda algo que el señor Baker comentara sobre él o sobre algunas cartas...

—Ayer el señor Baker me pidió cinco mil libras para ayudar a su sobrino, pero no teníamos esa cantidad en la fábrica ni, de haber sido así, podría habérselas prestado porque hemos hecho una importante inversión.

—Es decir, que el señor Baker estaba decidido a ayudar a su sobrino.

—Eso creo. Lo que no puedo asegurarle es si consiguió ese dinero por otro lado.

—Es posible que el señor Baker se lo negara al principio y que Carpenter tuviera algunas cartas en su poder con las que pudo chantajearlo.

—Yo creo que May entendió mal lo de las cartas. Es lo más probable —dijo para evitar que descubrieran su deshonra—. Seguramente estaba muy nerviosa y confusa... Yo de usted no le daría importancia.

—Cualquier detalle puede tener la máxima importancia, señor Hambleton. Aunque tengamos el testimonio de su esposa, necesitamos un móvil.

—El dinero suele ser un buen móvil.

—Sí, esa es nuestra mayor sospecha —comentó el teniente Hunt al tiempo que lo invitaba a un cigarro.

Hambleton aceptó y dieron la conversación por finalizada. Aun así, el policía añadió:

—De todas formas, si su suegro falleciera, nos veríamos en la necesidad de interrogar a su esposa con mayor precisión. Supongo que lo comprenderá.

Cuando se incorporaron de nuevo al salón, fue la señora Baker la que se dirigió a él.

—Señor Hambleton, ¿le importaría pasar por Astonfield y recoger algún vestido de May? Les agradecería que pasaran la noche aquí. No me veo con ánimos para quedarme sola. —Dando por hecho que aceptaban, añadió—: Molly, por favor, prepara la antigua habitación de May. La cama es suficientemente grande para ambos.

Capítulo 37

Hambleton no tenía la intención de dirigirse a Astonfield sin pasar antes a arreglar otro asunto. Arreó a su caballo y, en lugar de girar a la derecha al final de la calle para desviarse hacia la campiña, siguió recto, en dirección a la residencia de Westbrooke.

Tal vez no fuera la decisión más acertada, puesto que aún se sentía ofuscado, pero necesitaba enfrentarse a él. Aun así, procuró dominarse cuando la criada abrió la puerta.

—¿Le importaría decirle al señor Westbrooke que me urge hablar con él en privado?

—Me temo que no es posible. Los señores han ido a Horston una semana.

—¿A Horston?

—Los señores Frazer organizan una cacería y ellos están invitados. No regresarán hasta el próximo miércoles.

Hambleton notó que su humor empeoraba. Hizo un esfuerzo por despedirse de forma protocolaria, aunque no resultó cortés.

Mientras montaba de nuevo su caballo, maldijo su suerte. Hubiera deseado mirar a los ojos a ese hombre y ver cómo palidecía mientras le arrojaba su guante, pero se vería obligado a demorar su venganza hasta el próximo miércoles.

Luego cabalgó hacia Astonfield de forma temeraria, deseoso de desahogar su furia. Cuando llegó, informó a la señora Hewitt de lo ocurrido y le pidió que preparara ropa adecuada para su esposa y también para él. Subió a asearse y pensó que, de todas las noches de su matrimonio, esta era la única en la que no le apetecía compartir habitación con May. Pasada la sorpresa por el intento de asesinato del señor Baker, la traición de ella era su única obsesión.

Al cabo de una hora estaba de regreso en el hogar de su suegra, aunque esta vez había usado el carruaje para desplazarse. Sin embargo, no llegó a entrar, porque el teniente Hunt lo estaba esperando en la puerta.

—Lo lamento, señor Hambleton, pero debo conducirlo hasta la oficina de policía. Sabemos que nos ha mentido y que las cartas están en su poder.

Hambleton lo miró interrogante y el teniente añadió:

—Un criado de Carpenter ha declarado que fue a la fábrica de botones a entregarle un sobre de parte de su señor y uno de sus operarios ha confirmado que se lo hizo llegar. Como comprenderá, nos gustaría conocer su contenido.

Hambleton comprendió su posición y acabó aceptando.

—Tiene usted razón, será mejor hablar en un lugar más privado.

Antes de acompañar al teniente, ordenó al cochero que dejara el equipaje en la residencia de los Baker y que les informara de que aún tardaría un rato en regresar. Luego caminó hasta la oficina de policía al lado del hombre que lo vigilaba.

Hambleton había comprendido que tarde o temprano tendría que entregar las cartas de Westbrooke al magistrado. Podía retrasar su entrega diciendo que no las tenía con él, pero le obligarían a buscarlas enseguida. De nada valía mentir y a lo único que podía aspirar era a que fueran discretos con el asunto.

Cuando se encontró a solas en un despacho con el teniente, antes de entregárselas, le comentó:

—Se trata de algo muy doloroso para mí. Espero que entienda el motivo por el que no le he confesado que las tenía.

Aguardó en silencio a que el policía las leyera y notó en su expresión que se compadecía de él; algo que le hirió el orgullo.

—¿Por qué hay una incompleta? —preguntó el teniente sin hacer referencia a su contenido.

—Lo ignoro. Probablemente Carpenter se la robó a Westbrooke antes de que la terminara.

—¿Y la otras dos también se las robó a Westbrooke? ¿O se las quitó a su esposa?

Hambleton se quedó dudando un momento.

—Se supone que dos de ellas ya estaban en poder de su mujer, señor Hambleton, mientras que la otra aún no había llegado a sus manos. Es muy extraño. Muy desesperado debía estar Carpenter para ir a robar a los dos lugares. Con uno de ellos, le hubiera bastado.

—Debía cinco mil libras. Estaba desesperado.

—Disculpe un momento —dijo al tiempo que se levantaba y se acercaba a la puerta—. Llame a Evans —ordenó a un subordinado.

Luego regresó a la mesa.

—¿Usted lo sabía? —le preguntó a Hambleton.

—¿Se refiere a que mi esposa y Westbrooke...?

—Sí.

—No estaba seguro. En cierta ocasión encontré una carta de él solicitándole una entrevista a ella, pero May me juró que no había contestado ni pensaba hacerlo. A pesar de eso, le puse vigilancia. May no salía sin la compañía de Allegra o sin la custodia de Matt.

En esos momentos, otro policía llamado Evans entró en el despacho y ambos callaron.

—Vaya inmediatamente a buscar al señor Westbrooke y hágalo venir. Necesito su declaración.

—Westbrooke y su esposa están en Horston y permanecerán allí hasta el miércoles —lo interrumpió Hambleton.

El teniente lo observó y entendió que él ya había ido a reclamar a Westbrooke su comportamiento.

—Es cierto que en esta época los Frazer organizan una cacería y cada año suelen invitar a Westbrooke —comentó el teniente pensativo y, luego, dirigiéndose de nuevo a Evans, añadió—: Haga el favor de estar pendiente de su regreso y, en cuanto lo haga, comuníquele que debe personarse aquí.

Evans asintió y salió del despacho. Hambleton, alarmado, aprovechó para preguntar:

—Espero que no tenga intención de interrogar a May. Debe entender que su padre se está debatiendo entre la vida y la muerte. Ella no está preparada para algo así.

—Lo entiendo y esperaré un tiempo prudencial. Pero si el señor Baker fallece, ella deberá declarar, no solo por lo que cuentan las cartas, sino porque fue a ella a quien Baker ha confesado que el causante de su ataque es Carpenter.

—Supongo que, en el peor de los casos, es inevitable que la interrogue sobre el segundo punto, pero me gustaría que tratara de ser cauteloso con el primero. Si pudiera evitar mencionarle que conocen su conducta...

—Hay una cosa que me sorprende, señor Hambleton. Su esposa dijo que su padre mencionó unas cartas, pero ella no sabía a qué se refería.

—Es posible que May no haya descubierto que han desaparecido. Lo más probable es que piense que continúen allí donde las guardaba. Y, señor Hunt, le ruego que sea delicado. Es posible que, si el señor Baker fallece, May piense que ella es responsable de la muerte de su padre. Ya está sufriendo bastante.

El teniente lo contempló sorprendido porque aún sintiera compasión por su esposa y luego le preguntó:

—¿Carpenter les había hecho alguna visita estos últimos días?

—Carpenter nunca ha pisado Astonfield, que yo sepa.

—Tal vez las robó del bolso de su esposa en algún otro lugar. Como comprenderá, señor Hambleton, estos detalles debemos conocerlos. Por eso es importante que hablemos con ella. No demoraré la entrevista más allá del lunes.

—Gracias por llamar entrevista a un interrogatorio.

—Es el protocolo, señor Hambleton. Agradezca que no lo denuncie por haber ocultado información a la autoridad. Entiendo sus ansias de ocultar algo que… considera usted de ámbito privado. Por suerte, no ha opuesto resistencia y lo dejaré pasar, pero espero que a partir de ahora no se reserve ninguna información que pueda ser relevante para el caso.

Hambleton no le agradeció la deferencia, pero sí asintió con un gesto.

—¿Puedo irme ya? –preguntó.

—Sí, pero prefiero ser yo quien guarde las cartas –comentó el teniente cogiendo los papeles que Hambleton estaba a punto de volver a guardar en su bolsillo.

A continuación salió del despacho del policía y regresó a la residencia de los Baker. Mientras caminaba, maldecía por dentro no solo la traición de May, sino la posibilidad de que se hiciera pública. Por supuesto que deseaba reprocharle su conducta, pero sentía la necesidad de protegerla ante cualquier humillación de la comunidad. A pesar de la traición de ella, no podía negarse que continuaba enamorado.

En cuanto Molly abrió la puerta, notó el murmullo de otras voces y supo que algunos vecinos se habían acercado a preocuparse por el estado del señor Baker.

—Estamos esperando la llegada del doctor Morrigan con nuevas noticias. Prometió que nos mantendría al tanto de los progresos —le informó la criada.

Cuando entró en el salón, encontró a los Spencer con todas sus hijas, a la señora Macgregor acompañada de la señora Delaware, a los Glover, quienes lo contemplaron con preocupación, y a los Weaver, ocupando unos asientos cerca de la señora Baker. En cuanto Frances lo vio, se levantó de la silla y se dirigió hacia él.

—Haga el favor de decirle a mi prima que no acuse a mi hermano. Lamento mucho lo ocurrido, pero estoy segura de que lo entendió mal.

Le sorprendió la súplica, no tanto por lo que pedía, sino por la confianza que sentía Frances de que iba a obtener su complicidad y, en lugar de responderle a ella, se acercó a Weaver y le comentó en voz baja:

—Tal vez sea mejor para todos que se lleve a su esposa a su casa. Ya les avisaremos si hay novedades.

Weaver lo contempló atónito, pero entendió que lo estaban invitando a marcharse y, cogiendo a su esposa del brazo, así lo hizo, sin ocultar que la solicitud lo había ofendido. Frances dirigió una mirada de odio a Hambleton, pero este la ignoró.

Él hizo un gesto con la cabeza a modo de saludo hacia el resto de personas y luego se quedó de pie delante de una ventana, sin ninguna intención de acercarse a May, que ahora tenía mejor color a pesar de su gesto grave. Ella levantó los ojos y lo observó como si deseara su compañía, pero en esos momentos él prefirió mirar qué ocurría en la calle hasta que los señores Glover se acercaron a darle su apoyo. Se sintió dolida. A pesar de que su marido anduviera enredado con su prima, ella no podía evitar estar enamorada, y la ausencia de algún detalle por su parte la entristecía aún más.

Durante el resto del día estuvo entrando y saliendo gente en la casa para preguntar por el estado del señor Baker. Cuando el doctor Morrigan llegó, lo hizo sin novedades, pues el herido seguía convaleciente y no había recuperado la conciencia.

—¿Y es necesario que permanezca en el hospital? ¿No podrían trasladarlo a casa? O, al menos, ¿podemos visitarlo? —preguntó la señora Baker en evidente estado de nerviosismo.

—Allí estará mejor atendido, señora Baker —le respondió el médico—. Pero si mejora, le aseguro que le permitiré visitarlo. Por el momento conviene que no sufra sobresaltos.

—Aquí siento tanta impotencia... —se quejó ella.

—Allí tampoco podría hacer nada. Aún no ha recobrado el sentido.

—Solo molestaríamos, madre —añadió May.

—Por cierto, aunque le veo buena cara, me gustaría reconocerla, señora Hambleton. Usted permaneció un buen rato con las ropas mojadas —añadió el doctor Morrigan.

Mientras el médico tomaba el pulso a su esposa, Hambleton salió del salón y se ocupó de que un cochero y una criada fueran a buscar a Eve al internado para traerla a Culster. Si finalmente el señor Baker moría, la joven agradecería haber podido despedirse de él y asistir al funeral. Si, por el contrario, mejoraba, sería él quien agradecería la presencia de todas sus hijas. Así que dio las instrucciones precisas a los criados y les solicitó que no alarmaran a la joven en cuanto la vieran.

Poco a poco los vecinos fueron abandonando el hogar de los Baker y Molly aprovechó para preparar el comedor. Cuando las visitas se hubieron marchado, convocó a los presentes a tomar un refrigerio.

—No entiendo por qué Frances se ha ido. Es de la familia —comentó la señora Baker cuando su hija y su yerno se sentaron a la mesa.

Ninguno de los otros dos contestó, aunque May había notado que Weaver se marchaba después de que su marido le dijera algo. Deseaba que él diera alguna explicación, pero no lo hizo.

—He mandado un coche a buscar a Eve —respondió cambiando de tema—. Espero que mañana por la tarde ya haya llegado. Supongo que ambas estarán de acuerdo.

La señora Baker se lo agradeció y May se limitó a observar que su tono no era amable. Y, sin embargo, su cuerpo deseaba su calor más que nunca, a pesar de que en sus pensamientos no había variado su decisión de pedir la nulidad en cuanto se tranquilizaran las cosas.

Por la tarde la señora Baker y May subieron a descansar y Hambleton, tras disculparse, se ausentó para visitar a Dornan y saber cómo había transcurrido el día en la fábrica.

No regresó hasta la hora de cenar, y lo hizo tras pasar por el hospital para enterarse de cómo evolucionaba el señor Baker. Pero no regresó con nuevas noticias. Su suegro continuaba en el mismo estado y el doctor Morrigan aún no se atrevía a vaticinar si sobreviviría o no.

Después de cenar, Molly trajo infusiones tranquilizantes para todos y la señora Baker enseguida expresó su intención de quedarse sola.

–Tú deberías procurar dormir –le dijo a su hija–. Has sufrido una impresión demasiado fuerte. Por favor, señor Hambleton, retírese con ella.

Capítulo 38

La idea de compartir habitación violentaba tanto a May como a Hambleton. Cada uno tenía sus razones para desear mantenerse lejos del otro, pero no les quedaba otra opción que la de simular que eran un matrimonio bien avenido ante la señora Baker.

Eso consiguió, durante un rato, que May se sintiera más cohibida que triste.

Llegaron al antiguo dormitorio de ella acompañados de Molly, que insistió en subirles agua y algo de fruta por si tenían hambre durante la noche.

–Ha cenado usted muy poco –le repetía a la señora Hambleton.

–No tengo hambre.

–Debe intentar comer –insistió al tiempo que dejaba la bandeja sobre una mesa.

May acompañó a Molly hasta la puerta, como si no quisiera que se fuera, y cerró muy despacio cuando la criada salió. Al girarse, vio que su marido cogía una de las almohadas de la cama y la colocaba sobre el diván.

–¿Hay más frazadas? –le preguntó secamente.

May asintió y señaló hacia el ropero al tiempo que

sentía alivio al adivinar la intención de él de no dormir en la cama.

La sola idea le había estado martirizando desde que por la mañana Molly había dicho que prepararía su habitación para que ambos pudieran quedarse. Y aunque la cama era lo suficientemente grande para que los dos durmieran de forma cómoda sin apenas rozarse, no deseaba sentir la ternura que le había embargado el día anterior, ni notar cómo su cuerpo se rendía a otros mundos desconocidos contra su voluntad.

Tampoco pasó el apuro esperado cuando tuvo que cambiarse, pues Hambleton adoptó la decisión de contemplar el paisaje nocturno de la ciudad apoyado en la ventana mientras ella lo hacía. Sin embargo, no pudo evitar sentirse turbada cuando él se quitó la camisa en un momento en que se sintió desprevenida. Enseguida se acostó y se giró hacia el otro lado, pero no pudo evitar haber visto que él tenía otra cicatriz en uno de los costados de su espalda.

Su primer pensamiento la llevó hasta los horrores de la guerra, pero, a continuación, fue suplantado por la idea de que Frances conocía mejor que ella el cuerpo de su marido y de nuevo se sintió presa de la rabia y la humillación. Sus ojos volvieron a llenarse de lágrimas.

Al mismo tiempo, unas gotas de lluvia comenzaron a golpear los cristales y un trueno lejano indicó que se avecinaba tormenta.

Por su parte, Hambleton hacía esfuerzos para no reprocharle a May su engaño con Westbrooke. La veía afligida y preocupada por su padre y sabía que no era el mejor momento para hablar de su matrimonio. Estaba enfadado, pero no era cruel. Y, tal vez, no tuvieran nada que decirse. Ella ya había decidido y, por mucho que él lo deseara, no había vuelta atrás.

Cuando Hambleton apagó la última vela, May se sintió más protegida, a pesar de que aún quedaba la lumbre de la chimenea, y hundió su cabeza en el cojín para que él no pudiera oír sus sollozos. ¡Qué frío se mostraba ahora con ella, cuando el día anterior la había besado y ofrecido un jardín con sus flores favoritas! ¡Qué poca consideración al no darle un abrazo justo cuando más lo necesitaba! A lo largo del día no había recibido de él ni una palabra de ánimo ni un gesto de apoyo, solo esa indiferencia que ahora la torturaba. No es que deseara volver a sentirse presa de un cariño fingido de él, pero ni siquiera había tenido la deferencia de expresarle su preocupación de un modo amable. Desde que había ocurrido el incidente de su padre, su comportamiento con ella había sido rudo o distante.

Por suerte apenas le quedaban lágrimas y su llanto cesó enseguida, pero no el dolor amargo que quemaba sus ojos secos y baldíos. El dolor por el estado de su padre se mezcló en su turbación y la experiencia de recordarlo en el agua luchando por no ahogarse acabó borrando las extrañas sensaciones que le producía la cercanía nocturna de su marido.

Se quedó dormida antes de lo esperado. El cansancio y el estado de aturdimiento en el que había estado sumida las últimas horas la ayudaron a ello.

En mitad de la noche se despertó angustiada, como si notara la mano de Elliot sobre su cuello y la apretara cada vez más. Sin duda, su marido debió de escuchar el grito que emitió y, luego, la respiración entrecortada que procuraba moderar, pero en ningún momento le preguntó si se encontraba bien ni se tomó ninguna molestia en procurar aliviar su exaltación.

Afuera continuaba lloviendo, ahora con más virulencia que cuando se había quedado dormida, y May sintió que el agua que apedreaba los muros y la calle resbalaba luego en su interior.

Poco después de amanecer, Hambleton se despertó.

Aunque procuró no hacer ruido mientras se vestía, la falta de costumbre de compartir habitación desveló a May.

Abrió los ojos y tardó unos instantes en recordar dónde se hallaba y todo lo sucedido y, luego, con la tenue luz de un día nublado, distinguió a su marido mientras se abotonaba los pantalones.

No sabía si debía hablarle, ni siquiera sabía si lo deseaba, pero finalmente lo hizo.

—Supongo que hoy no irás a trabajar –le comentó ella, aún adormilada en la cama.

—Debo hablar con Dornan. No podemos parar la producción ahora –respondió él nuevamente sin un ápice de amabilidad.

—No estoy de acuerdo. Creo que la fábrica no es tan importante como mi padre –se rebeló ella, insatisfecha con esa respuesta.

—No tienes por qué estar de acuerdo. El responsable soy yo –respondió él de forma tajante mientras se colocaba una de las botas–. Tenemos un pedido pendiente y me niego a pagar la indemnización por fallar en el plazo.

Tras un breve silencio, añadió:

—Tu padre estaría de acuerdo y, aquí, nada puedo hacer por él.

Ella quedó molesta ante esta respuesta y, aunque estaba dispuesta a no añadir nada más, finalmente la irritación ante su insensibilidad la empujó a hacerlo.

—No sé por qué he esperado más de ti. Tu obligación es permanecer a mi lado y mostrarme tu apoyo –dijo sin disimular su desprecio.

—Lo mismo podría decir yo de ti, querida —respondió él mientras se levantaba una vez calzado.

May lo miró atónita y, agarrada a las sábanas para evitar que resbalaran y mostraran algo más que su rostro, le reprendió:

—No entiendo tu ataque, pero ya he podido comprender que eres temperamental y poco delicado, aunque a veces te esfuerces en disimularlo.

—¿Y tú te atreves a decirlo? —preguntó él mientras se detenía frente a la cama, sorprendido de que fuera ella quien osara recriminarle algo—. ¿Tú mencionas la vehemencia cuando no sabes reprimir la tuya?

Ella lo contempló tan asombrada como enojada y le reprochó su falta de sensibilidad:

—¿Acaso no lloraste tú la pérdida de tus padres o de tu hermano? ¿Me acusas de no refrenar mis sentimientos cuando sabes que mi padre se está debatiendo entre la vida y la muerte?

—No me refiero a ese tipo de pasiones, que considero dignas, sino a otro tipo de impulsos que, por lo visto, no eres capaz de refrenar —le respondió de forma mordaz. Sin lugar a dudas, estaba perdiendo la lucha consigo mismo, puesto que no deseaba mantener esa discusión en aquellas circunstancias.

May notó el afán de lastimarla que había en su tono de voz y tembló un momento. Pero, al cabo de un instante, respondió:

—¡No entiendo tus acusaciones y mucho menos el momento escogido para ellas!

—Por lo visto, tú tampoco entiendes de momentos —dijo clavándole la mirada.

En ese punto May se estremeció y pensó que la cicatriz le otorgaba un aspecto más siniestro del que hasta ahora había sentido.

—¡Te ha faltado tiempo para lanzarte a los brazos de Westbrooke! —añadió él con sentido reproche, rendido ya a la evidencia de que no podía callar por más tiempo el mal que lo estaba carcomiendo por dentro.

—¡Eso no es cierto! —gritó ella mientras trataba de asumir esa recriminación que había acabado de confundirla—. ¡Sabes perfectamente que no he salido de casa sin que Allegra o Matt estuvieran conmigo!

—¡No me mientas otra vez, May, porque esta vez tengo pruebas!

—¿Pruebas? ¿Qué pruebas? ¡Tu ofuscación te ciega!

—¡Sí! ¡Ese ha sido mi problema: la ceguera! Pero eso ya se ha acabado. A partir de ahora no saldrás ni al jardín si no es conmigo y te prohíbo recibir ninguna visita.

Tras un instante de vacilación, ella procuró calmarse y comentó:

—No habrá un «a partir de ahora». Voy a pedir la anulación de nuestro matrimonio.

Él la miró sobrecogido y, de inmediato, se sintió descorazonado ante tan contundente manifestación. Mientras buscaba las palabras con las que responder, ella añadió:

—Esa era mi intención ayer cuando me dirigía a la capilla de San Lorenzo y me encontré a mi padre. Y, ahora que por fin muestras tu verdadero carácter sin máscaras solo me ayudas a reafirmar mi decisión.

—¿Y también piensa pedir la nulidad Westbrooke? —quiso saber, a pesar de que en su pregunta no ocultaba la inquina—. ¿Crees que él dejará a una esposa adinerada por ti? Te recuerdo que la fábrica es mía y, si quiero, puedo arruinarte.

—¡Te creo capaz! Pero por mucho que arruines mi economía, no permitiré que hagas lo mismo con mi felicidad.

—¡Tu felicidad! —exclamó con desdén—. ¿Cómo puedes llamar felicidad a unos momentos de pasión que van a condenarte al peor de los escarnios? ¿Cómo podrás atreverte a hablar de ella cuando veas la humillación en la que sumes a tu madre, al nombre de tu padre que tanto dices que te importa y al futuro de tu hermana?

Ella recogió el ataque con una mirada de indignación, pero no dijo nada. No entendía por qué su marido la acusaba de entenderse con Westbrooke cuando, precisamente, él andaba enredado con su prima. La perplejidad por lo absurdo de la situación le impidió, en un primer momento, responder con otro ataque. Luego desistió por propia voluntad, él parecía tan enervado que de todas formas no atendería a razones. No sabía por qué insistía en ofenderla.

—¡Eres una inconsciente, una insensata! Muy distinto es que no sientas ningún respeto hacia mí a que no hayas sido capaz de respetarte a ti misma.

—Es precisamente el respeto que me debo lo que me lleva a querer alejarme de ti y romper nuestro vínculo —respondió con dignidad, dispuesta a no caer en las redes de una disputa en la que no obtendría ningún beneficio.

—¡Nuestro vínculo! Rompiste nuestro vínculo desde la primera noche y…

—¡Afortunadamente! —lo interrumpió ella en una apasionada exclamación—. ¡Y me enorgullezco! Ahora podré aferrarme a ello para conseguir la nulidad.

—Si eso es lo único que piensas alegar, puede solucionarse fácilmente —respondió él. Y, visiblemente enfadado, se acercó hacia ella, agarró la sábana y la retiró con violencia.

May se ruborizó de vergüenza y pudor al quedar expuesta solo cubierta con un fino camisón, pero también sintió un profundo temor ante sus intenciones inmediatas.

Él, que por un momento estuvo dispuesto a algo más cuando la miró de arriba abajo, enseguida pareció compartir el mismo temor ante su propia conducta y, arrepentido, dio media vuelta y avanzó unos pasos hacia la chimenea.

Permanecieron así unos minutos, mientras May volvía a cubrirse con las sábanas y la frazada al tiempo que su corazón palpitaba acelerado y enérgico.

Luego, como si él sintiera que había controlado su arrebato, se giró despacio y le dijo más calmadamente:

—La policía tiene tus cartas.

—¿Qué cartas?

Por un momento él estuvo a punto de volver a descontrolarse, pero se contuvo y añadió:

—Estoy cansado de tu fingimiento. —Esta vez su voz sonó más triste que enfadada. Ella se empeñaba en continuar haciéndose la ingenua y lo cierto era que se comportaba como una buena actriz. Si no hubiera leído esas cartas, tal vez habría creído en su inocencia. La observó fijamente y pensó que la imagen que tenía de ella era muy distinta a la real y que tal vez no estaba enamorado de May, sino de una May que había dibujado para sí y que no se parecía a su esposa. Luego, con voz profunda y ya desgastada, añadió—: Quizás tengas razón y lo mejor que podamos hacer sea separarnos.

Con decisión, se acercó a la silla sobre la que estaba apoyada su chaqueta y la cogió. Sin decir nada más, con la mirada baja y apesadumbrada, se dirigió a la puerta y dejó la habitación.

May continuaba sorprendida y sin comprender nada, pero la mención a las cartas le recordó las palabras de su padre.

Capítulo 39

Cuando a la hora del desayuno May se encontró a su madre, ya había olvidado el tema de las cartas, del mismo modo que apartó sus propias dolencias para dedicarse a darle ánimos a su progenitora y a procurar mostrarse optimista ante ella. Hambleton se había marchado sin apenas probar bocado y, a fin de cuentas, lo agradecía, así no había tenido que coincidir con él.

Poco después, Camile fue la primera en llegar para demostrar su apoyo a su amiga. A lo largo del día recibieron más visitas para preguntar por el estado del señor Baker y, sobre las doce de la mañana, justo después de que el doctor Morrigan se marchara tras decirles que no había novedades, llegó el carruaje que transportaba a Eve.

May salió a recibirla y no le permitió entrar por la puerta principal. Quería hablar con ella en la intimidad y contarle lo ocurrido sin la presencia de extraños. Estaba convencida de que los demás dramatizarían y alarmarían a su hermana, y ella deseaba tranquilizarla. En cuanto la vio, notó en sus ojos que estaba asustada y, antes de decirle nada, la abrazó.

Ambas subieron a la habitación de la pequeña y permanecieron allí largo rato. La consoló al decirle que su padre había hablado antes de quedar inconsciente y que, según el doctor Morrigan, eso era bueno y demostraba que había esperanzas. Eve quería ver a su padre y May le dijo que lo visitarían en cuanto el doctor Morrigan lo autorizara. La niña, ante la tranquilidad que demostraba su hermana, logró calmarse.

Como May sabía que, en cuanto bajara al piso inferior, resultaría inevitable que escuchara comentarios sobre Elliot, se decidió a explicarle cómo habían ocurrido las cosas. También le contó que la policía estaba buscando a su primo, pero no pudo darle ninguna explicación cuando ella le preguntó por el motivo de ese ataque.

Por mucha delicadeza que empleara en sus palabras, no podía evitar hacerle daño, así que prefirió bajar a buscar a su madre para que viera a su otra hija antes de que Eve se enfrentara a todas las miradas de compasión que le esperaban.

Cuando la señora Baker se quedó a solas con su hija pequeña, May se dedicó a despedir a las visitas, que ya comenzaban a marcharse. Algunos hablaban como si el señor Baker ya hubiera fallecido y ella se alegró de haber impedido que Eve estuviera allí en aquellos momentos.

Al cabo de un rato solo quedaban los Glover y Hambleton, que acababa de regresar y que apenas la miró y, cuando lo hizo, enseguida apartó la mirada al ser sorprendido.

La señora Glover, en cambio, no había cesado en atenciones desde el día anterior. La mimaba como si fuera una madre y la apoyaba como si se tratara de una íntima amiga. Por supuesto, no existían palabras que pudieran garantizar que su padre sobreviviera, pero su presencia silenciosa casi todo el rato y sus intervenciones siempre oportunas la ayudaron a sobrellevar el peso de la situación.

Al cabo de un rato bajaron su madre y su hermana y Molly les sacó unas bandejas con comida y preparó infusiones.

Cuando los Glover se despidieron, Hambleton los acompañó hasta la puerta y May los siguió para agradecerles su compañía. Antes de regresar al comedor, se acercó a su marido y le rogó:

—Si estás de acuerdo en anular nuestro matrimonio, te ruego que no digas nada aún delante de mi madre. Me gustaría esperar unos días a que se tranquilizara antes de comunicárselo.

—Como siempre, te complaceré en todo —le respondió él sin ninguna intención de parecer amable.

A pesar del tono, May vio atenuada una de las preocupaciones que la acechaban. No quería aumentar el desasosiego de su madre con un nuevo motivo, aunque hubo de reconocer que también había un regusto amargo en la respuesta de él. No sabía por qué, ella había esperado que él tratara de hacerla desistir de esa idea, pero con esta nueva reacción demostraba no solo su escaso interés en retenerla, sino también que la separación favorecía a sus planes.

Al fin y al cabo, Hambleton ya había obtenido lo que vino a buscar: a Frances.

Sin duda, todo hacía que su decisión se reforzara cada vez más. Pero no se lo contaría a su madre hasta que su padre se recuperara o, en caso contrario, hasta que hubiera amainado el dolor por su muerte. Sabía que pondría el grito en el cielo y trataría de evitar su separación, pero los desaires de Hambleton alimentaban su valor para enfrentarla.

Por la tarde las tres acudieron a la iglesia a rezar, pues

no encontraban consuelo en ninguna otra actividad. Allí, May se sintió culpable por pensar en sí misma en un momento como aquel y decidió no volver a darle vueltas al tema de la separación hasta que todo hubiera pasado. Sin embargo, no logró olvidarse de su dolor, no solo por el estado de su padre, sino porque estaba enamorada de un hombre que no correspondía a sus sentimientos.

A su regreso vieron que había muchas personas vestidas con ropas modestas frente a la residencia de los Baker y May reconoció a algunas de ellas. Sabía que eran empleados de la fábrica de botones.

—Señora Baker, soy Morgan —comentó uno que se acercó hasta ellas—. Mis compañeros y yo hemos venido a preocuparnos por su marido. El señor Hambleton nos ha informado del lamentable incidente.

May recordó que habían estado a punto de perder su empleo por culpa de la negligencia de su padre y supo que, si ahora venían hasta aquí a mostrar su apoyo, era porque su esposo había remontado el negocio y volvían a tener esperanzas de futuro.

La señora Baker agradeció su gesto con frialdad y rapidez, pero May, antes de entrar, se quedó un rato a charlar con ellos y a devolverles su amabilidad. Aunque habían venido a expresar el cariño que sentían hacia el señor Baker, en alguno de sus comentarios notó lo mucho que admiraban a Hambleton, mientras que por su padre solo mostraban lástima.

Cuando a la hora de cenar la señora Baker le dijo a Molly que debían esperar al señor Hambleton, May comentó:

—Hoy no volverá. Hay mucho trabajo en la fábrica y hemos decidido que es mejor que él duerma en Astonfield. Le queda más cerca.

—¿Vas a irte ya? —preguntó apenada la señora Baker.

—No, madre. Yo me quedaré aquí hasta que papá se recupere. No pasa nada porque Edgard y yo estemos unos días separados.

Sin embargo, cuando estaba diciendo eso, Hambleton regresó, y no lo hizo solo, sino que Shat lo acompañaba y el perro enseguida demostró lo mucho que se alegraba de ver a May.

Ella también se alegró y empezó a acariciarlo, sorprendida por la presencia de su marido.

—Solo he venido a acompañarlas durante la cena. Espero que me disculpe porque no pase la noche aquí —le explicó Hambleton a la señora Baker—. En el despacho de Astonfield tengo unos papeles que necesito revisar.

Fue quien más habló durante la cena. Su tono enérgico y optimista consiguió alejar los malos augurios y, por un rato, pareció como si el señor Baker fuera a ponerse bien de un instante a otro. Consiguió hacer sonreír a Eve un par de veces y en todo momento se mostró cariñoso con la señora Baker. Incluso le dedicó algún gesto dedicado, pero a esas alturas May ya sabía que era un buen actor.

Cuando se marchó, ella se sintió sobrecogida por una sensación de placer y dolor. Deseaba su marcha porque su presencia solo lograba desestabilizarla, pero en cuanto salió por la puerta, un vacío se apoderó de ella. Esa noche, después de tomarse la infusión que le había preparado Molly, logró dormir de forma continua y sin sobresaltos, pero rodeada por un halo de tristeza a pesar de la compañía de Shat. Reconocía la deferencia de Hambleton al haberle traído el animal sin que ella lo pidiera.

Al día siguiente Hambleton regresó a mediodía con la noticia de que el doctor Morrigan les permitía visitar al señor Baker, algo que fue tomado por todas como una celebración.

—¡Eso significa que ya he recobrado la conciencia! —dio por hecho la señora Baker.

—Me temo que no es así —lo desmintió Hambleton—. Simplemente, ahora está convencido de que no tiene ninguna infección pulmonar y no puede contagiar a nadie. Sin embargo, el golpe que sufrió en la cabeza sigue siendo lo que más le preocupa.

Hambleton las acompañó, pero no entró a ver a su suegro. Las demás acudieron a su habitación por turnos, para que el convaleciente no fuera despertado por el exceso de ruido.

Aunque la información que les dieron fue que debían seguir esperando antes de recibir un pronóstico, la señora Baker y sus hijas se sintieron aliviadas al haber podido verlo.

Los dos días siguientes también acudieron al hospital con el mismo resultado, y May solo volvió a ver a Hambleton a la hora de cenar, ya que este hacía el esfuerzo de trasladarse hasta la residencia de los Baker a pesar de su cansancio. Como en la ocasión anterior, no tuvieron ningún momento de intimidad, aunque la segunda noche la señora Baker le sugirió a May que lo acompañara a la biblioteca para enseñarle la novela que estaba leyendo. La joven entendió que su madre buscaba un pretexto para que pudieran encontrarse a solas, pero como el libro estaba en la sala de estar, ella se alegró de perderse esa opción.

Casi sin darse cuenta, Shat se convirtió también en un entretenimiento para Eve, al igual que un amigo para May, y la señora Baker, que al principio era reacia, acabó aceptando la presencia del animal por todas las estancias.

El sábado por la mañana recibieron una invitación de los Weaver a media tarde. La señora Baker deseaba aceptar, pero May le insistió en que aún era muy pronto para hacer visitas por si en algún momento recibían noticias del hospital.

–Se trata de mi sobrina y su marido, May. Si tu padre se recupera, nos avisarán igualmente aunque nos encontremos allí.

Aunque no pudo convencerla, sí puso una excusa para no acompañarlas y se quedó sola toda la tarde, con una intimidad en la que regresaron las penas que llevaba conteniendo esos días. El dolor por la indiferencia de su marido y la preocupación por el estado de su padre la reconcomieron durante toda la tarde. Y aprovechó para llorar, ahora que no dañaba a nadie con sus lágrimas.

El domingo por la mañana, cuando se dirigían al oficio religioso, el doctor Morrigan las interceptó.

–El señor Baker se ha despertado.

Mientras la señora Baker y Eve se estrechaban la mano felices, May preguntó:

–¿Eso significa que…?

–Sí, se pondrá bien. Lo peor ya ha pasado –respondió el médico con una sonrisa–. De todas formas, espero que entiendan que al principio les restrinja las visitas. No quiero que haga esfuerzos.

Por supuesto, las tres se dirigieron de inmediato hacia el hospital y solo May se acordó de que Hambleton las estaba esperando en la iglesia. Sin embargo, no tuvo ningún reparo en no avisarlo.

En esa primera ocasión, el señor Baker apenas les pudo sonreír y estrechar la mano. Su mirada hablaba de su agradecimiento, aunque lo cierto es que, cuando observó a May, sus ojos brillaron con la humedad de unas lágrimas que logró retener. Sin embargo, aunque en un momento intentó hablar, no supo articular ninguna palabra.

—Está muy débil —dijo el doctor Morrigan—. Lo mejor será que no lo fuercen.

Y mientras el médico decía estas palabras el señor Baker volvió a dormir, aunque esta vez su rostro mostraba mayor placidez que en las anteriores.

—Lo estamos sedando para que no pierda energía —indicó el doctor Morrigan.

—¿Recuerda lo ocurrido? —preguntó May.

—No podemos saberlo aún. Hay casos en los que un golpe como este ha supuesto la pérdida de memoria. Sin embargo, he podido comprobar que el señor Baker las ha reconocido. Confiemos en que todo vaya bien.

Permanecieron allí más de media hora, como si algo les impidiera alejarse de su padre. Cuando se disponían a salir entró Hambleton, que había escuchado la noticia y había acudido a buscarlas. La señora Baker se fundió en un abrazo con él, como si fuera un hijo, y Eve se sintió reconfortada con su presencia. May, sin embargo, volvió a sentir el frío en su tono de voz cuando él le dijo:

—No sabes cuánto me alegro.

A continuación buscó al doctor Morrigan para hablar a solas con él y las tres lo aguardaron en una salita con la esperanza de que, durante ese tiempo, el señor Baker volviera a despertarse. Aunque eso no ocurrió, Hambleton regresó con una buena noticia.

—Señora Baker, el doctor Morrigan preparará una habitación para usted, por si desea permanecer aquí hasta que su marido pueda salir.

La señora Baker no encontró palabras para agradecer ese gesto a su yerno.

—No me moveré de aquí —le aseguró y, a continuación, encargó a May que se ocupara de preparar algo de ropa y hacérsela llegar.

Hambleton salió con su esposa y Eve en dirección

a la residencia de los Baker. Durante el camino apenas dijeron nada, pero en cuanto llegaron May indicó a Eve que entrara y avisara a Molly de lo ocurrido, dejando claro que no iba a permitir que su marido atravesara la puerta de su casa.

–Tu presencia ya no será necesaria. En cuanto mis padres regresen, les comunicaré nuestra separación. Por supuesto, dormiré aquí. Ya no tiene sentido que regrese a Astonfield.

Por un momento, pensó que él iba a rogarle que se lo pensara, pero Hambleton respiró profundamente y no dijo nada. Le devolvió una mirada implacable y luego dio media vuelta y se marchó.

Justificó su ausencia ante Eve alegando motivos de trabajo, pero a pesar de eso notó que su hermana quedaba desilusionada.

Cuando se despertó al día siguiente, sentía, sin saber muy bien por qué, unas terribles ganas de llorar. Consiguió controlar las lágrimas, pero no las emociones, que se derramaron por dentro en un llanto oculto.

Trató de reponerse para no preocupar a nadie. Sabía que debía mantenerse fuerte ante su hermana, sin embargo, sentía nostalgia de su marido y recordaba una y otra vez aquel beso en el jardín.

Cuando visitaron al señor Baker en el hospital, encontraron allí a la policía, que deseaba interrogarlo sobre el ataque sufrido, pero el doctor Morrigan insistía en que era demasiado pronto para ejercer sobre él esa presión.

Aunque May y Eve pudieron entrar a verlo, en esos momentos se encontraba durmiendo y no pudieron hablar con él. Sin embargo, luego permanecieron un rato con su madre y las dejó más tranquilas al decirle que aquella mañana el convaleciente había hablado y le había dicho que tenía ganas de regresar a casa.

Permanecieron allí varias horas, pero el cansancio de Eve hizo que volvieran a su residencia para cenar. Durante todo el día no supieron nada de Hambleton y May tuvo que hacer uso de todo su ingenio para que su hermana no se preocupara.

Cada día empezaron a repetir la misma rutina. Tras el desayuno se dirigían al hospital y permanecían allí varias horas hasta que regresaban a casa.

May tenía la sensación de que su padre no quería hablar con ella. Normalmente lo encontraba dormido y, en la única ocasión en que no fue así, no tuvo fuerzas para decir nada. Eso, a pesar de que su madre le había contado que antes sí había intercambiado unas palabras con ella, aunque no habían hablado de Elliot ni de lo ocurrido. Y el día anterior había bromeado con Eve en un momento en el que ella había salido. Al menos se sentía aliviada al verlo con mejor color y al saber que ya comía casi todo lo que le daban. El doctor Morrigan estaba convencido de que la semana siguiente ya podría ser interrogado por la policía e, incluso, si todo se desarrollaba tal como esperaba, regresar a casa, aunque allí debería continuar la convalecencia.

El jueves, después del desayuno, Dornan, el administrador de la fábrica, visitó a May.

Se vio en privado con él, en el despacho de su padre, pero fue solo para que Dornan le entregara una cantidad de dinero que se había obtenido de un reciente negocio y le informara de las previsiones de ingresos que durante el próximo mes tendría la empresa.

Eso, sin duda, significaba que su marido asumía la separación.

May se sintió extraña en ese papel, que supuestamente había deseado, y cuando vio la cantidad a la que ascendía le pareció que su marido estaba siendo demasiado generoso con ella.

Era cierto que durante esos días se replanteó la posibilidad de salvar su matrimonio, pero la imagen de la sonrisa triunfante de Frances le impedía dar ningún paso en esa dirección.

Decidida a no alargar una situación que la dañaba, aprovechó la visita de Dornan para escribir una nota a Hambleton y hacérsela llegar. No quería demorar más la solicitud porque temía que las dudas reaparecieran en ella una y otra vez y en el mensaje le pidió que se personara al día siguiente a las diez en la capilla de San Lorenzo.

Capítulo 40

Ese mismo día regresaron los Westbrooke de su cacería en Horston. Un policía que estaba pendiente de su llegada se encargó de avisar de inmediato al teniente Hunt y este dejó otros asuntos que tenía entre manos para personarse esa misma tarde en su residencia.

El policía, cuando se encontró en privado con Westbrooke en su despacho, no se anduvo con rodeos y le mostró las cartas de las que pensaba que era el autor. Puso especial cuidado en que la que estaba inconclusa quedara en primer lugar.

–Necesito saber cuándo notó que le había desaparecido esta carta –le dijo, procurando fijarse en su reacción.

El dueño de la casa lo contempló perplejo y enseguida respondió:

–Nunca. Esas cartas no son mías, las escribió Carpenter con intención de chantajearme. Pregúntenle a él.

Ahora fue el teniente el que quedó asombrado y no supo qué decir. Westbrooke aprovechó ese momento para abrir un cajón de su escritorio y sacar otro fajo de cuartillas.

–Ese no es mi papel, tal como le mostré a Carpenter. Cierto que es de color hueso, como el que uso yo, pero si se fija, notará que el mío es más oscuro. Carpenter se tomó una gran molestia para imitar mi letra, está muy lograda, pero fue un imbécil si pensaba que me intimidaría. Se lo he contado todo a mi esposa.

–¿Qué le ha contado a su esposa?

–Que la señora Hambleton y yo estuvimos prometidos, pero que, desde que soy un hombre casado, no la he vuelto a ver desde el día del baile del teatro. Es cierto que yo le envié una nota en cierta ocasión para explicarle los motivos de mi matrimonio, pero ella nunca me contestó. Mi relación con la señora Hambleton termina aquí.

–Entonces –dijo el teniente, hablando en voz alta mientras comparaba ambos papeles–, el señor Baker ha estado a punto de perder su vida por nada.

–¿Cómo dice? –preguntó Westbrooke, que desconocía lo ocurrido.

–Carpenter usó también esas cartas para chantajear a Baker, pero como no obtuvo lo que quería, trató de matarlo.

–¡Oh! ¿Carpenter trató de matar a su tío? ¿Cuándo ocurrió eso?

–El mismo día que usted y su esposa partieron para Horston. Me extraña que la noticia no haya llegado hasta allí.

–Le aseguro que no tenía ni idea. Y me asusta pensar que lo mismo pudo haberme ocurrido a mí. Yo también me negué a darle ningún dinero.

–Lo que no acabo de entender es por qué Carpenter pensó que usted podría pagarle algo por estas cartas. Porque si alguien sabía que usted no las había escrito, era el verdadero autor.

–Sí, no tiene mucho sentido... Y tampoco lo tiene el que dejara una por concluir.

—Lo que está claro es que el señor Baker sí creyó que eran suyas y arriesgó su vida para proteger la reputación de su hija.

—Pero... ¿Carpenter no ha confesado? ¿Sigue diciendo que yo soy el autor de esas cartas?

—Carpenter huyó. Estamos haciendo todo lo posible para encontrarlo. ¿Tiene usted alguna sospecha de adónde puede haber ido?

—Lo siento, en ese tema no puedo ayudarlo.

En ese momento oyeron la campanilla de la puerta y ambos quedaron en silencio. Al cabo de medio minuto, el teniente Hunt iba a añadir algo más cuando una criada llamó a la puerta del despacho.

Westbrooke miró al policía como si esperara su consentimiento para dejarla entrar y no notó en su rostro ninguna objeción.

Pero cuando la criada abrió la puerta, tras ella entró atropelladamente otra persona.

Era Hambleton, con cara de perro y evidentes ansias de pelea. Apretaba la mandíbula en una manifiesta lucha por contenerse, pero un ligero temblor lo desvelaba.

Westbrooke se refugió de inmediato detrás de la mesa y el teniente Hunt intervino para frenar al marido furioso y lo agarró de un brazo.

—Se equivoca, Hambleton —le dijo, aunque no pudo evitar que se zafara sin esfuerzo—, su esposa y Westbrooke son inocentes. ¡Las cartas son falsas!

—¿Con esa excusa tan burda se defiende este patán? ¿Y usted le da crédito? —le preguntó Hambleton al policía sin que hubiera disminuido su indignación.

—¡Por favor, explíqueselo, a mí no me creerá! —suplicó Westbrooke desde el otro lado de la mesa.

—¡Hambleton, no se precipite! —exclamó el teniente al ver cómo el recién llegado comenzaba a quitarse un guante–. ¡Westbrooke también es una víctima de Carpenter!

El policía notó cómo lo miraba incrédulo, pero al menos consiguió que se detuviera un momento y fijara su atención en él. Luego comenzó a explicarle lo que acababa de averiguar, le mostró las diferencias de color entre las dos cuartillas y concluyó diciendo que Westbrooke no era el autor de las cartas.

Hambleton asimiló la información despacio, mostrando en su rostro una expresión de escepticismo que poco a poco se fue convirtiendo en entusiasmo. De pronto miró a Westbrooke de otro modo y le preguntó:

–Entonces, ¿nunca ha llegado a encontrarse con May?

–¡Se lo juro por mi vida! –gritó el dueño de la casa.

Hambleton comenzó a sentir un profundo alivio y su boca hizo una mueca que parecía el inicio de una sonrisa.

El teniente comprendió lo que en esos momentos estaba pasando por su cabeza.

Hambleton no se marchó inmediatamente, volvió a escuchar las palabras del policía sobre lo ocurrido y acabó por pedir disculpas a Westbrooke.

–Lamento mi vehemencia –le dijo.

–Está disculpado –respondió el aludido visiblemente aliviado.

El teniente, que estaba pensando en otra cosa, comentó en voz alta su última reflexión:

–Es posible que tampoco Carpenter haya escrito las cartas.

Pero Hambleton no lo escuchó. Se despidió de ambos diciendo que aún le quedaba pedir disculpas a la persona que más le interesaba y salió de allí con una euforia que llevaba tiempo sin sentir.

Se dirigió de inmediato a la residencia de los Baker y preguntó, impaciente, por su esposa.

Molly lo dejó entrar y le dijo que en esos momentos se encontraba en la biblioteca y le preguntó si se quedaría a cenar.

—Eso espero —respondió Hambleton, que comenzó a dirigirse hacia la biblioteca a grandes zancadas.

La puerta estaba cerrada y no llamó. La abrió con sigilo, ilusionado con volver a verla y consciente de que debía medir sus palabras si quería recuperarla.

Cuando ella notó una presencia y bajó el libro para averiguar de quién se trataba se sintió agitada al reconocerlo y ver que ya se encontraba solo a unos pasos de su asiento.

—May... —comentó él con una incipiente sonrisa—. ¡Oh, May! ¡Lo siento tanto!

Ella dejó el libro sobre la mesa y procuró no mostrarse alterada.

—Supongo que el señor Dornan le ha hecho llegar mi mensaje, señor Hambleton. Si tiene alguna objeción con la hora, podemos encontrarnos en otro momento.

—Sí, he recibido esa nota, pero ahora todo ha cambiado. Ya no hay nada que anular —dijo cogiendo sus manos.

—¿Todo ha cambiado? —le preguntó May con la barbilla elevada y sin disimular su altivez—. No creo que nada haya cambiado.

—Volvamos a intentarlo, May, sin desconfianza... —le suplicó—. Sé que no me has sido infiel con Westbrooke.

Ella lo contempló sorprendida por estas palabras, pero estaba decidida a no ceder a pesar de la tentación.

—Lo felicito por su descubrimiento, señor Hambleton, pero si eso es todo lo que ha cambiado, yo no tengo ningún motivo por el cual felicitarme —respondió al tiempo que se soltaba de sus manos sin disimular su molestia.

Él se quedó paralizado por un momento y, a continuación, se levantó y dijo:

—El día que Elliot hirió a tu padre yo recibí unas cartas.

Comprendiendo que ella no sabía nada de lo ocurrido, le refirió el proceder de Carpenter y cómo había logrado implicarlos a ellos dos.

Sin duda, el rostro de May demostró su sorpresa al escuchar todo aquello y, con más curiosidad que recelo, le hizo algunas preguntas al respecto. Su marido la tranquilizó al decirle que su nombre no había sido manchado, que la policía ya conocía su inocencia, al igual que él, y que nada había trascendido al resto de personas.

May recordó las últimas palabras de su padre. Ahora entendía a qué cartas se refería y también regresó a su cabeza la sensación que tenía de que su padre se negaba a hablar con ella. Comprendió que la consideraba infiel y sintió cuánta injusticia había causado su primo. Se preguntó por qué no había dado más importancia a esas cartas ni había tratado de averiguar de qué trataban. Cierto que la preocupación por la vida de su padre restaba importancia a todo lo demás, incluso podía pensar que también la decisión de anular, justo en esos momentos, su matrimonio era algo que ocupaba su mente de tal manera que no dejaba lugar a nada más, pero del mismo modo reconocía que no había sido lo suficientemente perspicaz como para haber visto la trascendencia de la información cuando su padre mencionó unas cartas. De pronto sintió remordimientos. Unas lágrimas llenaron sus ojos y cogió un pañuelo para impedir que se desbordaran.

Hambleton se mantuvo en silencio, sabiendo que ella estaba siendo presa de recuerdos dolorosos y que él debía mostrarse paciente. Caminó de un lado a otro de la biblioteca y se detuvo un par de veces frente a la ventana. Estaba mirando hacia la calle cuando notó que May se levantaba y le decía:

—Gracias, señor Hambleton, por venir a contarme todo esto. Ahora, le agradecería que se marchara, me apetece retirarme a mi habitación.

—May, no he venido solo a contarte esto —comentó él con dulzura mientras se le acercaba.

Ella le devolvió una mirada fría que lo detuvo de inmediato.

—No deseo escuchar nada más. Solo espero que mañana sea puntual y por fin podamos poner punto y final a nuestra farsa.

—¿Sigues decidida?

—La decisión fue adoptada antes de que usted pensara esas cosas horribles sobre mí. De hecho, yo ignoraba en qué lastimosa opinión me tenía. Si usted cree que lo que me ha contado supone que ya no hay ningún obstáculo entre los dos, se equivoca. A mí me ha reafirmado en mi decisión —le dijo con un tono que no disimulaba su reproche.

—¿Y no crees que tengo derecho a saber los motivos?

—¡Qué irónico resulta, señor Hambleton! Cada vez que yo le he preguntado por los motivos de su comportamiento, usted se ha negado a responderme —lo acusó—. Pero yo no comparto su modo de proceder.

Él la contempló como si estuviera de acuerdo en su reproche en lugar de intentar defenderse.

—Usted ha venido aquí para congratularse de mi fidelidad, pero yo no puedo hacer lo mismo respecto a la suya. Sé que ha logrado lo que vino a buscar. Espero que mi prima y usted sean muy felices, pero deje de usarme a mí como escudo frente al señor Weaver.

—¡No puedes pensar así!

—No tenemos nada más que decirnos, señor Hambleton —dijo al tiempo que le daba la espalda y comenzaba a dirigirse hacia la salida.

—May, no es cierto, yo no tengo ningún interés en Frances —se defendió él, agarrándola de una mano para que no se marchara.

—No me toque. No tolero que me toque —respondió ella con tal agresividad que él no pudo evitar el desprecio de su noche de bodas. La soltó de inmediato y el dolor del rechazo evitó que insistiera en declararle su amor y negarle que alguna vez hubiera existido otra.

Sin embargo, mientras ella se marchaba, añadió:

—No voy a pedir la nulidad, May, no cuentes conmigo para ello.

Capítulo 41

Indistintamente de si Hambleton aceptaba o no la separación, el viernes por la mañana May se encontraba dispuesta a salir hacia la capilla de San Lorenzo para empezar los trámites por su cuenta. La súplica en la mirada de su marido le había hecho dudar de nuevo de sus sentimientos, pero sabía que no debía engañarse más.

Se estaba colocando el abrigo cuando llamaron a la puerta y Molly se dispuso a abrir. May deseó que no se tratara de su marido, y quedó expectante por ver quién era.

–He venido a visitar a la señora Hambleton –comentó la señora Glover, que era quien había llegado–. Le traigo estos tarros de confitura que me quedan del año pasado –añadió mientras alzaba un poco la cesta que llevaba en una mano.

–Señora Glover, es usted muy amable al venir hasta aquí y tener el detalle de traernos su confitura –expresó May mientras se asomaba al recibidor–. Aunque lamento decirle que me disponía a salir en estos momentos.

–¡Oh! Es posible que no sea tan urgente y su salida pueda esperar –insistió la mujer mientras entregaba la cesta a Molly–. O tal vez me permita acompañarla si tiene intención de pasear.

May se preguntó si la señora Glover conocía el estado de su relación con Hambleton y creyó que no resultaba apropiado dirigirse en su compañía hacia la iglesia de San Lorenzo. Sin embargo, la imploración en la mirada de la mujer la empujó a invitarla a pasar.

—Puedo salir más tarde —comentó al tiempo que volvía a quitarse el abrigo—. Molly, ¿nos prepararás una infusión en la sala de recibir?

—Enseguida, señora Hambleton.

—Si Eve se levanta, dile que estamos allí, por favor —añadió May, que quería dejar claro delante de la señora Glover que en cualquier momento podían ser interrumpidas.

Al principio, mientras Molly las atendía, hablaron de la recuperación del señor Baker, lo cual alegró a la señora Glover. Luego May preguntó por su marido y por las mejoras de la granja y, cuando los temas que exige la cordialidad se terminaron, pasaron a agradecer que ese día no lloviera.

Solo cuando la señora Glover comprendió que la criada no volvería a molestarlas, se atrevió a decir:

—Creo que usted está equivocada en un aspecto, señora Hambleton, y permítame que me entrometa en asuntos que en principio pensará que me son ajenos. Pero siento demasiado cariño por Edgard para no interceder por él.

—Tal vez no deberíamos enturbiar nuestra relación con ese asunto, señora Glover. Como usted bien dice, mi relación con su amigo nos pertenece solo a ambos.

—Es cierto. Sin embargo, yo no me perdonaría nunca si callara lo que sé.

May la observó un momento, en el que su curiosidad luchaba contra su orgullo, pero finalmente venció el último.

—Yo también sé lo necesario para tomar mis propias decisiones.

—No, usted piensa que Edgard se entiende con la señora Weaver, y eso no es cierto.

—Usted debe saber tan bien como yo que tuvieron una relación.

—¡Oh, sí, una relación! Llámelo así si quiere, pero Edgard nunca tuvo interés en ella.

—Él intentó fugarse con Frances, supongo que algún tipo de interés sí existiría –dijo recriminando a la señora Glover sus ansias por defenderlo.

—El interés no era hacia ella, debe creerme.

—¿No era hacia ella? ¿Quiere decir que se equivocó de mujer al hacerle la proposición? ¿Acaso antes era ciego y se ha curado de pronto?

—Entiendo su sarcasmo, señora Hambleton, pero no se trataba de un interés por ninguna mujer. La única vez que he visto a Edgard verdaderamente afectado por alguien es por usted.

—Por favor, señora Glover, dejemos el tema. No es el más apropiado entre nosotras.

—No puedo concederle ese favor. Para mí resulta muy importante hacerle justicia a Edgard.

—¿Justicia? No se preocupe por eso, señora Glover. Mi prima es una mujer que sin duda hace justicia a su carácter. Para él, yo no la hubiera escogido mejor.

—Insiste usted en creer que hay algo entre ambos, pero le doy mi palabra de que no es así.

—Entonces, solo puedo pensar que usted también está siendo engañada. No logro entender qué otro interés pudo tener al querer fugarse con ella o casarse conmigo.

—Eso es algo que yo no puedo revelarle… –comentó al tiempo que bajaba los ojos–. Pero le aseguro que así es. Conozco a Edgard desde niño y siempre he estado a su lado. Él no tiene secretos para mí.

—¡Pero sí los tiene para mí! —dijo al tiempo que se levantaba de la silla, visiblemente airada—. Su amigo, señora Glover, no ha cesado de dudar de mí cuando él no me ha otorgado ninguna confianza. ¿Qué es eso que no puedo saber? ¿Qué es eso que lo lleva a perseguir mujeres sin tener ningún interés en ellas?

—¡Oh, señora Hambleton! —exclamó la señora Glover—. No puedo contárselo, ni siquiera debería haberlo mencionado, pero lo que sí puedo asegurarle es que tiene interés en usted. Lo tiene todo. Incluso cuando pensaba que usted amaba a otro. Nunca lo había visto tan decaído como estos días cuando se supone que debería estar satisfecho.

—¿Debería estar satisfecho? —la interrogó May—. ¿Y cuál es el motivo para su satisfacción? ¿Acaso cree que mi padre quedará impedido y no podrá acudir a la fábrica?

—No, señora Hambleton, no sea cruel con él diciendo estas cosas. Su marido es un buen hombre.

De repente, la voz de Eve que escucharon al fondo del pasillo las hizo callar a ambas. May volvió a sentarse, tratando de que no se notara que estaba molesta, pero la señora Glover se mantuvo en pie.

—¿No vamos al hospital? —preguntó la niña mientras se asomaba a la sala—. Me ha dicho Molly que tenemos visita.

—Eve, te presento a la señora Glover —le dijo May al tiempo que se levantaba de su silla.

—Encantada, señora Glover. La recuerdo del día de la boda de mi hermana, pero creo que no intercambiamos más que unos saludos. Mi madre mencionó el otro día que usted tiene una voz muy bonita.

La señora Glover correspondió a sus cumplidos y, luego, viendo que ya no tendría más intimidad con la señora Hambleton, utilizó la ocasión para despedirse de ambas.

−¿Y ahora? ¿Vamos al hospital? Ya estoy lista.

−Yo no iré inmediatamente, Eve, antes tengo algo que hacer. Pero te acompañará Molly y yo me reuniré con vosotras más tarde.

−¿Qué tienes qué hacer?

−Recuerda que tengo un marido. Me gustaría visitarlo antes.

−No entiendo por qué él no viene aquí. ¿Tanto trabajo tiene en la fábrica?

−Han instalado maquinaria nueva y ahora no puede ausentarse. No te preocupes por nada, Eve, todo está bien −trató de tranquilizarla, aun sabiendo que mentía.

Y, después de hacerle un gesto a Shat para que no la siguiera, cogió su capa y salió de la residencia.

Se dirigió a la capilla de San Lorenzo y, durante el camino, no hacía más que pensar en la conversación con la señora Glover. Ella afirmaba que Edgard la quería, que nunca había sentido nada por Frances, pero también había reconocido que existía un interés oculto que había llevado a su marido a actuar tal y como lo había hecho. Pero por muchas vueltas que le daba, no adivinaba cuál podía ser.

Volvió a pensar en la fábrica, pero lo descartó al recordar el estado en que la había encontrado. Además, en ese tema, se estaba portando de un modo muy generoso con ella. Recordó aquella noche cuando le preguntó si había sido sincero desde el primer momento y él había acabado por admitir que no.

¿Qué cosa tan terrible podía ocultar que prefería que ella pensara que se entendía con Frances a revelarle la verdad?

Fuera como fuera, finalmente no llegó hasta la capilla. Ni siquiera se acercó al puente donde había salvado la vida de su padre para no revivir aquellos momentos de angustia. La idea de que Edgard no estaba enamorado de su prima, sino de ella, fue alentándola cada vez más y se preguntó si cabía esperanza para ambos. Lo otro, aquello que ocultaba, tal vez no supusiera un obstáculo para estar juntos, pero antes de perdonarlo, debía averiguar de qué se trataba. Pero no sabía cómo.

Estuvo tentada de acercarse hasta la fábrica para enfrentarse a él y preguntárselo directamente, pero algo la hizo desistir. Tal vez, el miedo a ceder aunque él no le diera una respuesta.

En esos momentos, el color del cielo empezó a cambiar. Había amanecido un día de neblina translúcida y ahora soplaba un aire frío y se acercaban unas nubes grises que llegaban del norte, así que decidió regresar y dirigirse al hospital.

Se sorprendió al encontrar a su padre sentado sobre la cama, en lugar de acostado, y comiendo una sopa con una cuchara que sujetaba él mismo. Su madre le sonrió, complacida por los avances.

—Pronto lo tendremos en casa —le dijo.

May miró a su padre y se acercó a él. Hubiera deseado tener intimidad para decirle que ya sabía a qué cartas se refería y que eran falsas, que ella siempre había tenido un comportamiento digno, pero no halló la ocasión.

Se limitó a ser amable con él, y este solamente la miró una vez y le preguntó por qué su marido no estaba con ella.

—Está en la fábrica, pero le desea la mejor de las recuperaciones, padre.

El señor Baker no respondió y ella se limitó a sentarse en una silla mientras las demás lo atendían.

Cuando regresaron a casa, sentía una opresión en el pecho y volvió a sentir necesidad de salir. Le dijo a Eve que iba a comprar una cinta de recambio para su carcaj y se fue dispuesta a dirigirse a un lugar muy distinto. En cuanto se encontró en la calle, abrió su paraguas, pues ahora lloviznaba, y comenzó a caminar decidida hacia la residencia de los Weaver.

Sentía necesidad de enfrentarse a Frances y, en función del comportamiento de esta hacia ella, comprobaría si se vanagloriaba de su triunfo o, por el contrario, se mostraba prudente.

Tal vez se había comportado como una cobarde en este asunto, pero debía reconocer que, desde siempre, la belleza de su prima había hecho que ella se sintiera eclipsada.

El mayordomo, sorprendido porque alguien se dedicara a visitar a otras personas en un día de lluvia como aquel, la hizo pasar a la salita de recibir. May se desprendió de su capa y su paraguas y, antes de entrar, procuró colocar bien su recogido a fin de no dar una imagen ridícula.

A los cinco minutos, Frances entraba en la estancia en la que ella aguardaba contemplando la lluvia caer.

–¡Qué sorpresa! Ciertamente, no te esperaba, querida. Cuando tu madre y tu hermana nos visitaron el otro día pensé que tu malestar era un pretexto. Me alegro de que te encuentres mejor, y también tu padre, he oído que se está recuperando.

–Agradezco tus buenos deseos hacia mi salud y la de mi padre, Frances –respondió May, más seria que su prima.

–¿Y puedo saber a qué se debe tu visita? Espero que tu actitud sea más cortés que la del último día que nos vimos. Yo no soy la responsable de los actos de mi hermano. Puedes creerme si te digo que lo ocurrido me ha dolido más a mí que a ti misma.

May la miró sin ocultar su escepticismo.

—Lamento no poder atenderte como debería, pero has venido en un mal momento. Estoy preparando el equipaje para ir a Escocia. Mi marido quiere que conozca el lugar en el que nació su madre. ¿Te he dicho alguna vez que es escocesa?

—¿Te vas? Pero... ¿Y Elliot? —preguntó sorprendida.

—Nada se puede hacer por Elliot y yo no voy a desperdiciar un viaje como este. La vida es muy aburrida aquí en invierno. Preferiría ir a Londres, claro está, pero espero que en Achanalt también haya vida social.

—Entonces, no te entretengo más. Como bien has adivinado, mi visita solo es de cortesía, ya que la jaqueca me impidió venir el otro día —dijo con una falsa sonrisa y, a continuación, salió de la sala, recogió sus accesorios y abandonó el lugar.

La indiferencia que había mostrado Frances ante la situación de su hermano la había dejado perpleja e indignada. ¿Cómo podía una hermana abandonar la ciudad en estas circunstancias? No era que ella sintiera ningún tipo de compasión hacia su primo, pero la situación no era la misma. ¿Por qué se iba justo ahora? ¿Lo sabía Hambleton? ¿Estaba de acuerdo o habían discutido al respecto? ¿Y si Frances ya se había cansado de él? ¿O si él de ella?

Las preguntas y dudas comenzaron a aguijonear no solo su cabeza, sino también su capacidad para ser cabal. No debía permitir que las especulaciones se apoderaran de ella o acabaría por volverse loca. Necesitaba saber.

Sobre todo, porque Hambleton se resistía a anular el matrimonio y necesitaba averiguar qué jugaba Frances en esa resistencia, hasta qué punto tenía influencia sobre él o si de verdad su marido sentía cierto afecto por ella. Pero no quería hacerse ilusiones. También cabía la posibilidad de que Hambleton quisiera regresar con ella porque su amante lo abandonaba.

Capítulo 42

El viernes por la mañana, May casi estuvo a punto de echarse a llorar cuando recibió un ramo de azaleas. Enseguida supo quién las enviaba y, cuando abrió la nota, lo confirmó. Más que halagarla, la manifestación del detalle la ofendió.

Había dormido mal y durante toda la noche había estado pensando en él. ¿Por qué insistía? ¿Por qué no se daba cuenta de que ella tenía sentimientos y él los estaba vapuleando? ¿Qué esperaba de ella? No, no podía albergar esperanzas y confiar de nuevo en que era amada. Westbrooke la había engañado primero y luego Hambleton. No, ahora no podía mostrarse frágil, por muchas azaleas que le enviara. No podía confiar. Pero... ¿por qué la señora Glover intercedía por él? ¿Estaría ella también engañada?

A pesar de las dudas que la amedrentaban, se veía obligada a poner buena cara delante de su familia y a disimular su tormenta interior.

Se encontraba desayunando con su hermana cuando oyeron la campanilla de la puerta. Al cabo de un minuto, Molly entró en el comedor con cara de preocupación y, con muy poca voz, les dijo:

—Han detenido a Elliot.

May tenía la taza de leche sujeta con una mano que empezó a temblar y una parte del líquido se derramó. Se sintió impresionada con la noticia y apenas llegó a balbucear:

—¿Ha confesado?

—Todavía no lo han interrogado —respondió Molly.

—¿Y qué ocurrirá ahora?

—Lo más probable es que, si lo declaran culpable, lo ahorquen —comentó la criada al tiempo que se apoyaba en una silla, pues ella también estaba nerviosa. Eve no decía palabra y su gesto al escuchar lo que decía demostraba que se había sentido impresionada.

—No lo ahorcarán porque papá está vivo —procuró tranquilizarla May—. Pero es probable que pase muchos años en la cárcel.

May se levantó y se acercó a ella para abrazarla.

—Pero Elliot intentó matar a papá... —dijo Eve, visiblemente conmocionada.

—Hay que decírselo a mamá.

En realidad, no existía consuelo para aquellos sentimientos encontrados. Por un lado, se hallaba la rabia por el peligro que había corrido el señor Baker y, por otro, el recuerdo del cariño que siempre habían sentido por Elliot.

Molly le pasó un pañuelo a Eve y le comentó a May con pesar:

—El policía ha dicho que le gustaría tomarle declaración.

—Me lo he estado temiendo todo este tiempo. Supongo que no puede evitarse, porque papá aún no tiene fuerzas para declarar.

—No, no puede evitarse. Debería subir a cambiarse, el policía la está esperando para acompañarla.

—¿Acompañarás tú a Eve al hospital y le contarás a mamá lo ocurrido?

Ante la afirmación de Molly, May las dejó y subió a vestirse. Procuró abrigarse y se calzó con las botas altas, pues continuaba lloviendo y la temperatura había descendido notablemente. Luego, sin demasiado ánimo, bajó al vestíbulo, donde un hombre de uniforme al que nunca había visto la estaba esperando.

—¿Señora Hambleton? —preguntó al verla.

Ella asintió, cogió el paraguas y se dispuso a salir.

Durante el camino, no podía negarse que se encontraba nerviosa y deseaba no equivocarse al recordar las palabras de su padre. Ahora cobraban sentido, pues ya sabía a qué cartas se refería, pero no quería inventarse nada que él no hubiera dicho y temía que los nervios traicionaran su memoria. Ese era un modo de ayudarlo y evitar que la policía lo interrogara durante su recuperación.

El corazón le palpitaba veloz y su único consuelo era pensar que, después, ya todo habría acabado. O no. Quedaba el juicio, pero esperaba que pasara pronto y pudiera comenzar a olvidarse de todo aquello. La anulación de su matrimonio ya supondría suficiente peso.

Caminó esquivando los charcos, pero no pudo evitar el barro y llegó a la oficina de policía con el recogido desaliñado por el fuerte viento y la lluvia.

El teniente Hunt salió a recibirla y la hizo pasar a su despacho.

—¿Está Elliot aquí? —preguntó ella asustada.

—Lo han traído esta mañana. Lo detuvieron ayer en Portsmouth —le informó el teniente.

—Pensé que lo buscaban en Dover...

—Su primera idea era embarcar allí, pero enseguida detectó la presencia policial y cambió de puerto. Su destino era Europa. Verá, su primo pensaba que el señor Baker había muerto.

May admitió que eso tenía sentido y, con ganas de poner fin a su presencia allí, añadió:

—¿En qué puedo ayudarlo?

El teniente llamó al policía encargado de tomar nota de las declaraciones y luego le pidió a ella que repitiera su encuentro con su padre y las palabras que acusaban a Carpenter. May trató de ser fiel a su recuerdo, aunque también manifestó su miedo a no ser exacta. El teniente Hunt la tranquilizó al decirle que los demás hechos encajaban con su declaración, puesto que los últimos pasos de Carpenter antes de abandonar Culster habían consistido en hacer llegar las cartas a Hambleton.

—¿Por qué escribiría Elliot aquellas cartas? —preguntó en voz alta May—. ¿Por qué querría hacerme daño de ese modo?

—Señora Hambleton, me temo que hay una información que usted no conoce —le explicó el teniente mirándola muy seriamente—. Las cartas no las escribió Carpenter, sino que las encontró en la residencia de los Weaver.

May abrió más los ojos cuando oyó decir eso.

—¿Ha dicho los Weaver?

—Sí, además, el papel se corresponde con el que habitualmente usa el señor Weaver, aunque él afirma que no es el autor.

No fue necesario que el teniente la mirara de ese modo para que ella entendiera que las cartas las había escrito Frances. Él también supo que ella acababa de comprenderlo.

—Señora Hambleton, no quisiera decir nada que la ofendiera, pero parece ser que la señora Weaver tenía interés en perjudicar su matrimonio.

—Ayer vi a mi prima y me manifestó su idea de partir hoy mismo de viaje hacia Escocia. Dudo de que puedan hablar con ella.

—Ya hablamos ayer por la mañana. Creo que fue a partir de esa entrevista que el señor Weaver tuvo la idea de dejar Culster.

May no respondió y, tras unos instantes de vacilación, preguntó:

—¿Puedo marcharme ya?

—Sí. Supongo que sabe que tendrá que declarar cuando se celebre el juicio si su padre no se encuentra en condiciones.

—Descuide, cumpliré con mi deber. Pero tenemos esperanzas de que mi padre pronto vuelva a ser el mismo de siempre —dijo al tiempo que recogía su capa, pero antes de colocársela, volvió a mirar al teniente Hunt y añadió—: ¿Puedo ver a mi primo?

—¿Perdón? —respondió el policía, no porque no la hubiera oído, sino por la incredulidad que le produjo esa propuesta.

—Me gustaría hablar con mi primo si es posible. Necesito hacerle algunas preguntas.

—Puede resultar doloroso para usted.

—Le aseguro que, en este caso, es más dolorosa la ignorancia.

Al ver su firmeza, el teniente Hunt se levantó y comentó:

—Es posible que ya esté en los calabozos. Lo han llevado ante el magistrado hace más de dos horas.

Luego salió del despacho y encargó a un policía que preparara el coche.

Media hora después, May se hallaba a las puertas de los calabozos y le pidió al teniente Hunt que le diera privacidad.

—No debo permitirle que entre en la celda, señora Hambleton, pero sí puede acercarse a la puerta y hablar a través de los barrotes. Ordenaré al centinela que permanezca en la otra punta del corredor, por si se siente apurada.

May agradeció su deferencia.

—Le ruego que no se alargue más de diez minutos —añadió el policía.

Ella avanzó los primeros pasos con decisión, pero, a medida que se acercaba a la celda en cuestión, su caminar fue menos firme. De hecho, se detuvo a unos pasos de la puerta para coger aire y renovar sus fuerzas. Por fin, se asomó y vio la figura de su primo de pie y expectante, demostrando que había escuchado sus pisadas.

—¡May! —gritó en cuanto la vio—. ¡Ayúdame a salir de aquí! ¡Diles que todo es un error!

Y, de pronto, se detuvo. Menos entusiasmado, la miró de arriba abajo y preguntó:

—¿Ha venido Hambleton contigo? ¿Ha venido a divertirse? ¿Quiere reírse de mí?

—¿De qué hablas, Elliot?

—¡Hambleton! ¡Hambleton! —comenzó a gritar Carpenter—. ¡Asómate, si eres hombre!

May se retiró un paso asustada y, tras controlar su respiración, comentó:

—He venido sola, Elliot. Edgard no sabe que estoy aquí.

—¡Oh! ¿Por fin te has decidido a hacer cosas a espaldas de tu marido, primita?

Si al principio May se sentía amedrentada, este comentario hizo que perdiera timidez y se enfadara.

—¡Ya basta! —le gritó—. ¡No tienes derecho a entrometerte en mi matrimonio! ¡No tenías derecho a usar esas cartas! ¿Por qué diriges todos tus esfuerzos a perjudicarme, Elliot? ¿Por qué intentaste matar a mi padre?

–Soy inocente, May. Por lo que han dicho, tu padre sigue vivo. Además, él me obligó. Me obligó, lo juro. Si tu marido no se hubiera entrometido, yo ahora sería libre y rico –bramó agitado.

–¿Por qué implicas a Edgard? ¿No has tenido suficiente con lo que has hecho?

–Tu marido, May, me odia. Me odia desde hace mucho tiempo y siempre ha estado dispuesto a hacer cualquier cosa para hundirme.

–¿Crees que, porque impediste su fuga con Frances, te odia hasta ese punto?

–¡Intentó fugarse con Frances para vengarse por el mismo motivo por el que se casó contigo! Y ahora, May..., ahora trajo a ese tahúr para que me arruinara. ¡Tu marido es el culpable de todo! ¡Y tú también, por haberte casado con él! ¡Si me hubieras hecho caso, tu padre no habría sufrido!

–¿Cómo te atreves a culparme del sufrimiento de mi padre? –le reprochó ella con los ojos llorosos–. ¿Cómo puedes decir cosas tan horribles?

–¡Estás ciega, May! Ese hombre está poseído por el rencor y tú y yo no somos más que sus víctimas.

–¡No entiendo de qué hablas!

–¿No? –inquirió retóricamente, y a continuación emitió una carcajada más patética que siniestra–. ¡Pregúntaselo a él! ¡Pregúntale por qué se casó con la prima de Elliot Carpenter! ¡Que te explique a qué fue a Londres las Navidades pasadas y con qué fin se ha instalado en Culster! –le dijo y, con estas palabras, la dejó sin habla–. ¡Pero no lo conseguirá! ¡Saldré de aquí y destruiré su vida como él ha intentado destruir la mía!

—¿Y por qué debería querer destruirte? —exclamó May mientras continuaba llorando—. ¿Qué tiene contra ti?

—¿Qué tiene? —Se detuvo un momento para pensar sus siguientes palabras—. ¡No tiene nada, May, nada! ¡Está loco! ¡Obsesionado! ¡Yo no fui el culpable de la muerte de su hermano!

—¿Su hermano?

—¡Oh, sí! ¿No te lo ha contado? Tu marido tenía un hermano que murió luchando contra los franceses, pero no consigue asumirlo y me culpa a mí. ¡Está enfermo! ¡Te has casado con un enfermo, May! —gritó y, a continuación, volvió a emitir una carcajada que esta vez sí sonó monstruosa.

May no pudo soportarlo más y echó a correr hacia el final del pasillo, donde la aguardaba un centinela.

Capítulo 43

El centinela la siguió y ella solo se detuvo cuando se encontró de nuevo con el teniente Hunt, que la miró conmovido. Le tendió un pañuelo que ella aceptó y, mientras May se limpiaba los ojos, comentó:

–Ya le advertí de que no sería agradable.

Ella no respondió. Le agradeció con un gesto que le hubiera concedido permiso y luego buscó su capa y su paraguas, ansiosa por abandonar el lugar. Cuando el teniente le ofreció acompañarla a su casa en el carruaje de la policía, ella se negó:

–Gracias, pero prefiero caminar.

–¿Con esta lluvia? –se asombró el teniente, pero ella pareció no escucharlo porque tenía la mirada perdida cuando salió.

May abrió el paraguas y al principio empezó a caminar como si se dejara llevar. Sentía un sofoco que la ahogaba y necesitaba calmarse. Apenas era consciente de la intensidad de la lluvia y solo lograba pensar en la revelación de Elliot: Hambleton lo acusaba de haber matado a su hermano.

Recordó que, al principio, su marido no había mencionado que hubiera tenido un hermano y solo durante la cena con los Glover salió el nombre de Ralph. Entonces le había dicho que había muerto en la guerra, pero no se prodigó en explicaciones. Ella pensó que sus reticencias a hablar de él eran debidas al dolor, pero ahora comprendía que le había ocultado la verdad.

¿Había dicho Elliot que Hambleton solo provocó la fuga de Frances para destrozar su reputación y así vengarse de él? ¿Utilizó a una hermana para vengar a un hermano? Eso no lo dejaba en buen lugar. Frances podía ser culpable de muchas cosas, pero no tenía ninguna relación con Ralph. La acción de Hambleton era desproporcionada e implicaba a una inocente. O, mejor dicho, a dos. Porque ella misma era la segunda. O tres, porque por su afán de venganza, su padre había corrido peligro.

De nuevo, a su mente regresaron las palabras de la señora Glover y se mezclaron con las de Elliot. Mientras sus botas se enfangaban a medida que avanzaba, su cabeza sufría cada vez más presión. Por un instante, sus ojos brillaron ante la nueva idea que se le ocurrió y empezó a caminar más deprisa.

Por suerte, los calabozos no estaban situados en una zona céntrica y pronto divisó, a través de la intensa lluvia, las primeras casas rurales que se despegaban de la parte urbana. El aguacero le quitaba visibilidad, pero ahora sabía que debía hablar con la señora Glover, pues ella era la única que podía darle explicaciones sobre ese asunto. Además de Hambleton, por supuesto, pero no quería enfrentarse a él en ese mar de dudas.

Tardó media hora en llegar a la granja y, para entonces, a pesar de que la lluvia estaba cesando, su capa chorreaba y el frío del agua que se le filtraba por la piel contrastaba con el calor que le producía el ejercicio físico. Sin embargo, sus nervios no estaban más calmados. Y no lo estarían hasta que conociera la verdad.

No hubo de llamar a la puerta porque, apenas se estaba acercando, el señor Glover la abrió dispuesto a salir. En cuanto la vio, exclamó su nombre y le indicó que entrara.

–¡A quién se le ocurre venir a visitarnos un día así! ¡Haga el favor de acercarse a la chimenea! ¡Edwina, prepara algo caliente! –ordenó a su esposa.

La señora Glover se asomó para ver qué pasaba y enseguida se alarmó al comprobar el estado en que se encontraba May.

–¡Dios quiera que no coja usted una neumonía!

Justo en ese momento, May estornudó.

–¿Me necesitas? –preguntó el señor Glover a su esposa y, tras la negación de esta, añadió–: Entonces, ahora que ha dejado de llover, iré a hacer esas compras. Señora Hambleton, no se vaya de aquí hasta que yo regrese. Luego cubriré la carreta con una lona y la acompañaré a Culster.

Ella se lo agradeció con la mirada, pero en realidad se sentía satisfecha porque las dejara solas. La señora Glover ayudó a May a desprenderse de su capa y luego le sugirió:

–Debería quitarse las botas. Puedo prestarle unos calcetines de mi marido en cuanto se haya secado. Y también debería desprenderse de esa ropa, mujer, ¡mire cómo está! La gente que tiene salud nunca la valora. Se ha expuesto usted demasiado –la regañó.

Al tiempo que decía esto, desapareció a por unas mantas y unos calcetines de su marido. May no quiso quitarse el vestido, pero sí se descalzó y aceptó los calcetines. Mientras se cambiaba, la señora Glover fue a la cocina a preparar una infusión. Cuando regresó con la taza humeante, añadió:

–No era necesario que me devolviera la visita justamente hoy.

—Sí era necesario —dijo May mirándola fijamente a los ojos mientras procuraba entrar en calor junto al fuego.

La señora Glover colocó la infusión en la repisa de la chimenea y luego le devolvió una mirada interrogante, que suavizó cuando vio que ella no solo temblaba de frío.

—¿Elliot mató a Ralph? —le preguntó la joven, impaciente por calmar su ansiedad.

—¡Oh! ¿Cómo lo ha sabido? —se preocupó la señora Glover, que enseguida le dio la espalda para que ella no viera que se sentía avergonzada.

—No importa cómo lo he sabido, señora Glover, pero resulta obvio que no ha sido de la manera que hubiera deseado.

—No podía decírselo... —se defendió la aludida, volviéndose de nuevo a enfrentar su mirada.

—No, por supuesto que no podía. Usted, tal como confesó, debe lealtad a Edgard —ironizó May—. Y esa lealtad la ha convertido en cómplice de los continuos engaños de él. Primero, a mi prima y, después, a mí. Tenía razón en que su interés no se encontraba en nosotras, sino en perjudicar a Elliot. Pero su sinrazón ha estado a punto de matar a mi padre.

—A usted no la ha engañado, señora Hambleton. Ni puede acusarlo de lo que le ha ocurrido a su padre. El único culpable de eso es Carpenter. ¡No se confunda! La naturaleza de su primo lo hubiera llevado a perjudicar a su padre en cualquier momento. ¿O acaso no sabe que estaba arruinado?

A pesar de su rechazo, no podía evitar reflexionar sobre lo que escuchaba. Cierto que su primo había demostrado no tener escrúpulos. Aunque Hambleton no lo hubiese puesto ahora entre la espada y la pared, ese momento habría llegado de todos modos. Además, de la misma forma, también era responsable Frances por haber escrito esas cartas que habían originado tanta confusión y desgracia. Y ella misma, porque, al fin y al cabo, su padre se había expuesto para salvar su honor. No, Hambleton no era culpable de lo ocurrido a su padre, pero había jugado con ella para llevar a cabo su venganza.

—No me llame señora Hambleton, estoy decidida a quitarme ese apellido —rechazó con rabia mientras sus ojos volvían a brillar.

—No haga eso… Él la quiere —suplicó con voz dulce la señora Glover.

—Sí, es aficionado a *querer* a las parientes de Elliot. Lo cuestionable es la naturaleza de esa afición.

—No es el mismo caso, señora Hambleton. Edgard se aseguró de que Frances mereciera ser humillada en público antes de hacerlo. Su prima, y lamento decirle esto, no había tenido un comportamiento recatado hasta ese momento —trató de justificarlo y, para su alivio, vio que May no protestaba sobre este asunto—. Y no crea que él pensaba fugarse con ella, muy al contrario. Su idea era abandonarla en un hospedaje y enviar una carta al señor Carpenter para informarle de dónde se encontraba. Pero no hizo falta, fueron sorprendidos y, para evitar el escándalo, su hermano hubo de casarla con el señor Weaver.

—Y supongo que Edgard se precia de ello —comentó May con una clara expresión de rechazo hacia lo que estaba oyendo—. ¿También pensaba abandonarme a mí, una vez arruinado Elliot? Es una lástima que los hospedajes de Culster no sean tan lujosos como ciertos hoteles de Londres.

—No, señora Hambleton, él ya sabía que usted es muy distinta a su prima. La había estado observando antes de que surgiera la oportunidad y…

—¿La oportunidad? —La miró incrédula mientras se estiraba para coger la taza—. ¿Se refiere a cuando Westbrooke se casó con otra? ¿O también lo planificó él?

—No, no, eso fue una casualidad.

—Que él consideró una oportunidad para acercarse a mi primo.

—Debería hablar con Edgard, señora Hambleton, seguramente él se lo explicará mejor que yo. No soy muy buena con las palabras.

—No hay palabras que puedan ser buenas para explicar lo que hizo, señora Glover.

—Lo único que sé es que Edgard se enamoró de usted. ¡Nunca lo había visto sufrir así! Ni siquiera cuando ocurrió lo de Ralph.

—¿Y por qué no llevó a mi primo a los tribunales? ¿Por qué tuvo que tomarse la justicia por su mano? ¡Eso hubiera evitado mucho sufrimiento a mi familia! —la reprendió May, que luchaba por ignorar las referencias a los sentimientos de su marido.

—Lo habría hecho si hubiese podido probarlo.

—¿Quiere decir que tal vez no sea verdad? ¿Es posible que solo lo imagine? —preguntó al recordar las palabras de su primo—. ¿Por qué querría Elliot matar al hermano de Hambleton si ambos luchaban en el mismo lado?

—No, Edgard no actúa solo por imaginación —negó y, tras pensarlo un momento, añadió—: Ralph no luchaba en el frente. Era el encargado de dar la paga a los soldados y, el día que lo mataron, llevaba encima todo el dinero concerniente a aquella semana. Sin embargo, cuando encontraron su cadáver, se lo habían quitado.

—Pensé que había muerto en el frente…

—No, murió en una habitación de alquiler mientras dormía. Fue degollado.

—¿Y por qué tuvo que ser Elliot? ¿Qué ha llevado a

Edgard a concluir eso? –dijo después de apartar la taza de sus labios por lo mucho que quemaba.

–Además del dinero, a Ralph le robaron su reloj. El reloj que siempre lleva Edgard.

–¿Dónde lo encontró? –preguntó preocupada.

–En una casa de empeños. Y la persona que lo había empañado fue precisamente el señor Carpenter.

–Tal vez se lo hubiera encontrado...

May dejó la taza nuevamente sobre la repisa y decidió esperar a que se enfriara un poco para tomarse la infusión.

–¿Ve? Por eso no puede llevarlo ante los tribunales. Es un indicio, no una prueba.

–Pero a Edgard le ha bastado para creerlo culpable. ¿Nunca ha dudado de estar equivocado?

–¡Claro que dudó en su momento, y mucho! Cuando acabó la guerra, porque esperemos que ese francés no se escape de Santa Elena como hizo de Elba –dijo al tiempo que se santiguaba–, Edgard se dedicó a investigar al señor Carpenter. Y averiguó que se había enriquecido precisamente poco después de la muerte de su hermano.

–¡Mi primo juega! –protestó–. Pudo tener un golpe de buena suerte.

–Sí, pudo tenerlo, pero no negará que la coincidencia de ambos hechos resulta muy sospechosa.

–¡Pero no suficiente!

–Señora Hambleton, el señor Carpenter intentó matar a su padre porque no cedió al chantaje de sus cartas. ¿En serio desea usted pensar bien de él?

–¡No pienso bien de mi primo! No podría... –dijo, recordando que eso era cierto–, pero en esos momentos Edgard no tenía suficientes pruebas para acusar a Elliot.

–Por eso lo investigó antes de adoptar ninguna decisión y fue cuando conoció al señor Downie.

—¿Quién es el señor Downie?

—Era un compañero del señor Carpenter, a quien, durante una borrachera, Elliot le había confesado sus hechos.

—¿Y por qué Edgard no llevó al señor Downie ante los tribunales? Si tenía un testigo, no entiendo por qué quiso asumir él personalmente la venganza... —preguntó, tras volver a estornudar.

La señora Glover le tendió un pañuelo al ver que tenía el suyo empapado y luego prosiguió su explicación.

—Porque murió ese mismo día. Cuando Edgard lo encontró, ya estaba agonizando. El señor Downie sufría unas fiebres que no le bajaban y no se pudo hacer nada por él. Pero en esos momentos Edgard comprendió que, si quería hacerle justicia a su hermano, debería encargarse él por su propia cuenta. Ya no tenía testigos y su palabra habría valido tanto como la del señor Carpenter.

May bajó la cabeza y volvió a acurrucarse bajo la manta que la señora Glover le había entregado.

—Lo siento —comentó—, lo siento mucho por Ralph y odio terriblemente a mi primo. La decepción que por su culpa ha sufrido mi madre es muy dolorosa, al igual que todo lo que él ha hecho. Y, tal vez —admitió—, la desesperación lo hubiera llevado igualmente a perjudicar a mi familia más adelante. Pero eso no hace que Edgard tuviera derecho a utilizarme de este modo —insistió.

Capítulo 44

La señora Glover no tenía más que decir y, como notó que May necesitaba asumir todo lo que había escuchado, la dejó sola al calor del hogar. Se metió en la cocina y se dispuso a amasar el pan que estaba preparando. Al cabo de un rato, oyó cómo se cerraba la puerta y regresó de inmediato al salón.

—Señora Hambleton... —la llamó, pero no obtuvo respuesta.

Con gran preocupación al ver que había dejado allí los calcetines y habían desaparecido las botas, se dirigió hacia la puerta de entrada y la abrió.

—¡Señora Hambleton! ¡No puede irse! ¡Espere a que regrese mi marido! —le gritó al ver que la joven estaba emprendiendo el camino de regreso.

—¡Tengo que irme! —Se giró ella a gritarle sin dejar de caminar, y luego prosiguió sin mirar hacia atrás.

Había dejado la capa y el paraguas en la casa y se había llevado la manta que le habían prestado, pero daba la impresión de que ni siquiera se había dado cuenta.

La señora Glover la siguió unos pasos, pero no podía alcanzarla y supo que, de todos modos, no lograría convencerla para que se quedara allí.

May se debatía entre dos sensaciones. Por un lado, se sentía utilizada por su marido, a pesar de que entendiera su necesidad de vengar a Ralph. Por otro, la insistencia de la señora Glover en decirle que Hambleton la amaba no la dejaba indiferente. Deseaba que eso fuera cierto, pero después de tantas mentiras no acababa de creérselo. Llevaba diez minutos caminando cuando volvió a tronar y, al cabo de unos segundos, el cielo se iluminó. En breve volvería a llover y debía apresurarse si no quería verse empapada nuevamente. Solo entonces notó que se había dejado el paraguas y llevado la manta, pero no quería regresar.

Avanzaba deprisa por una vereda que atravesaba una franja de cultivos cuando empezó a llover. En lugar de continuar, corrió a refugiarse a una zona en la que se divisaban unos castaños, y por eso no distinguió que alguien venía a caballo en el otro sentido del camino.

Él sí la vio, y también tomó esa dirección, ya que su única intención al cabalgar con este tiempo era la de ir a buscarla.

May se detuvo, ya a refugio en la arboleda, y entonces escuchó los cascos del caballo y se giró. Cuando distinguió a Hambleton, su corazón dio un vuelco y sus jadeos aumentaron. Por un momento, creyó que iba a desfallecer. Él se detuvo y descendió del caballo para correr hasta ella, pero un grito de May hizo que se detuviera.

–¡No te acerques! ¡Ni se te ocurra acercarte!

–May, estás empapada, permíteme al menos que te ceda mi capa –le suplicó, al tiempo que comenzaba a quitársela.

–¡No quiero nada tuyo!

Él también respiraba con cierto ahogo, no por el ejercicio, sino por el dolor que le producía el rechazo de ella. Procuró, con la capa en las manos, tranquilizarse antes de volver a hablar.

—May, han detenido a Carpenter.

Ella le clavó los ojos con desprecio al oír eso y respondió:

—¡Ya ha conseguido lo que buscaba! ¡Ahora, déjeme en paz!

—¿Qué he conseguido, May? ¿Que me odies?

—Eso es algo que debería haber calculado antes, señor Hambleton, cuando preparaba su plan para vengarse de mi primo. Ahora no lo lamente.

—May, no es como crees —trató de defenderse él al ver que ella conocía su secreto.

—No voy a creerle, señor Hambleton. Desde que nos conocimos, no ha hecho más que engañarme.

—Es cierto que te oculté mi interés por Carpenter, pero no te he engañado en nada más.

—¿No? —le preguntó con sarcasmo y, sin dejar que él respondiera, su semblante adoptó un gesto serio y profundo antes de añadir—: Sea usted sincero de una vez. ¿Me habría propuesto matrimonio si yo no hubiese sido la prima de Elliot?

—No, no lo habría hecho —reconoció—, pero luego todo cambió.

May exhaló un suspiro y apartó los ojos de él, en clara alusión a su falta de credibilidad.

—¡Yo no tenía intención de casarme con la prima de Carpenter! —dijo Hambleton con cierto resquemor—. Cuando supe que habías sido despechada por Westbrooke, pensé que si nuevamente te abandonaban, no afectaría a tu reputación porque ya estaba manchada. Te estoy contando la verdad, May, aunque sepa que mis intenciones no eran dignas de un caballero y que la imagen que te ofrezco no es muy de fiar. Cuando le pedí tu mano a tu padre, no pensaba cumplir mi compromiso. Solo quería estar cerca de Carpenter y conocer mejor su entorno, pero sin llegar a casarme nunca contigo. Mi idea era la de alargar el compromiso y dejarte después –confesó él, cerrando los ojos y decidido a asumir las consecuencias de sus palabras.

Ella volvió a mirarlo y esta vez lo hizo con los ojos muy abiertos, como si estuviera escandalizada ante esa manifestación.

–¡Lamento que no lo hiciera, señor Hambleton! ¡Ahora todo resultaría más fácil! –le gritó con rabia–. Lamento mucho que no cumpliera sus primeras intenciones.

–¿Y no te preguntas por qué me casé contigo? –le requirió él a modo de súplica–. ¿Quieres saber por qué incumplí mi propósito de abandonarte, una vez que obtuve la información que me interesaba sobre Carpenter?

–¿La consideró insuficiente, señor Hambleton? –inquirió ella con sarcasmo.

–El día que te vi en Astonfield, y recuerdo que en aquella ocasión también llovía, supe que me gustabas de un modo que arrebataba algo en mí. En aquel momento comprendí que, fueras quien fueras, eras la única mujer con quien querría casarme.

Ella le devolvió una sonrisa irónica que le indicaba que no le creía.

–Estás preciosa con el pelo mojado –añadió él, como si el pensamiento se le hubiera escapado en voz alta.

May luchó para que esas palabras no le acariciaran el alma y, dando unos pasos hacia atrás, insistió:

–¡Déjeme en paz, señor Hambleton! ¡Ya nada nos une!

–¡Eres mi esposa, May!

–¡Por poco tiempo! ¡Voy a pedir la nulidad!

—¡Pídela! ¡Anula el matrimonio! Pero te equivocas si crees que así te librarás de mí. Vayas adonde vayas, estés donde estés, una parte de mí siempre estará contigo para suplicarte una oportunidad.

—¡Usted desperdició su oportunidad!

—¿Cuál? Si desde el primer momento me la negaste... —le recordó, fijando sus ojos en ella profundamente.

—¿Pensaba que iba a entregarme al hombre que buscaba enredarse con mi prima?

—¡Sabes que eso no es cierto!

—¡Lo sé ahora! Pero... —Sus ojos se mojaron al recordarlo—. Pero es lo que me dijo Elliot el día de nuestra boda.

—¿Elliot te dijo...? ¿No me rechazaste por Westbrooke? —preguntó él, entendiendo por fin lo ocurrido su noche de bodas.

—¡Westbrooke no me merece, al igual que tú!

Él se alegró por dentro de que por fin volviera a tutearlo, pero sabía que le quedaba mucho camino para obtener su perdón.

—May, lamento mucho mis errores... Siento lo que le ha ocurrido a tu padre, sé que soy responsable y que es muy probable que nunca obtenga tu perdón.

—No has entendido nada, ¿verdad? —se indignó ella y, al ver la interrogación en la mirada de él, añadió—: Cuando supe a qué cartas se refería mi padre, fui yo la que me sentí responsable de lo que le había ocurrido, tanto que he pensado sobre ello una y mil veces y solo puedo concluir que el único culpable es Elliot. ¡No es eso lo que te reprocho! ¡Ni tampoco que desearas vengar a tu hermano! ¡Yo también quiero justicia para mi padre! ¡Pero eso no me autoriza a utilizar a los demás!

—¡No te he utilizado!

—¡Sí lo has hecho! ¡Nuestro matrimonio es fruto de una farsa!

—¡Entonces, anulémoslo, tal como deseas! —le gritó desesperado—. Yo también firmaré para agilizar los trámites. Pero, luego, cásate de nuevo conmigo, May. En un matrimonio de verdad.

—¿Por qué querrías casarte conmigo? ¡Ya has conseguido lo que buscabas!

—¿Por qué no te lo preguntas a ti misma, ya que veo que no estás dispuesta a escucharme? ¿Por qué debería querer casarme contigo ahora? ¿Por qué me casé antes? Carpenter será condenado, tu prima no me ha interesado nunca y la fábrica de tu padre es una fuente de gastos. ¿Por qué crees que te quiero a mi lado si no es porque te amo?

—¡Intentas engañarme de nuevo! —gritó ella, aunque menos convencida según denotaba su tono de voz.

—¡No es cierto! —dijo él al tiempo que se acercaba hasta colocarse a dos palmos de ella.

Aunque May intentó retroceder, su espalda chocó contra el tronco de un castaño y hubo de quedarse quieta.

—May, necesito hacerte una pregunta —insistió él, con mirada apremiante.

—¿Y qué pasaba cuando era yo la que necesitaba hacer preguntas? ¿Quién me respondía? —le reprochó ella mientras procuraba no mirarlo a los ojos porque sentía tremendamente su cercanía.

Él ignoró sus palabras y, como si la vida le fuera en ello, inquirió:

—¿Me rechazas por mi cicatriz?

—¿Piensas que soy tan superficial? —se ofendió ella.

—Me volví loco aquella noche... —comentó él, como si por un momento se hubiera trasladado al día de su boda.

—¡No merecías menos!

Él pareció despertar de su recuerdo al notar la rabia de ella. El agua seguía arreciando y, aunque no llovía sobre ellos, algunas gotas de agua se filtraban entre las hojas de los árboles y de vez en cuando los salpicaban. Él retiró una gota de la frente de ella. May ya no lloraba y, aunque estaba muy blanca y ojerosa, un tono rosado había aparecido en sus mejillas.

—Cásate conmigo porque te quiero, May —insistió él clavando sus ojos en ella como si le angustiara la idea de que lo rechazara.

—No quiero sufrir más, Edgard —musitó ella, aunque su negativa sonó ahora menos convincente.

—Haré todo lo posible para que seas la mujer más feliz del mundo. ¡Déjame llenar tu vida de azaleas!

—Y tampoco quiero más mentiras.

Por primera vez, él sintió la esperanza.

—No habrá más mentiras ni más engaños. Hablaremos de cuanto quieras y cuando quieras y te repetiré cada día lo mucho que te quiero, pero quédate conmigo.

Él estaba tan cerca que podía escuchar los pálpitos del corazón de ella y se atrevió a poner sus manos sobre sus hombros y a juntar su mejilla con la de May. Como ella no hizo nada por apartarse, permaneció así unos instantes. Luego notó que tiritaba y él le quitó lentamente la manta mojada y la sustituyó por su capa.

Aunque ella aún no había respondido, parecía como si él no necesitara palabras y la abrazó para ayudarla a calmar su frío. Vencida por tanta ternura, acabó por apoyar la cabeza en su pecho y él le acarició el pelo con suavidad.

Permanecieron así unos minutos, tal vez lo que ella necesitaba para asumir cuanto había ocurrido en las últimas horas. Estuvo hundida en él, como si así huyera del mundo y se sintiera protegida de unas amenazas que poco a poco comenzaban a despejarse, al igual que amainaba la lluvia, al igual que comenzaba a iluminarse el horizonte.

Luego, muy despacio, levantó la cabeza y miró a su marido fijamente, como si lo viera por primera vez, y preguntó:

—¿Me quieres?

—Te quiero.

—Dímelo otra vez —suplicó ella.

—Te quiero.

Y, a continuación, él cubrió con su boca la sonrisa que comenzaba a nacer en los labios de May y ella respondió a su beso con desesperación, como si necesitara palpar con su boca los sentimientos de él para creérselos. Dejó de sentir frío y lo envolvió con sus brazos cuando comprobó la reacción que su respuesta provocaba en él. El deseo retenido se desató y se devoraron con suavidad y devoción. Los escalofríos de May se convirtieron en corrientes eléctricas desconocidas y el corazón de él se reconcilió con el mundo.

Al cabo de un rato, en el que los reproches parecían lejanos, Hambleton detuvo el beso y la apartó para decir con una sonrisa:

—Vámonos a casa, May.

Epílogo

Hambleton procuró abrazar a May mientras cabalgaban para que no se enfriara todavía más. En cuanto llegaron a Astonfield, ordenó enviar un carruaje a la residencia de los Baker para recoger toda la ropa y accesorios de su esposa y, sobre todo, a Shat. Luego pasaron por el hospital y acordaron que Eve se quedaría a dormir junto a su madre hasta que su padre pudiera regresar a casa.

También envió una nota al señor Glover, agradeciéndolo que hubiera ido a decirle que May estaba en la granja y rogándole que aplazara la cena a la que se había comprometido con ellos aquella noche. La señora Glover sonrió cuando su marido se lo comunicó y deseó que los Hambleton no volvieran a separarse más.

Otra misiva fue enviada a Dornan, en la que se le informaba de que Hambleton no acudiría a la fábrica durante un par de días y de que, en breve, necesitaría unas semanas libres para repetir su viaje de novios. Dornan respondió con otra carta en la que le pedía que confiara en él para la buena diligencia del negocio y le sugería que no regresara si no tenía un buen motivo para ello.

Aquel día, entre Hambleton y May desapareció cualquier motivo que pudiera ser alegado como causa de anulación del matrimonio y el sentimiento de plenitud se pudo observar tanto en los ojos de ella como en la mirada de él a partir de entonces.

El señor Baker salió del hospital el siguiente lunes, reconciliado con May y feliz al saber que su hija había sido víctima de un engaño y en ningún momento había traicionado su apellido. Eve regresó al internado esa misma semana con el deseo de que pronto llegaran las Navidades para volver a casa. Para que se marchara contenta, su padre le prometió que, a su vuelta, encontraría un cachorro al que debería ponerle nombre.

Cuando el señor Baker ya estuvo del todo recuperado, el renovado matrimonio regresó a Candish por voluntad de ambas partes, y aquellas dos semanas fueron muy distintas a la primera experiencia de May sola junto al mar. La señora Lirriper se mantuvo prudente y no hizo preguntas, pero las dudas que había tenido hacía un mes sobre la avenencia de aquella pareja se disiparon durante esta nueva visita.

A su regreso a Culster, supieron que los Weaver aún no habían vuelto de Escocia y, a principios de diciembre, la señora Macgregor comentó que, según le informaba su sobrino de Londres en una carta, el señor Weaver se había instalado en la capital del reino y había dejado a su esposa al cuidado de una tía enferma en las Tierras Altas. En Navidad añadió que, nuevamente según su sobrino, se rumoreaba que Weaver convivía con una viuda y, a principios de enero, se supo que la residencia que habían adquirido los Weaver en Culster se acababa de poner a la venta.

Si Weaver descubrió o no el carácter de su esposa y aquello consistió en un castigo es algo que nunca se confirmó, pero lo cierto es que Frances Weaver residió hasta el fin de sus días en una pequeña localidad escocesa y pronto sus antiguos vecinos de Culster olvidaron que algún día existió.

En primavera, cuando el jardín de Astonfield mostraba sus azaleas blancas en todo su esplendor, se celebró el juicio de Elliot Carpenter. May, a pesar de que su estado de buena esperanza ya estaba avanzado, se sintió con fuerzas para acompañar a su padre a declarar. Elliot fue considerado culpable del intento de asesinato del señor Baker y, meses después, murió en Newgate afectado por una tuberculosis.

En aquella época se cerró un capítulo en la vida de May y sus perspectivas de futuro junto a su marido no podían ser mejores. Con la llegada de la primavera el cielo comenzó a aclararse y el sol volvió a lucir en lo alto y a otorgar su calidez a la campiña de Culster. El año del frío había terminado y lo único que a veces incomodaba a May era la tendencia a discutir que tenían su amiga Camile y Dornan, pero pronto descubrió que tal vez lo que los motivaba a ello no fuera precisamente la animadversión.

ÚLTIMOS TÍTULOS PUBLICADOS EN HQN

Demasiado bueno para ser verdad de Susan Mallery

Contigo lo quiero todo de Olga Salar

Atardecer en central Park de Sarah Morgan

Lo mejor de mi amor de Susan Mallery

Nada más verte de Isabel Keats

La máscara del traidor de Amber Lake

Mapa del corazón de Susan Wiggs

Nada más que tú de Brenda Novak

Corazones de plata de Josephine Lys

Acércate más de Megan Hart

El camino del amor de Sherryl Woods

Antes beso a un hobbit de Carla Crespo

El ático de la Quinta Avenida de Sarah Morgan

La príncesa del millón de dólares de Claudia Velasco

Hora de soñar de Kristan Higgins

www.ingramcontent.com/pod-product-compliance
Lightning Source LLC
LaVergne TN
LVHW091619070526
838199LV00044B/858